키르라이안 이야기

Kyrelian Story

이윤희 판타지 장편 소설

키르라이안 이야기 1

이윤희 판타지 장편 소설

초판 1쇄 찍은 날 § 2006년 11월 27일
초판 1쇄 펴낸 날 § 2006년 12월 5일

지은이 § 이윤희
펴낸이 § 서경석

편집장 § 문혜영
편집책임 § 서지현
편집 § 심재영

펴낸곳 § 도서출판 청어람
등록번호 § 제1081-1-89호
등록일자 § 1999. 5. 31
어람번호 § 제1-0767호

주소 § 경기도 부천시 원미구 심곡1동 350-1 남성B/D 3F (우) 420-011
전화 § 032-656-4452 팩스 § 032-656-4453
http://www.chungeoram.com
E-mail § eoram99@chollian.net

ISBN 89-251-0421-0 04810
ISBN 89-251-0420-2 (세트)

Kyrelian

키르라이안 이야기

Story

1 오기로 인생이 바뀌다

이윤희 판타지 장편 소설

Fantasy Frontier Spirit

도서출판

목 차
Contents

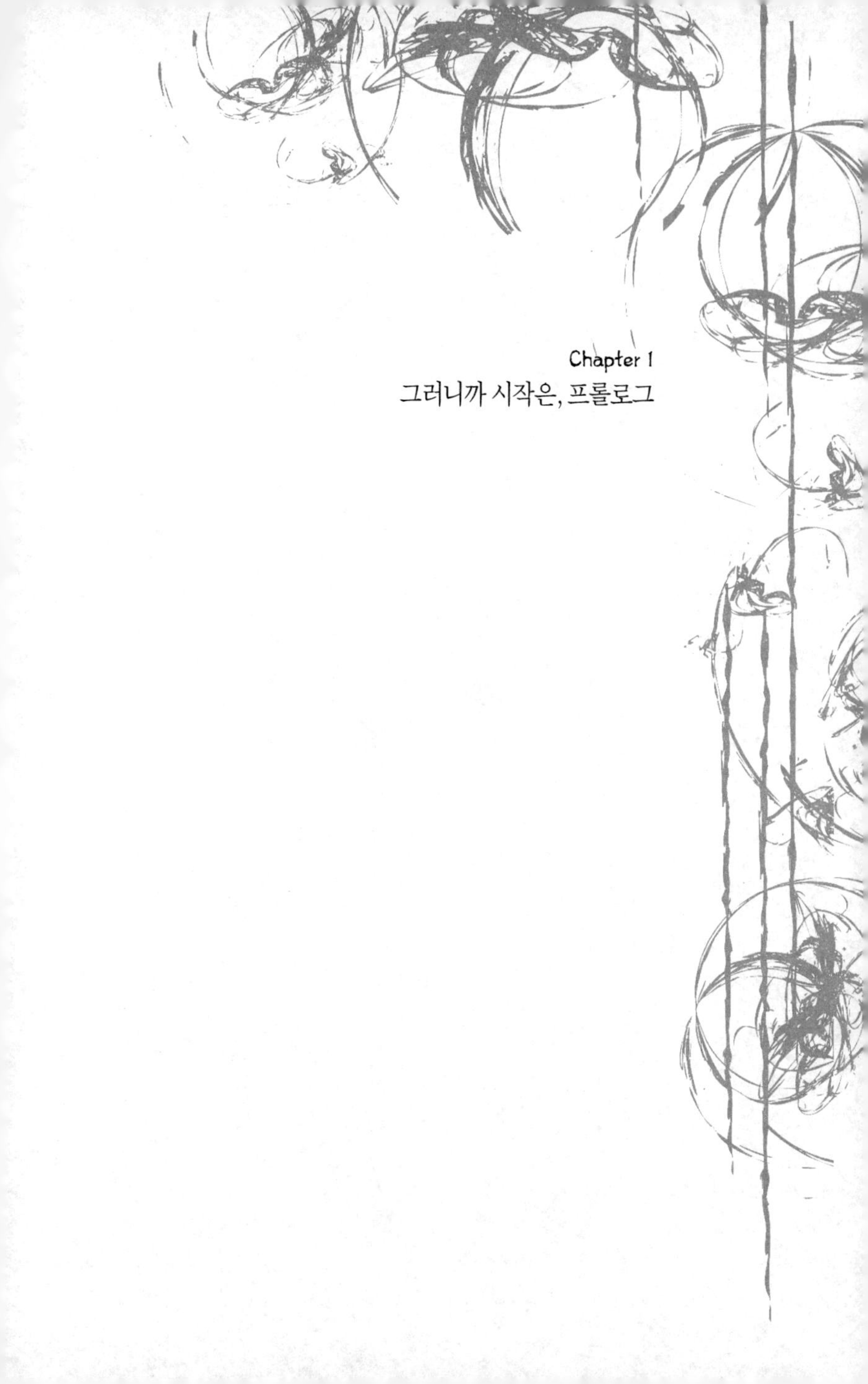

Chapter 1

그러니까 시작은, 프롤로그

눈을 뜬 것은 아직 해가 뜨지 않은 한밤중이었다.

어젯밤 함께 어울리던 녀석들과 주점에서 실컷 퍼마시고 집에 돌아와 샤워를 하고 그대로 침대에 쓰러져 자버린 탓인지 내 몸은 알몸 상태. 이불이 맨살에 쓸리며 내려가는 느낌이 매우 좋았다. 물론 이불의 느낌만 좋았지만.

"아, 머리야. 그 자식들, 어째 미친 듯이 퍼먹인다 했더니 설마 취하기라도 한 건가? 그런데 왜 이런 시간에 눈이 떠진 거야 대체. 어라? 뭐지?"

손을 들어 이마를 짚으며 투덜거리던 난 뭔가 이질감을 느끼며 고개를 갸웃거렸다. 하지만 아무리 고민해 봐도 그것이 무엇인지 전혀 감이 잡히질 않았다.

"이상하다? 잘못 느낀 건가?"

다시 한 번 고개를 갸웃거리지만 모르는 건 어쩔 수 없는 법. 포기하고 기지개를 펴며 침대에서 일어서자 벽 한쪽에 붙은 커다란 전신 거울에 내 모습이 살짝 비치는 것을 볼 수 있었다. 평소와 똑같은 내 방의 풍경과 패턴.

전혀 다를 바 없는 환경에 어째서 이 밤에 이상한 느낌을 받고 깨어나게 됐는지 슬슬 의문이 들기 시작했다. 역시 취한 건가? 어쩌면 술에 취하면 잠이 일찍 깨는 체질일지도.

하지만 거울 앞을 지나치며 난 다시 한 번 어딘지 이상한 것을 느꼈다.

"응? 분명히 뭔가가 거슬렸는데?"

어두운 방 안에서 얼마간을 가만히 서서 고민하고 있자 '삐걱' 하며 어둠을 가르고 방문이 열리는 소리가 들렸다. 그리고 그 열린 방문 사이로 익숙한 인영이 비추었다.

"도련님, 이런 시각에 일어나신 겁니까? 살다 보니 별일이 다 있군요."

안으로 들어서며 묻는 소년은 나의 시종 루사인. 나와는 동갑으로 아주 어렸을 때부터 오직 내 시중만을 들며 함께 자란 녀석이다. 머리 좋고, 눈치 빠르고, 수완 좋기로 유명한 녀석.

들어오자마자 시비 거는 말투는 일단 치워두고.

정말이지 누가 눈치 빠른 놈 아니랄까 봐 이 밤중에 이 작은 기척만으로도 내가 깬 것을 알고 찾아오는 진짜 대단한 녀석이다. 하지만 그런 녀석의 세심한 주의 덕에 들키지 않아야 할 것들이 상당수 걸려 버려 아버지한테 엄청나게 꾸중을 들은 기억도 많기 때문에 그리 달갑지만은 않았다.

그러고 보니 어제 밤새 술 마시고 느지막이 몰래 들어왔는데 이대로 아버지한테 달려가서 고자질을 한다든가 하는 건 아닐까 슬슬 걱정이 되기 시작했다.

나는 슬금슬금 눈치를 보며 루사인의 표정을 살폈다. 이 녀석의 기분에 따라 얼마간의 내 운명이 결정되는 것이다. 조심스레 루사인의 생각을 엿보기 위해 녀석을 살피던 난 잠시 목적을 잊고 인상을 쓸 수밖에 없었다.

"뭐야? 너, 표정이 왜 그래?"

퉁명스레 묻지만 녀석은 내가 원하는 대답을 하지 않았다.

"도, 도련님?"

녀석은 경악하다 못해 숨조차 쉬지 못하는 듯한 멍한 표정으로 날 바라보고 있었다. 심지어는 손가락으로 나를 가리키기까지 하며 입을 벌리고 있는 모습은 평소 자기 이미지 관리에 투철한 루사인을 생각하면 전혀 상상도 하지 못할 것이었다.

"야, 야! 너, 어디다 대고 삿대질이야! 그 손가락 치우지 못해!"

내가 누군가. 높고 높으신 공작가의 유일한 후계자이며 또한 왕족이다. 이런 내게 손가락질이라니. 아무리 내 수석 시종에 소꿉친구 같은 놈이라지만 용서할 수 없단 말이다.

하지만 그러한 나에 대해 매우 잘 알고 있고 또한 지금까지 그것을 단 한 번도 거슬리지 않고 지켜주던 루사인은 오늘따라 무슨 일인지 여전히 멍한 얼굴로 나를 향한 그 손가락을 치우지 못하고 있었다.

"아, 글쎄, 기분 나쁘니까 그 손가락 좀 치우라고!"

슬슬 짜증이 일기 시작한 난 성질을 부리며 버릇대로 양팔을 들어 팔짱을 끼며 외쳤다. 그리고 또다시 밀려들어 오듯 느껴지는 이질감에 멈칫했다.

"…어라?"

뭔가 거슬렸다. 상당히 거슬렸지만, 음… 그것이 무엇인지 여전히 감이 잡히질 않고 있었다. 그리고 왠지 이 묘한 기분이 지금 저 루사인의 표정과 어쩐지 어울리는 것 같은 기분이 들었다. 그러니까 이 거슬리는 무언가가 루사인의 저런 표정을 만드는 것 같달까?

다시 한 번 고개를 갸웃거려 보지만 어차피 난 스스로가 인정하는 머리 나쁜 귀족이다. 나쁘다기보다는 깊게 생각하는 것을 좋아하지 않는다고 해야 하나? 뭐, 복잡해지면 머리에 과부하가 걸려 폭발해 버리는 경우가 있기도 하다. 그러니 이런 상황에서 내가 할 것은 뻔했다. 죽으나 사나 루사인에게 묻는 것 말이다.

"루사인, 너 왜 그렇게 멍하니 날 보고 있는 건데?"

다시 한 번 직구로 물어보지만 여전히 루사인의 멍한 얼굴은 변하질 않았다.

"도, 도련님……."

"그러니까 내가 뭐?"

"그, 그게……."

떨리는 목소리로 말을 더듬던 루사인의 손가락이 조금 아래를 향했다. 하지만 그것이 나를 가리키는 것은 여전했다. 그의 손가락이 가리키는 곳을 향해 고개를 숙여보자 팔짱을 낀 양팔 위로 하얗고 봉곳한 가슴이 한눈에 들어왔다.

"도련님 가, 가슴이……."

아, 그래, 루사인. 네가 따로 말로 하지 않아도 이것이 내 가슴인 것은 나도 안다… 고……. 가만, 뭐? 가슴? 자, 잠깐. 그러니까 봉곳한 가슴?!

"이, 이게 뭐야아아아아아아!!"

나도 모르게 양손을 들어 내 가슴을 붙잡고 소리쳤지만 확실히 이 말캉한 느낌은 분명 '여자'의 것이 분명했다. 아, 그래. 무언가 이질감이 느껴지고 무언가 평소와 다른 것 같던 게 바로 이것 때문이었군… 이라고 납득할 때가 아니잖아!! 뭐야, 이 가슴은 대체?! 아니, 잠깐,

"가, 가만, 그럼?!"

두려운 마음에 갑자기 머릿속을 스치는 의문에 난 그대로

시선을 더더욱 아래로 내렸다. 그리고 난 볼 수 있었다. 무엇을? 남자의 상징이라 할 수 있는 그것이 전혀 보이지 않는 밋밋한 내 다리가 한눈에 들어왔다.

"마, 말도 안 돼애애애!!"

그리고 난 있는 힘껏 거울 앞으로 질주했다.

Chapter 2
최근의 일상, 내 주변의 환경에 대하여

이 일련의 일에 대해 어디서부터 설명을 해야 할까. 그래, 일단 시작은 어제 아침부터라 봐야겠다.

언제나와 같이 어제도 아침부터 아버지에게 쫓겨나다시피 한바탕 난리를 피우고 지각 직전에 가까스로 마차에 태워졌고, 도살장 끌려가는 가축마냥 울상을 짓고 있었다.

"하아, 학교 따위, 누가 불이라도 안 지르나. 올해는 쉬는 날도 적던데 이 기회에 좀 쉬어보자."

한숨을 푹 쉬며 있을 수 없는 일을 기대하고 있는 나를 소개하자면 키르라이안 S. 일렉트리아 페르나슈 소공자, 16세, 남이라 하겠다. 키르라이안이 이름. 그중 S는 따로 설명하진 않겠다. 나와 친한 사람들은 날 라이안, 혹은 키라라 부르고 있으므로 나도 적당히 여기까지만 말하겠다.

제일 좋아하는 것은 검. 싫어하는 것은 학교=공부. 몸으로 때우는 것이 특기인지라 어릴 때부터 미친 듯이 파고들은 검 덕분에 정신 차려보니 이 나이에 벌써 국내 최강의 무력 집단 국왕 친위대 실버 나이트의 당당한 한 명이 되어 있었다.

"공작 후계자면 뭐 하고 실버 나이트면 뭐 해, 곧 죽어도 학교는 끌려가야 하는 것을. 바보 귀족 없는 깨끗한 국가 만들기? 세상에 어떤 나라가 저런 말도 안 되는 거에 목을 메냐고. 어차피 한 가지 특기만 있어도 먹고사는 거 아냐? 나한테 학교는 곧 자는 곳인데 그냥 집에서 편히 자게 내버려 두면 덧나나."

아침부터 내 방에 난입한 아버지 덕에 침대에서 물벼락 맞을 뻔한 기억을 떠올리며 하염없이 중얼거렸다. 그리고 내 눈 앞엔 그런 나를 보는 둥 마는 둥하며 열심히 책을 읽고 있는 루사인이 있었다. 저 능력도 참 타고난 거다. 이렇게나 흔들거리는 마차 안에서 용케도 책을 보고 있다니.

하긴, 저 녀석이 해서 안 되는 게 있는 놈이었던가. 시종으로 있기엔 절대로 아까운 완벽한 능력의 소유자 아니던가.

정말이지 언제 봐도 훤칠한 외모의 녀석이다. 한창때의 소년 같지 않은 새하얀 피부인 데도 검은 머리카락 때문인지 어딘가 강렬한 느낌. 딱 봐서 열에 아홉은 소녀라고 생각하는 예쁘장하게 생긴 나와는 달리 이쪽은 확실하게 소년이라는 느낌이랄까? 나나 루사인이나 다 같은 가느다란 체형이긴 한데 녀석이 좀 더 탄탄해 보이기도 하고. 그러고 보니 나보다 키도 5센티 더 컸지.

입고 있는 옷은 하얀 긴소매 셔츠에 목은 검은색의 타이로 장식하고 바지는 타이와 같은 색의 정장 바지. 그리고 최종적으로 검은색의 재킷. 그리고 그 재킷 왼쪽 가슴엔 금색 실로 화려하게 수놓아진 왕립 루베르크 학교의 교표가 자리 잡고 있다.

시종임에도 천재적인 두뇌와 실버 나이트인 나를 압도할 정도의 검 실력으로 당당히 나와 같은 학교에 통학하고 있는 시종이며 동급생이다.

즉, 나도 역시 녀석과 같은 옷을 입고 있다. 덕분에 평소에 자랑하는 여자같이 예쁘장한 외모가 녀석과 비교되며 좀 더 왜소해지는 느낌이랄까? 더더욱 여자의 외모로 보인달까? 어딘지 억울해지고 있다.

갑자기 무럭무럭 피어오르는 심술이 가득 찬 눈으로 계속해서 녀석을 보고 있을 때, 문득 루사인의 단정하게 자른 검은 머리가 흔들리는 게 내 눈길을 끌었다. 무엇보다 중요한 것은 머리끝이 살짝 젖어 있다는 것인데, 오호라, 이 녀석, 머리를 제대로 못 말린 걸 보니 오래간만에 늦잠을 잔 거로구나.

"루사인, 너 늦잠 잤지?"

내가 늦잠 자는 거야 생활이다. 하지만 바른 생활이 인생의 철칙인 녀석에게 늦잠이라면 천추의 한이 되는 사건이랄까. 간만에 잡은 녀석을 놀릴 만한 꼬투리에 즐거워하며 묻자 루사인은 책에서 고개를 들어 나와 시선을 마주했다. 그리고는 진지하고도 심각하게 낮은 목소리로 대답했다.

"제가 도련님인 줄 압니까?"

"……."

그러니까 지금 이거, 좋은 뜻으로 하는 말이 아닌 것 같은데? 아니, 진짜! 좀 작정하고 놀려보겠다는 데 계집애처럼 삐치기라도 한 건가? 소심한 놈. 네놈의 이런 실체를 학교의 네 추종자들—이라고 쓰고 꺅꺅 부대라 읽는다—은 알고 있는 거냐? 모르는 사람이 보면 귀족이라고 착각할 정도로 차분하면서도 존재감이 뚜렷한 것은 둘째 치고, 수려한 외모에 학교 여학생들의 절반은 소속되어 있다는 팬클럽까지 가진 녀석이 그렇게 삐치면 되냐고!

나름대로 발끈하지만 그래도 시작한 게 이쪽이니 좀 눈치가 보이는지라 속으로만 구시렁대며 루사인의 시선을 피하자 녀석은 피식 웃으며 다시 들고 있던 책을 향해 고개를 숙였다.

하지만 여전히 전속력으로 달리고 있는 마차 안에서 조용히 책만 보는 녀석과 단둘이 있자니 영 심심해서 다시 몸이 근질거리기 시작했다. 그런데 설마 하니 저 루사인이 내가 시비 좀 슬쩍 걸었다고 정말로 삐친 것은 아닐 텐데 날 이리도 무시하고 저렇게 열심히 책을, 그것도 한두 권이 아니라 이것저것 번갈아 보며 서두르는지 궁금해지기 시작했다. 혹시 나 때문에 지각의 위기에 놓인 것에 대해 온몸으로 시위하는 건가?

"이렇게 덜컹거리는 마차 안에서 그 책들이 다 읽혀져? 우등생은 역시 대단하네."

조금 비꼬아가며 묻자 루사인은 특유의 싱긋 웃는 얼굴로 날 보며 되물었다.

"도련님이야말로 대단하시군요. 오늘 늦잠 잔 것은 새벽까지 공부한 덕분인가요? 여유가 있어 보이네요."

어라? 이건 또 무슨 소리? 공부? 여유? 대단? 뭔 일 있나? 루사인의 질문에 대해 절반도 이해를 하지 못하고 눈치를 보자 루사인은 더더욱 짙은 미소 지으며 물었다.

"오늘 수학과 세계사, 그리고 중급 궁중 예법 시험이 있잖아요. 아, 그리고 하나 더. 기초 교양 테스트도 있지요. 밤새 공부하시고 여유를 부리시다니 과연 키르라이안 도련님이십니다."

그리고 확인 사살하듯 마무리로 진한 미소 한 번 더 추가.

난 돌이 되었다, 흔들리는 마차 안에서. 한 치의 미동도 없이. 쩍 소리를 내며…….

정말로 밤새 공부했냐고 묻는다면 시험이 있는지도 몰랐다고 대답하겠다. 정말로 진짜로 전혀 몰랐다!! 기억에도 없는 시험 따위 알 게 뭐냔 말이다!!

여유? 그런 것 다 필요없다. 어차피 루사인은 뻔히 다 알고 비웃는 것 아닌가. 나로 말할 것 같으면 공부의 길은 일찌감치 포기한 덕에 이미 더 이상 떨어질 곳도 없는 성적이란 말이다. 영감탱이도 성적엔 그리 신경 안 쓸 테니 부디 귀족으로서의 의무 교육만은 마치라며 출석률에 열을 올리는 판인데.

하지만 말이다. 내가 우리 아버지의 성격을 그래도 거의 꿰고 있다고. 말은 저렇게 하지만 그래도 설마 하니 꼴등이라도 하면 눈을 가느다랗게 뜨고 입에는 함박웃음을 피우며 '너 죽었어' 하며 실성한 듯이 칼 들고 달려들 게 뻔한데.

"가만, 내가 지난번에 몇 등이었더라? 145등이었던가? 전교생이 147명이지? 내 뒤에 두 명. 일단 그거라도 유지하면……."

"두 명이라고 해봤자 한 명은 병결, 한 명은 사정상 결석으로 0점 처리됐었죠."

"그, 그랬던가. 이번에도 그런 사람이 있을 확률은?"

"바랄 걸 바라세요."

망했다. 루사인 저 자식이 오늘따라 필사적으로 나를 깨운 것이 시험 때문이었다니……. 어째 영감탱이까지 투입시키더라.

아, 어쩌지? 이대로라면 정말 내 인생에 그래도 설마설마 하던 꼴지 성적표를 받을 게 분명한데…….

“저기, 루사인. 최대한 짧은 시간에 외울 수 있는 거라도 좀 찍어줘! 이대로라면 나 백지야!”

이쯤 되면 믿을 것은 루사인뿐이다. 그나마 다행이랄까. 루사인으로 말하자면 천재들이 모였다는 왕립학교에서도 단연 돋보이는 존재. 시험만 봤다 하면 절대로 전체수석을 놓치지 않는 경탄할 만한 성적.

그래서인지 정말 신기하게도 루사인이 찍어주는 곳에서 늘 80% 이상이 나왔다. 물론 찍어준 것에서 80% 이상이 나옴에도 지금까지 내 성적이 그 모양 그 꼴인 이유에 대해선 일단 생략하도록 하자.

“당장 불러봐! 가장 나올 가능성이 큰 문제가 뭐야?!”

“저… 도련님.”

“응?”

“교문 앞에 도착했습니다. 시험 시간에 늦지 않으려면 교정까진 뛰어야 합니다.”

“으으응?!”

어느새 멈춰 버린 마차와 고요한 마차 안. 그리고 이미 마차에서 내린 루사인은 아직 상황을 제대로 파악하지 못해 멍한 얼굴로 앉아 있는 나를 잡아끌며 말했다.

"그럼 달립니다."

"자, 잠깐! 하, 한 문제라도 알려줘야 할 거 아냐!! 제발 루사인!!"

"시험에 늦어 시험 자격조차 얻지 못하는 것보단 차라리 빵점이 나아요!"

무, 문제 발언이야!! 시험 자격을 못 얻어 빵점이나 시험지 다 풀고 빵점이나 점수 면에선 별 다를 바 없다고!! 아니, 오히려 풀어놓고 빵점이면 그게 더 심각한 거잖아!!

차라리 이대로 튀어버릴까? 어차피 혼날 거라면 조금 덜 쪽팔리게 시험을 안 봐서 점수가 안 나왔다라는 변명의 여지라도 생기지 않을까? 그래, 결정했다. 튀자.

한 발 한 발 뒤로 걸음을 내디디며 도망갈 자세를 취하던 나는 갑자기 숨이 턱 막혀오는 압박감에 소리를 지를 수밖에 없었다.

"무, 무슨 짓이야, 루사인?!"

슬금슬금 눈치를 보며 냅다 토끼려던 자세 그대로 덥석 목덜미를 잡힌 난 루사인의 손아귀에 옴짝달싹도 하지 못하고 원망의 눈길을 보냈다.

"대체 도련님은 어찌 그리 발전이 없습니까?"

"뭐가?"

"시험 때만 되면 교문에서 도망치려 하는 거, 이젠 질릴 때도 되지 않았나요? 하도 변화가 없는 패턴이라 눈에 훤히 보이는 게 오히려 불쌍해질 정도네요."

으음… 그러고 보니 시험 때만 되면 꼭 이 자리에서 도망치려고 시도를 했던 기억이 있는 것 같기도 하다. 귀신같은 놈. 그렇다 해도 이리도 빨리 눈치 채다니. 한 번은 넘어가 주는 인정이 있어야 하는 것 아닌가.

"저기… 한 번만 봐주면 안 될까? 어차피 시험 봐봤자 성적이야 눈에 훤히 보이는데 차라리 그냥 시험을 보지 않는 게 오히려 더 좋을 것 같지 않아? 응?"

"전혀 소용없는 소리란 거 알고 물으시는 거죠?"

"야야, 루사인! 제발, 한번만!!"

사정을 해보지만 당연히 통할 리 없었다. 루사인은 안 그래도 촉박해진 시간을 조금이라도 단축하기 위해 있는 힘껏 날 질질 끌고 교실로 향했다. 그리고 난 물론 계속 반항 중.

처절하게 매달리며 질질 끌려가는 나. 이것이 언제나의 패턴이었고 늘 변하지 않는 풍경이었다.

하지만 그 순간, 이런 잔잔한 나의 일상에 파문이 일었다.

"크, 푸… 푸하하하하!"

어디선가 들려오는 우렁찬 웃음소리. 참다 참다 못해 터져나온 듯한 이 웃음에 난 고개를 돌릴 수밖에 없었다.

"누구야!!"

절대로 비웃음일 수밖에 없는 누군가의 웃음에 눈을 치켜뜨고 진원지를 찾아 소리쳤다. 그리고 난 웃음의 주인을 쉽게 찾을 수 있었다.

검은 머리를 짧게 자른 키가 큰 소년. 하얀 피부에 전체적으로 길쭉하니 얼핏 보면 우리와 비슷한 체격이지만, 입고 있는 왕립학교 교복 아래엔 탄탄히 다져진 근육이 자리 잡고 있을 게 분명한, 짧게 말해 거의 다 자란 듯한 소년에 가까운 녀석이 말 그대로 바닥을 구르며 웃고 있었다.

어라? 그런데 왕립학교 교복? 저런 얼굴… 본 기억이 없는데?

내가 비록 공부에는 뜻을 두지 않아 그 방면으론 조금… 아니, 아주 많이 딸린다지만 그래도 사람 얼굴 하나는 확실히 기억한다. 한번 본 얼굴은 잠시 스치기만 한 사람이라 해도 언제 어디서 봤는지 떠올릴 수 있는데, 이런 내가 지금까지 9년을 다녀온 학교의 학생을 기억하지 못할 리 없다. 저 얼굴은 장담컨대 오늘 이 자리에서 처음 봤다.

근데 일단 그런 건 집어치우고, 저건 조금 심한 거 아냐? 아주 자지러지네, 자지러져. 이 나로 말할 것 같으면 이 나라에 단 넷밖에 안 되는 공작가의 후계자이며 또한 국왕친위대 실버 나이트의 멤버인데 그런 내 앞에서 감히 저렇게 비웃음을 보일 수 있단 말인가?

"이봐, 너!!"

발끈하며 그를 가리키자 녀석은 너무 웃어 흘러나온 눈물을 닦으며 손을 내저었다.

"아니, 아니. 미안."

뭐야, 그 손은? 왜 내 앞에서 저어대고 있는데? 아니라고? 뭐가 아닌데? 미안하면 그 웃음부터 좀 멈춰야 하는 것 아닌가?

상대의 예의가 어긋나는 행동에 팔짱을 끼고 수년간 교육받은 기품이 담긴 나의 이 아름다운 눈으로 오만한 표정으로 내려보듯 노려보자 소년의 웃음은 차츰 잦아들기 시작했다.

"흠흠… 푸흡… 에… 에헴! 크큭, 으흠!"

거참. 웃음을 멈추는 것도 오래 걸리는군. 자, 그럼 상대가 진정된 것 같으니 이 나의 자존심을 위해서라도 집고 넘어갈 건 확실히 해야겠지?

"좋아, 그럼 묻지. 이 나의 그 어디가 널 그리 웃게 만든 거지?"

"아, 정말 미안. 익히 들어온 페르나슈 공작의 어린 후계자가 아침부터 교정에서 시종에게 질질 끌려가는 것을 보게 될 줄은 전혀 상상도 못했거든."

"날 알고 있나?"

"유명하니까."

어느 쪽으로 유명한지에 대해선 일단 패스. 물어봤자 좋은 소리 들을 것 같지도 않다. 그리고 지금 중요한 것은 다른 거니까.

"내가 질질 끌려가는 게 그리도 웃긴 일이었나?"

"뭐어… 공부엔 관심이 없다고 들어왔지만 설마 그렇게까지 몸부림치며 등교 거부를 할 줄은 몰랐거든. 뭐랄까, 문화적 충격을 느낀 듯한 감동에 나도 모르게 웃어버렸네."

"아, 아니, 이건 그냥 단순한 등교 거부가 아니라……."

나도 모르게 당황하며 반사적으로 변명을 하다 밀려오는 서러움에 말문이 막혔다. 문화적 충격이니 감동이니 하는 건 일단 제쳐 두자. 솔직히 말해 학교 가는 거에 이 난리가 아니란 말이다. 어차피 학교야 일단 출석만 체크하고 한숨 자다 보면 끝나는 것 아닌가. 문제는 시험이란 말이다, 시험!! 그것도 시험 보는 것 자체가 아니라 결과 때문!!

억울하다. 정말로 억울하다. 물론 내가 학교 가는 것을 좋아하진 않지만 이건 명백한 오해란 말이다.

아니, 잠깐. 이건 기회다. 이 위기를 모면 할 수 있는 절호의 순간인 것이다. 그래, 이거 써먹을 수 있겠는걸?

여기까지 결론을 내린 난 획 고개를 돌려 루사인을 노려보며 소리쳤다.

"생판 남에게까지 저런 소리 들으며 학교에 갈 체면이 서질 않는다! 루사인! 마차 다시 불러! 집으로 돌아가겠어!!"

그럴듯한 이유를 대고 나름대로 당당하게 소리치며 뒤돌아서자 그런 나의 손을 세게 잡아주는 루사인의 손길이 느껴졌다.

굳은 표정. 심지어 엄숙해 보이기까지 하는 루사인의 얼굴이 나를 감동시켰다. 그래, 너도 네 주인이 모르는 녀석에게 이런 망신을 당하니 안쓰럽지? 어서 가서 다시 침대에 들어가 모든 것을 잊자.

그나마 남아 있는 녀석의 충성심에 고개를 끄덕이며 굳은 의지로 앞으로 나아가려 할 때 루사인은 내 발걸음을 강하게 막았다.

"뭐, 뭐 하는 짓이야?!"

당장 달려가 마차를 준비는 하지 못할망정 이게 무슨 짓이냐고?

"조금은 패턴이 달라지셨군요. 이렇게라도 해서 시험 빼먹을 생각 하시는 거 뻔히 보입니다. 정말로 시험 시간이 코앞에 닥쳤습니다. 무시하고 달리지요."

딱 걸렸다. 녀석, 내 속을 완벽하게 꿰뚫어 보고 있었다. 하지만 여기서 꼬리를 내릴 순 없는 법. 난 최대한 아닌 척해야 한다.

"아, 아니! 잠깐, 루사인! 난 정말로……!!"

"문답무용! 변명은 시험이 끝나고 듣도록 하겠습니다. 그럼 죄송합니다만 너무 늦어져서… 실례를 무릅쓰고 달리겠습니다."

실례라 함은 이 나를 짐짝 나르듯 어깨에 들쳐 업고 달리는 것을 말한다. 아주 가볍게도 폴짝폴짝 계단을 넘으며 달리는구나.

그래, 시험 앞에 진지해지는 너의 사정을 내가 모르는 것은 아니지만 좀 봐주라, 응? 나 정말 이번엔 위기라고. 아니, 뭐 위기 아닌 때가 있었냐고 묻는다면 며칠간 심각하게 고민 좀 해봐야 하겠지만, 그래도 이번이 나름대로 위기 중의 위기라 손꼽을 상황이라고! '내가 영감탱이한테 쫓겨나면 내 시종인 너는 무사할 것 같으냐' 라고 외치고 싶지만 시험을 향한 녀석의 의지에 우악스레 잡혀 업혀가는 처지라 정말 한마디도 할 수 없었다. 아니, 그 이전에 이 내 꼴이, 이건 정말 아니잖아!!

그리고 거기, 이젠 아예 쭈그리고 앉아 웃어대는, 아, 이름을 모르는군. 어쨌든 너!! 그만 웃지 못할까!! 다 너 때문이라고!! 너, 나중에 걸리면 진짜 내 손에 매운맛을 볼 줄 알아!! 내가 지금 이런 꼴이라 우습게보는 것 같은데 이래 봬도 강하다고!! 진짜라고! 그, 그만 좀 웃으라니까!!

그리고 이것이 평소와 조금 다르다면 다른 모든 원흉의 시작이었다.

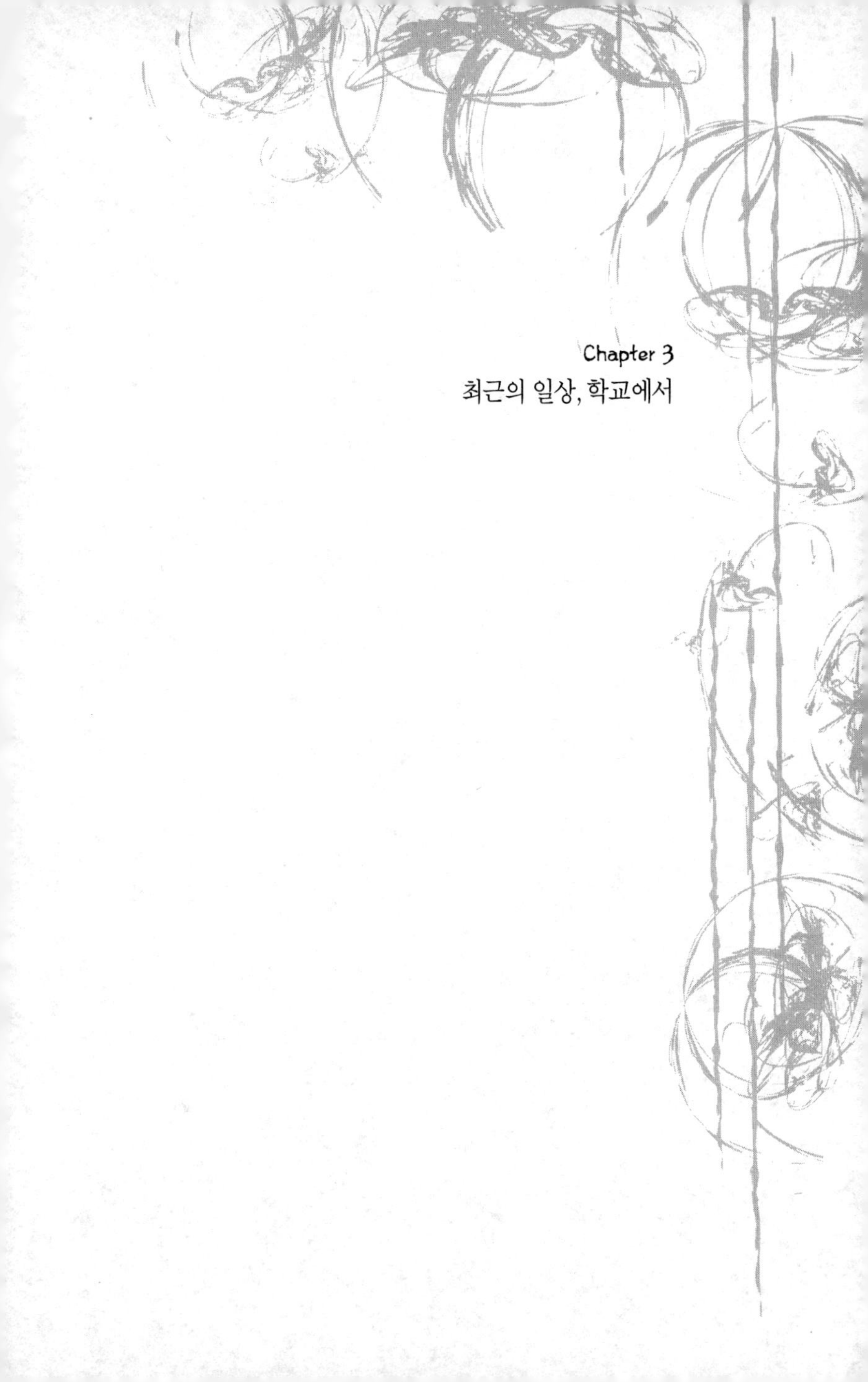

Chapter 3
최근의 일상, 학교에서

오후가 되어서야 괴로웠던 시간은 지났다. 잠시간의 악몽은 끝났다. 길고 길었던 암흑의 시간, 즉 시험이 끝나고 교실의 학생들은 하나둘 일어서며 해방감에 싱글벙글 웃고 있었다.

그리고 나도 얼굴 가득 웃음을 띠며 자리에서 일어났다. 즐거움에 콧노래도 절로 나왔다.

"훗, 후훗."

이거 정말 좋은데? 다른 때는 시험 전에 긴장감이라도 있고, 또 며칠 동안 되든 안 되든 일단 공부는 해보겠다고 각오라도 하며 보냈을 텐데 이번엔 진짜로 시험 당일 아침까지도 시험에 대한 생각을 하지 않았다. 그리고 막상 닥쳐 본방에 구렁이 담 넘어가 듯 후닥닥 해치워 버렸으니…….

그렇다. 솔직히 말해 지금 너무나도 행복했다. 이렇게도 빨리 시험이 지나 버리다니. 앞으로 이 방법, 종종 써먹어도 좋을 것 같다. 나중에 영감탱이가 성적표를 보며 어찌 날뛰든 지금 좋으면 만사 오케이 아닌가. 설마 하니 진짜로 하나밖에 없는 아들을 내치기야 하겠어?

싱글벙글 웃으며 교실을 나오는 나를 보며 루사인은 긴 한숨을 쉬고 있었다. 저 한숨, 아무래도 분위기가 날 보고 나서 쉬는 것 같은데…….

"뭐냐? 또 무슨 불만인데?"

"아무것도 아닙니다. 단지……."

"단지?"

"도련님이 무슨 생각을 하고 있는지 너무나도 적나라하게 보이는 그 표정을 보니 저도 모르게 나온 한숨입니다."

음… 내 표정이 그렇게 티가 났나? 조금은 표정 관리를 했어야 했나 보다. 다른 누구도 아닌 루사인 녀석이 눈치 채면 나의 앞으로의 인생 설계… 가 아니라 시험 계획이 그대로 아버지 귀에 들어갈 게 뻔하니 조심, 또 조심해야지.

굳게 다짐하고 다소 엄숙하기까지 한 얼굴 표정으로 교실을 나서려 할 때 내 뒤에서 버터를 으깨 바른 뒤 기름칠까지 끝낸 듯한 사상 최악의 느끼한 목소리로 누군가를 부르는 소리가 들려왔다.

"세에~ 라~"

그리고 내 몸은 그 순간 굳어버렸다.

이 목소리, 분명 내가 아는 목소리다. 그리고 그는 나를 향해 부르고 있었다. 또한 저 호칭은 내게 향하고 있었다.

"누… 가… 세라란 거냐, 에버헤르드 프리츠 프라트리아 마티아스 소공자?"

눈을 내리깔고 아주 낮은 목소리로 으르렁대며 한마디 한마디 또박또박 잘라가며 목소리의 주인을 부르자 정작 그 목소리의 주인은 아주 의외란 얼굴로 나를 바라보고 있었다.

"뭐냐, 그 긴 이름을 하나도 안 틀리고 또박또박 말하다니? 화났냐? 하지만 화난 모습도 아름답구나, 세에라~"

루사인과 붙여놓으면 참으로 잘 어울릴 것 같은 짙은 금발의 저 녀석은 지치지도 않고 끝까지 내 성질을 건드리고 있었다. 내 장담하건대 저 금색 머리칼은 분명 버터 맛이 날 거다.

"누가 세라야, 누가?! 그딴 증오스러운 단어 따위 당장 치워!!"

"누구긴, 여기서 세라가 너밖에 더 있냐? 오~ 그 이름도 아름다운 세에라~"

그리고 난 드디어 폭발했다. 그래, 너 잘 걸렸다, 프리츠. 안 그래도 오늘 아침에 이상한 놈을 만나 당한 망신이 계속 마음에 남아서 찜찜했는데 네가 아주 그 화풀이를 몽땅 덤터기 써가며 받겠다 이거로구나. 그래, 바란다니 해주마.

분노로 부들부들 떨리는 손으로 허리춤에 매달린 검을 쥐고 꺼낼 자세를 취하자 드디어 저 녹은 버터 같은 자식이 반응하기 시작했다.

"야, 야, 진짜 화났냐? 알았어. 그만 할게, 화 풀어라."

"이제 와서 후회해 봤자 소용없어! 너도 남자라면 검을 들어라!"

교실이 울릴 정도로 큰 목소리로 소리를 지르자 아직 교실을 나가지 않은 학생들이 긴장하는 것을 느낄 수 있었다. 평소대로 적당히 장난질로 끝낼 것 같던 프리츠와 나의 말싸움이 검을 빼어 드는 정도까지 이르렀으니 저들이 놀라는 것은 당연하다.

눈앞의 프리츠 녀석, 역시 나와 같은 실버 나이트의 한 명이니 어느 누구도 둘 사이에 껴서 말릴 생각은 하질 못하고 방법이라곤 저기 교실 밖으로 뛰쳐나가는 정체 모를 누구처럼 담당 선생을 부르러 달려가는 것 외엔 그냥 서서 구경하는 것밖에 없겠지.

"야, 라이안. 진짜 화났냐?"

"그래. 지금 나간 놈이 선생 불러오기 전에 끝장을 보자."

사뭇 진지한 목소리로 다시 한 번 검을 세게 쥐자 프리츠도 조금은 당황하며 천천히 검을 잡고는 진심으로 나만큼이나 진지한 목소리로 입을 열었다.

"그런데 지금 교실 나간 거 루사인 같은데……."

"…엥?"

나는 흠칫 놀라며 주변을 둘러보았다. 그러고 보니 평소 이 정도로 일이 커지면 말리겠다고 나서서 떽떽거리는 루사인의 모습이 보이질 않았다. 뭐, 지금처럼 화난 정도라면 루사인이 뭐라 한들 그대로 무시하고 프리츠와 한바탕 벌이고 잔소리를 듣든 말든 하겠다지만 시작도 하기 전에 뛰쳐나갔다고 한다면, 그리고 그런 그 녀석이 우리를 말리기 위해 나갔을 때 이런 상황에 불러올 사람이라면…….

"키르라이안 세라 일렉트리아 페르나슈 소공자! 당장 검에서 손을 떼세요!!"

교실 뒷문에서부터 들려오는 컵이 깨질 것 같은 높은 소프라노의 목소리. 저 박력, 그리고… 들어버렸다. 듣고야 말았다. 이 나의 전의를 완전히 상실케 하는 나의 저 저주받을 풀네임.

다시 한 번 내 소개를 하겠다.

내 이름은 키르라이안 S. 일렉트리아 페르나슈 소공자. 그렇다. 저 가운데 박혀 있는 S란 이름은 세라. 너무나도 여성스럽고, 그야말로 여자들에게 붙는 바로 그… 세라란 이름의 약자였다.

귀족은 두 개의 이름을 가지고 있다. 그중 앞의 이름은 공식 석상 같은데서 쓸 만한 뭔가 있어 보이는 길고 전통적인 이름을 붙이고, 두 번째 이름은 일상, 혹은 친구들 사이에 사용하는 가벼운 이름으로 하는 게 보통이라지만,

세라라니. 세라라니. 세라라니. 세라라니!!

언젠가 우리 집 영감탱이가 지나가는 소리로 말한 게 있다.

내가 막 태어나서 아직 이름이 정해지기 전, 기억도 안 나는 어머니와 영감탱이는 나의 이름을 가지고 서로가 생각해둔 것으로 하겠다고 말다툼을 했고, 그래서 결국 각자가 생각하는 이름을 내게 하나씩 붙이기로 정했다고 말했다.

그래서 나온 이름이 키르라이안 세라.

적어도 상식이 있는 아버지가 저런 망측한 이름을 후계자가 될 아들에게 붙였을 리는 없으니 결국 저 세라란 이름이 내게 붙게 된 과정을 생각하게 되면… 어머니가 살아 계셨다면 분명 나의 분노가 섞인 원망에 수명이 대폭 줄었을 것이다. 가만, 혹시 그래서 일찍 돌아가신 건가?

그러니까 말하자면 난 내 이름에 콤플렉스가 있다는 것이다. 그것도 매우 많이, 어마어마하게. 그 어디에서도 나는 직접 '세라' 라고 말하지 않는다. 내가 말하는 건 오직 'S' 뿐.

하아, 한참 예민한 성장기 소년에게 세라라니? 대체 무슨 생각으로 그런 이름을 생각하신 겁니까, 어머니?!

자, 궁상은 이쯤에서 끝내기로 하고, 다시 시점을 현실로

돌려, 그러니까 내 이름에 세라란 게 있다는 사실을 아는 자는 거의 없다. 아니, 없었다. 내가 내 입으로 말한 적이 없으니 당연한 것 아닌가.

하지만 지금 아마 전교에 저 이름을 모르는 자는 거의 없을 것이다. 모르는 척할 뿐이겠지.

그 이유를 따진다면 바로 눈앞의 이 녀석. 모든 악의 원흉. 저 마티아스 공작가의 후계자 프리츠 자식이 허구한 날 세라, 세라, 세라 해대는 탓이라 자신할 수 있었다.

처음 녀석이 등장했을 때 소개했던 것과 같이 루사인과 같이 세워놓으면 여러모로 보기 좋은 키도 몸집도 비슷한 녀석이다. 머리색만 루사인과 다르게 버터 녹인 것마냥 짙은 금발이랄까. 남들은 허니블론드라 하지만 저건 절대 버터블론드다.

앞에 말하지 않은 게 있는데, 이곳의 국가 명이 에페트리아, 그리고 내 성은 일렉트리아이고, 프리츠의 성은 프라트리아이다. 뭔가 느껴지는 게 있지 않는가?

뭐, 이쯤 되면 짐작하겠지만 국왕 일가의 성은 국가 명 그대로 에페트리아이다. 일렉트리아인 우리 가문이나 프라트리아인 프리츠의 가문은 직계 왕가에서 갈라져 나온 방계 왕가로 쉽게 말해 왕족이라 할 수 있다.

같은 방계 왕가이면서 저쪽 역시 공작가, 즉 비슷한 수준의 가문, 작위, 그리고 나이 덕분에 어릴 때부터 함께 어울린 소꿉친구였고, 그렇기 때문에 저 저주받을 내 이름까지 아는 것도 당연하다.

그리고 물론 이런 식으로 툭하면 두 번째 이름을 불러대며 나의 성질을 돋워대니—그리고 기대에 응하듯 내가 이리 난리를 피우니—이제 와선 내 두 번째 이름이 이미 학교 내에 공공연한 비밀이 되어버렸다.

뭐, 날 저렇게 못 잡아먹어 안달인 것, 아주 조금 이해해 줄 수는 있다. 애석하게도 저 녀석 첫사랑이 바로 이 몸이었으니까.

대략 대여섯 살쯤 프리츠와 내가 처음 만났을 때, 지금도 자주 여자로 오해받고 있는데 성별이 전혀 구분이 가질 않아 오직 옷으로 구분해야 하던 그 어린 시절은 오죽 했겠는가. 날 완전히 여자인 줄 알고 그대로 반해 버린 채 사실을 알려주려는 주변의 노력을 애써 무시하고 무려 열두 살까지 좋아하던 그 심정을 생각하면 환상이 깨진 시점에서 조금 불쌍히 봐 줄 수도 있다지만 지금까지 두고두고 저렇게 심술 부리는 건 너무하지 않는가!!

"프리츠, 라이안을 놀리는 건 이제 그만 하라고 하지 않았던가요? 늘 프리츠가 그런 식으로 행동하니 라이안이 저리 반응하는 겁니다."

"하지만 저 반응, 재미있잖아? 솔직히 그렇지 않나, 카린?"

"교실에서 칼부림까지 일어나는 게 재미있나요?"

루사인의 안내로 교실에 들어와 있는 힘껏 내 이름을 불러 전의를 상실하게 한 녹색 머리의 동갑내기 소녀 카린은 이 일의 가장 큰 피해자인 나는 내버려 두고 가해자인 프리츠와 서로 신경전을 벌이고 있었다.

귀족가의 아가씨로서 언제나 몸가짐을 바로해야 한다는 규율까지 무시하고 급히 달려온 덕에 흐트러진 리본을 다시 차분히 매며 프리츠를 나무랐지만 프리츠는 전혀 아랑곳하지 않고 그녀의 충고를 무시하며 장난기 섞인 목소리로 말했다.

"재미있지. 사소한 거에 목숨 거는 저 반응, 즐거울 수밖에."

"그래서 제 말을 무시하겠다는 겁니까?"

녹색 머리 사이로 삐죽 드러난 긴 엘프의 귀를 쫑긋 세우며 카린은 프리츠를 올려다보았다. 깊은 심해와도 같은 파란색 눈이 자신을 빤히 바라다보자 프리츠는 살짝 당황하며 카린의 시선을 피하기라도 하듯 눈길을 돌렸다.

"아니, 뭐… 무시한다기보다는……."

변명을 하기 시작하는 프릿츠를 바라보던 카린은 슬쩍 주변을 둘러보았다. 학교에서도 유명한 공작가의 후계자 세 명이 모두 한자리에 모인 만큼 그 박력에 휩쓸리지 않기 위해서인 듯 이쪽에 시선을 신경 쓰지 않기 위해 노력하는 학생이 몇 명 있을 뿐 교실은 조용했다.

그리고 이젠 그나마 남은 학생들마저도 카린이 눈치를 주며 돌아보자 하나둘 교실 밖으로 나가기 시작했고, 얼마 지나지 않아 교실엔 나와 프리츠와 카린, 그리고 있는 듯 없는 듯 내 곁에 있는 루사인만이 남게 되었다.

그러자 드디어 청순하고 가녀리지만 공작 후계자다운 기품을 지닌 엘프 아가씨 카린이 우아하게 손을 뻗어 그대로 프리츠의 멱살을 잡아 자신의 키 높이에 맞게 끌어내려 버렸다. 그리고 처음 등장했을 때와는 전혀 다른 낮은 목소리로 조용히 속삭였다.

"야, 이 자식아. 사람 말을 입으로 듣고 처먹기라도 했냐? 내가 이딴 일로 또 불려오면 둘 다 죽는다고 했지? 확 이 자리에서 조져 버릴까 보다. 앙?"

"자, 자자자자자자, 잘못했습니다, 카린 누님!! 한번만 용서해 주세요!! 누님, 제발!!"

드디어 나왔다. 내숭을 벗어던진 리얼 버전 카린, 그리고 비굴한 프리츠.

그럼 이쯤에서 들어가야 할 것이 바로 카린의 소개.

외모는 조금 전 말한 바와 같이 숲과 같은 녹색 머리카락에 바다 같은 푸른색 눈동자, 인간과 달리 동공마저도 짙은 파랑색, 그리고 뾰족한 귀, 즉 엘프다. 아니, 정확히 말한다면 쿼터 엘프 정도?

이름은 클라우디아 카린느 실버스타 잉게 소공녀.

쿼터 엘프인 만큼 인간의 피가 많이 섞여 있는 카린은 성장 속도가 인간과 같았고, 그렇기 때문에 나와 프리츠와 함께 유년기를 보냈다.

비록 1/4의 피라지만 엘프라는 종족답게 인간과는 다른 가느다란 몸에 조금 신비한 듯한 분위기를 떠올리게 하는 그녀는 학교에선 언제나 조금 전 등장했던 정숙한 숙녀 같은 모습으로 지내지만 그건 200% 내숭이다.

진짜 카린의 모습? 바로 지금처럼 프리츠 멱살 잡고 참으로 무서운 단어를 써가며 협박하는 그것이 그녀의 진실된 성격을 반영하는 것이다.

나와 프리츠가 한바탕 하려 할 때 카린을 불러온 루사인의 판단은 그야말로 정확했다.

우린 그녀를 당할 수 없다.

이유라면 간단하다. 카린은 강하다. 간단히 말해 우리가 속해 있는 실버 나이트 멤버에 그녀의 이름도 당당히 올라가 있다. 그것도 우리보다 먼저.

카린은 엘프의 마법을 사용함과 동시에 인간의 검을 사용하는 마검사다. 게다가 엘프의 친화력을 이용한 정령 마법까지도 사용하는, 그야말로 다재다능한 전투의 천재다.

그러니 우리가 당해낼 턱이 없는 건 당연하지 않은가. 태생부터 다른 그녀를 오직 검만 판 우리가 당할 수 있을 리 만무하다.

"정말이지, 애들도 아니고 이게 뭐 하는 짓거리야. 덕분에 내 인생 설계에 방해를 한 대가는 치러줘야겠어. 어디부터 조져 줄까? 앙?"

응? 이게 무슨 소리? 나와 프리츠 사이에 긴장감이 오가면 늘 불려오는 건 일상과도 같은 일 아니었던가? 그런데 갑자기 인생 설계라니?

"인생 설계?"

덜덜 떨던 프리츠도 고개를 들며 물었다. 과연 대단하다, 프리츠. 이 와중에도 궁금한 건 묻고야 말다니. 호기심이 두려움을 누르는구나.

"그래, 인생 설계. 나, 드디어 내 남편감을 정했어. 그분의 분위기 하며 멋진 마법 실력. 정말이지, 한눈에 반해 버렸어."

이건 또 무슨 소리인가? 점점 궁금해지기 시작했다. 저 왈가닥의 두 눈에 장미꽃이 피어나게 만드는 그분이 대체 누구인지 카린의 이어지는 말에 집중했다. 그리고 기대했던 대로 녀석의 정체에 대해 알 수 있었다.

"비록 조그만 시골 영지밖에 없는 거스틴 남작가의 둘째 아들이라지만, 그런 거야 우리 집에 데릴사위로 데려와 버리면 끝나는 일. 남은 건 내가 그분을 손에 넣는 것뿐이지."

그리고 나와 프리츠는 고개를 갸웃거리며 기억 속의 귀족 명부를 열심히 떠올리기 시작했다. 하지만 도저히 알 수 없는 이름이었다.

"거스틴 남작? 엘프 중에 그런 사람이 있었나?"

"조용히 해, 라이안. 나도 지금 기억하는 모든 엘프 귀족의 이름을 정리하는 중이니까."

미래의 장밋빛 인생 설계에 황홀한 표정을 짓던 카린은 그런 우리를 향해 아주 간단하게 틀린 점을 고쳐 줬다.

"엘프 귀족의 이름은 왜 정리하는데? 거스틴 남작은 인간인걸?"

그리고 나와 프리츠는 그대로 당황하며 카린의 얼굴을 바라보았다.

"인간? 카린 네가 인간과 결혼하겠다고?"

"죽어도 엘프랑 결혼해서 피를 정화하겠다며?!"

"상관없어! 사랑 앞에 혈통 따위 명함일 뿐이야!"

또다시 머릿속에 장밋빛 인생을 구상하는 카린을 보며 우린 그저 아연실색하며 입만 뻐끔거릴 뿐이었다.

다시 말하지만 카린은 쿼터 엘프다.

순수한 엘프는 인간은 도저히 따라갈 수 없는 신비한 분위기를 가진 매우 아름다운 종족이다. 하지만 두 세대를 거치며 인간의 피가 섞여 태어난 카린은 엘프의 피가 섞인 만큼 아름답긴 하지만 단지 그것뿐, 누구도 따라갈 수 없는 엘프의 신비로운 아름다움까지 갖지는 못했다. 심지어 나와 함께 있을 때 내 쪽이 더 아름답다고 하는 사람들도 있을 정도이다.

아, 물론 나로 말할 것 같으면 성별을 따지지 않고 왕국제일의 아름다운 얼굴에 늘 톱으로 오르는 인물이니 나하고 비교하는 것 자체가 이상하지만 카린은 아무래도 다른 무엇보다도 '남자' 인 나보다 미모가 뒤떨어진다는 것에 늘 콤플렉스를 가지고 있는 것 같다. 게다가 함께 자랐으니 더욱 신경 쓰일 터.

그래서 결국 카린은 선언했다. 자신의 배우자는 엘프들 중에 고를 것이라고.

그러니까 그녀의 주장은 인간이 섞여 자신이 엘프의 미를 잃었다면 자신의 대부터 다시 엘프의 피를 섞으면 점차로 피가 정화되지 않느냐는 것이었다.

쿼터인 자신이 순수한 엘프와 결혼을 하면 1/4에 1이 더해지는 거니 그러니까… 에… 그… 음… 모르겠다. 산수, 안 된다. 저런 고난이도의 문제는 각자 알아서 계산하도록 하고, 그러니까 쿼터인 1/4보다는 좀 더 많은 엘프의 피가 흐르게 되고 태어난 아이가 또다시 순수한 엘프와 결혼을 하면 더욱 짙은 엘프의 혈통이 되는 거고…….

어쨌든 저런 식으로 해서 순수한 엘프의 혈통을 되찾겠다고 선언하며 당시 나이도 비슷하고 가까운 사이라며 약혼 말이 오가던 두 공작가의 후계자인 나와 프리츠를 발길질하듯 뻥 차버렸었다. 그런데 이제 와서 인간 남자와 결혼하겠다니?

우리와 비교할 수 있는 비슷한 수준의 가문도 아니고 남작, 정확히 말하면 그 남작의 둘째 아들, 그리고 하다못해 엘프도 아닌 같은 인간. 우리가 비록 카린을 무서워하고 또 애초에 차였다지만 그래도 가문의 자존심이란 게 있다. 절대 가볍게 넘어갈 수는 없는 일이었다.

"카린, 그거 너무 갑작스러운데, 정말로 그런 시시한 남자와 결혼이라도 하겠다는 거야?"

조금은 걱정을 담아 묻자 카린의 표정이 바뀌었다. 물론 험악하게.

"뭐라고 했냐, 금발 애송아? 감히 내 달링한테 시시한 남자라고 내뱉은 거냐?"

"아니요. 죄송합니다. 말이 헛나왔습니다."

그렇다. 가문의 자존심이고 뭐고 간에 일단 내가 지금 사는 게 중요했다. 감히 카린에게 대들 수 없다는 지금의 현실 앞에선 그저 목숨 보전하기 위해 기는 것이 최고의 길이었다.

"흠, 헛나왔다라……. 아무래도 찬찬히 심문을 해봐야……."

여전히 마음에 들지 않는지 중얼거리던 카린이 갑자기 긴 귀를 쫑긋거리며 창문으로 고개를 돌렸다. 떨고 있던 나와 프리츠, 그리고 뒤에서 즐거운 듯 구경하는 루사인은 영문을 몰라 호기심 어린 눈으로 그런 카린을 바라보았다.

하지만 우리의 의문은 오래가지 않았다. 프리츠의 멱살을 쥐고 흔들던 카린은 어느새 사라지고 한들한들 꽃소녀마냥 분위기부터 완전히 바뀌어서는 창가로 우아하게 걸어갔다. 정말 카린의 정체를 아는 사람이 보면 한기를 느낄 정도로 완벽한 변신이었다.

"여러분, 집에 돌아가시나요? 어머, 플루토님. 오늘도 모쪼록 좋은 하루가 되세요."

와, 못 참겠다. 창밖을 향해 사근사근 말하는 저 가느다란 아가씨 목소리를 들어보아라! 죽인다느니 조져 준다느니 협박하던 건 어디로 사라진 것이냐!!

그런데 플루토는 또 누군가? 들어본 적도 없는 이름이다. 아무래도 카린 반응으로 봐선 분명 거스틴 남작의 둘째 아들이라는 그놈이겠지?

궁금해진 나도 창가로 가서 카린처럼 밖을 내려다보았다. 프리츠와 루사인도 역시 문제의 그 녀석을 보기 위해 내 곁으로 다가왔다. 그리고 우리 셋은 눈을 동그랗게 뜨고 허탈한 한숨을 쉬었다.

카린이 누굴 보고 있는지 고민할 것도 없이 한눈에 들어왔다. 두 층 아래, 교문으로 향하는 길목엔 키가 큰 남자 하나와 그를 둘러싸고 있는 열댓 명의 여학생이 우르르 몰려가고 있었다.

그런데 저 자식, 얼굴이 눈에 익다.

"가만, 저 자식, 아침에 나보고 굴러대며 웃던 놈 아냐?"

"알아?"

프리츠가 의아한 눈으로 물었고, 난 고개를 끄덕였다.

"아침에 좀 일이 있었어."

"아무리 봐도 처음 보는 얼굴인데."

"나도 오늘 아침에 처음 봤어. 대체 어디 숨었다가 이제야 튀어나온 거야."

프리츠와 함께 중얼거리자 등 뒤에서 루사인이 설명을 해줬다.

"얼마 전에 편입했다고 합니다. 점심시간에 조사해 봤습니다."

과연 루사인, 행동력 하나는 빠르구나. 얼마 전에 편입이라……. 그래서 전혀 기억에 없었던 거로군. 그러니까 저딴 녀석한테 카린이 반해 있다 이거지? 공작가의 후계자인 나와 프리츠는 축구공 차듯 뻥 차버리고 겨우 남작, 아니, 차마 그것도 안 되는 남작의 둘째 아들이라고?

기분이 슬슬 나빠지고 있었다. 그래서 난 나도 모르게 투덜거리기 시작했다.

"와, 기가 막혀. 비슷한 또래의 여자들에게 둘러싸여 거들

먹대는 모양이라니. 남자 망신, 귀족 망신은 혼자 다 시키고 있구나."

"야, 야, 라이안."

프리츠가 옆구리를 찌르며 날 불렀다. 하지만 이미 가라앉은 기분에 녀석 따위 신경 쓰이지도 않는다.

"저기 저 좋아 죽는 얼굴 좀 봐. 저거 혹시 기둥서방이 본업 아냐?"

"라, 라이안……."

"아, 왜 자꾸 불러! 저 재수없는 자식 구경 좀 하… 려… 는… 헉! 카, 카린?"

계속해서 날 부르는 프리츠에게 버럭 화를 내며 돌아선 난 프리츠의 뒤로 도끼눈을 뜨고 있는 카린을 보며 뒷말을 흐렸다. 무언가 매우 화난 모습. 카린의 분노에 찬 머리카락이 공중에 흩날리는 듯한 환상까지 보이는 듯했다.

"금발 애송아, 감히 우리 달링한테 뭐라고 했냐. 망신? 기둥서바앙? 아까부터 상당히 거슬리던데 뭣자리는 봐뒀냐?"

"저, 저기… 카린, 그러니까……."

등 뒤로 흐르는 식은땀을 생생하게 느끼며 주위를 두리번거리며 누군가 날 도와줄 사람이 없나 살폈다. 하지만 내 눈에 보이는 것은 뒤꿈치까지 들고 살금살금 교실을 빠져나가는 프리츠와 팔짱을 끼고 강 건너 불구경하듯 날 바라보는 루사인뿐이었다.

와, 진짜 너무하다. 자기 살길들만 알아보냐!! 너희가 그러고도 친구라고 할 수 있는 거냐고!!

"애송이, 일단 여긴 지나가는 사람이 있을지 모르니 우리 조용한 데서 대화를 해보자. 따라와. 튀면 집에까지 따라가서 죽인다."

영혼마저 전율할 정도로 낮은 목소리. 꿈에 나타날까 두렵다. 진짜 조용한 데 따라가면 정말 대화만 할 거냐? 아닐 거 같은데? 하지만 어쩌겠나. 튀면 집에까지 따라온다는 거, 차라리 학교에서 가볍게 끝내는 게 낫지. 따라가는 수밖에.

속으로나마 투덜거리며 난 카린의 뒤를 정말 할 수 없이 따라갔다.

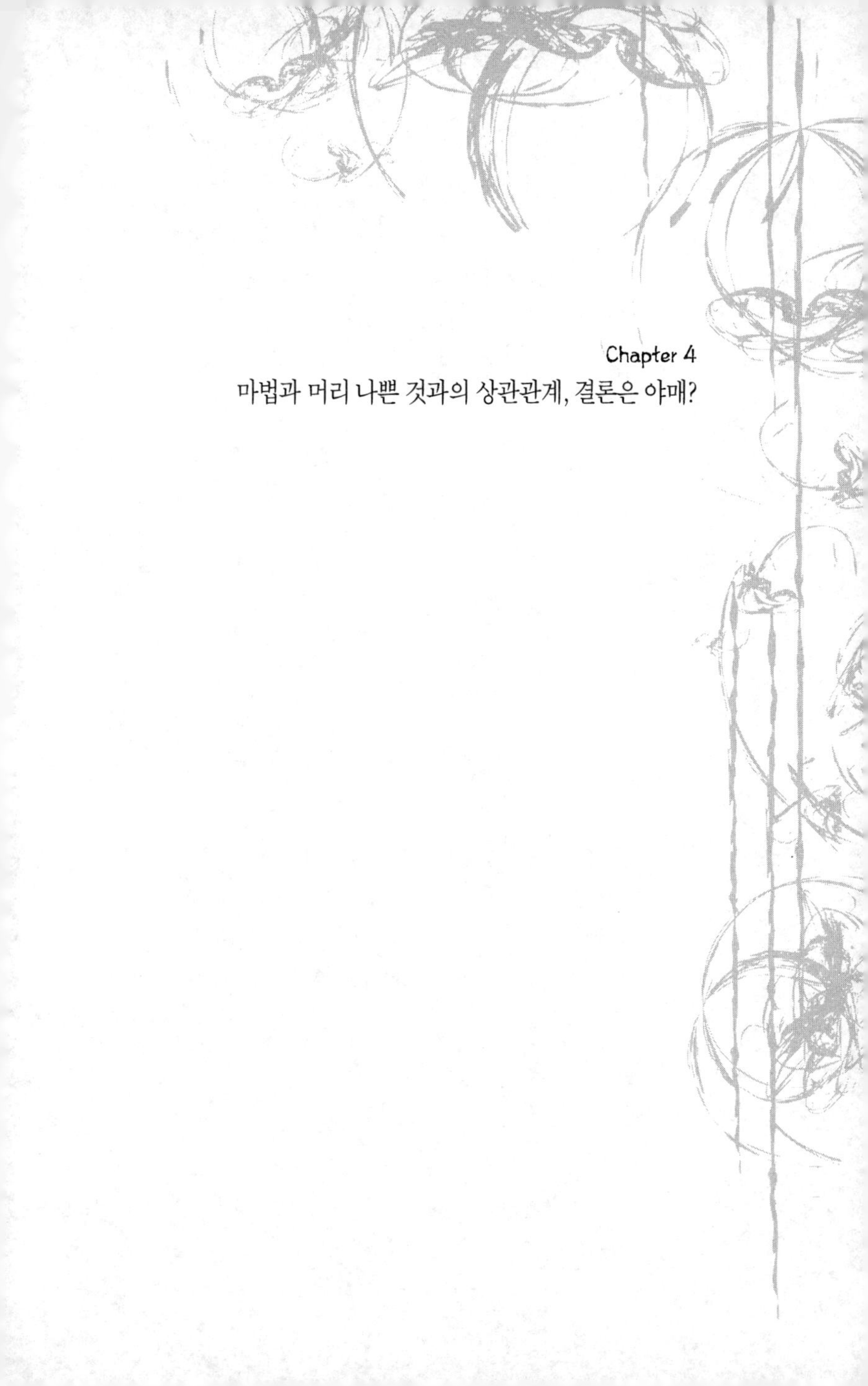

Chapter 4
마법과 머리 나쁜 것과의 상관관계, 결론은 야매?

쾅! 쿠르르르! 콰콰쾅!!

요란하게 마법이 터지는 소리와 함께 주변의 물건들이 무너지는 소리가 이어졌다. 그리고 카린은 차가운 목소리로 날 내려다보았다.

"자, 그럼 이제 남의 달링에 대해 다짜고짜 시비 건 이유에 대해 들어볼까?"

방과 후, 아무도 없는 학교 비품실. 여전히 리얼 버전의 낮은 목소리로 이를 가는 카린에게 난 아무런 대답도 할 수 없었다. 아니, 대답할 힘이 없었다. 왜냐고?

앞에 울리는 소리 못 들었나? 지금 내 상태로 말할 것 같으면 일단 파이어볼에 한번 잘 구워지고 뒤이어 날아온 발차기에 옆구리를 가격당한 후, 쓰러지기 직전 마무리 주먹질에 그대로 얼굴 강타까지 당해 그야말로 떡이 되어 누워 있었으니까.

그렇다. 카린은 날 이 구석으로 끌고 와 일단 볼 것 없이 성질나는 대로 패대기를 치고 나서 사정을 물은 것이다. 역시 주먹이 먼저 나가는구나.

정말 내가 제정신이 아니었지. 이런 애란 걸 알면서도 그런 짓을 저질러 버렸으니…….

"야, 말 안 하냐? 맞은 데가 덜 아프지? 진지하게 다시 맞을래?"

한참 맞은 부위의 통증을 느끼며 마음속으로나마 열심히 신세타령을 하는 내게 카린이 다시 한 번 물었다. 그리고 물론 이미 뒤이어 날릴 마법을 준비하며 주문도 외우고 있었다.

그러니까… 사람을 이래 만들어놓고 또 날리려고?

"그, 그, 그마안! 아무리 성질이 난다지만 사람 죽이려고 그래? 그나마 처음 공격도 내가 몸이 튼튼해서 살았지, 보통 사람이었다면 즉사였다고!"

난 정말 온 힘을 다해 외쳤다. 그래, 외쳐야지. 지금 주문을 외우는 카린의 살벌한 눈이 진심을 반영하고 있는데 살려면 그 수밖에 더 있나.

"그 정도야 넌 튼튼하니까 안 죽잖아. 그러니까 가볍게 한

탐(?) 더 뛰고 진지하게 대화해 보자."

"…네 마법 한 번 더 맞으면 진짜로 죽을 거다."

"그럼 말해. 내 핑크빛 인생 설계에 구정물을 뿌리는 저의가 뭐야? 우리 달링이 어디가 맘에 안 드는데?!"

그리고 그 물음에 나는 억울해졌다. 설움이 복받쳐 올랐다.

"그, 그냥 마음에 안 드는 걸 어떡해!! 아니, 그래, 카린 니가 반해 버렸다는 게 더 싫어! 왜 우리가 아닌 생판 남한테 반해 버리냐고!! 그러니까 맘에 안 들어! 싫은 놈 싫다고 하는데 그게 뭐!"

아아, 외쳐 버렸다. 이런 어린애 땡깡 부리는 듯한 선언. 저질러 버리고야 말았다.

그래, 어차피 이 이유밖에 더 있나. 나와 프리츠, 그리고 카린, 이 셋 사이에 생판 모르는 놈이 끼어들게 되는 것은 사양이다. 참고로 루사인은 예외.

소년들은 주변의 이성에게 첫사랑을 느끼게 된다고 한다. 즉, 비록 저런 카린이지만 저 쿼터 엘프 소녀가 내 첫사랑이었다. 허구한 날 패고 욕하고, 게다가 내숭까지 떠는 이중 생활의 표본이라지만 그래도 저런 카린이 가장 가까이에서 인식할 수 있던 이성이었고, 그래서 좋은 걸 어찌하란 말인가!

그런데 이런 내 앞에서 다른 놈과의 인생 설계를 짜고 있다니!!

"엘프가 아니라면, 같은 인간이라면 왜 나랑 프리츠는 안 되고 그놈은 되는 건데?!"

그리고 나의 외침에 카린은 한숨을 쉬었다.

"어차피 라이안 너나 프리츠는 절대로 내 상대가 되지 못해."

"어째서?"

"너네 둘, 마법 못하잖아."

"…엥? 마법?"

이게 갑자기 무슨 봉창 두들기는 소리? 아닌 밤중에 홍두깨라더니 왜 갑자기 마법이 튀어나와? 무슨 연관성이 있다고?

"엘프는 마법의 종족이야. 인간과 결혼한다 하더라도 최소한의 혈통을 위해서 마법사와 결혼해 왔다고. 마법이라고는 오크가 문자 쓰는 정도로 거리가 먼 너희 둘은 절대 내 남편감 후보조차 안 된다고."

"그럼 그 녀석은?"

"플루토님은 당당한 마법사야. 그 나이에 벌써 5서클이시라고. 너, 그게 얼마나 대단한 건지나 알아?"

물론 모른다. 마법사라고는 '카린처럼 주문을 외우고 발사를 한다' 정도밖에 모르는데 갑자기 서클은 또 무엇이냐.

카린은 이런 나의 반응 정도는 예상했다는 얼굴로 가볍게 무시하며 말을 이었다.

"궁정 마법사를 지내신 카를로스님께서 은퇴하시고 시골로 내려가서 발견한 인재래. 10년이나 전에 어린 소년의 마법적 재능을 깨달으시고 자신이 이 땅에 내려온 것 자체가 이 소년을 만나기 위해 신이 만드신 기회라고 하시며 온 힘을 다해 가르치신 유일한 제자야."

궁정 마법사 카를로스라면 기억한다. 그러니까, 성에서 뛴다고 흰 수염 날리며 지팡이 들고 따라와 패대기치던 추억의 그 끈질기던 할아버지 아닌가.

"뭐야, 그러니까 결국 그 자식이 마법을 쓰니까 좋다는 거야?"

"단순하게 따지면 그렇지. 인간이면서도 그런 천재적인 마법사님이시라니. 게다가 잘생겼잖아!! 계집애 같은 너나 유약해 보이는 프리츠와는 질적으로 다른, 그야말로 남자의 향취가 듬뿍 묻어 나오는 분이라고!"

뭔가 매우 기분이 나빴다. 그러니까, 그 녀석이 우리보다 사내답다고 말하는 것인가, 지금? 겨우 마법 조금 쓸 줄 아는 녀석이 실버 나이트인 나와 프리츠보다 더?

괜히 성질이 났다. 그리하여 나는 욱하는 기분에 폭탄선언을 해버렸다.

"뭐야! 그런 마법, 까짓 거 배우면 되지! 내가 마법을 쓸 줄 알면 되는 거 아냐?"

그리고 잠시 침묵이 감돌았다. 뭔가 매우 심각하게 뻴쭘함이 느껴질 정도로 상당히 오랫동안.

카린의 비웃음이 들린 것은 그 후였다.

"풉, 푸하하하하하! 아이고, 라이안! 나 좀 웃기지 마! 으, 으하하하하!"

귀족 아가씨 웃음소리치곤 참으로 심각한 모양새다. 저래 놓고 남들 앞에선 그렇게나 내숭을 떨어댄다 이거지? 저래가지고 어이 시집갈꼬… 가 중요한 게 아니지. 내가 지금 무슨 소릴 하는 거냐. 일단은 이야기의 중심으로 돌아가서,

"뭐가 그렇게 웃긴데?!"

"라이안 네가 마법이라고? 안 돼, 안 돼. 넌 가장 기본적인 마법의 흐름조차 볼 수 없는 체질이라고."

"뭐야? 그런 체질 따위, 하면 된다! 해서 안 될 거 없다!!"

"왜? 너 해서 안 되는 거 있잖아. 공부."

"……."

왜, 어째서 이런 대화에 갑자기 공부 이야기가 튀어나오는 거냐? 아니, 그러니까 내가 공부에 뜻이 없어 안 하는 게 문제지 일단 하기만 하면 음… 그러고 보니 루사인이 시험 전에 가르쳐 주는 것도 잘 못했지? 나… 역시 해도 안 되는 게 있는 것인가.

변명의 여지가 없어 차마 반론을 제기하지 못하는 내게 카린은 끝까지 비웃었다.

"그러니 포기해라. 그럼 난 다시 플루토님께 대시하러. 너,

또 방해하면 이번엔 진짜로 죽는다."

끝까지 내게 절망적인 말만 해대며 카린은 비품실을 나갔다. 그리고 난 그런 그녀의 뒤로 있는 힘껏 외쳤다.

"두고 봐! 그까짓 마법! 해내고야 말겠어!! 나중에 후회나 하지 마라!!"

그러나 카린은 끝까지 돌아봐 주지 않았다. 그리고 조용히 말했다.

"너, 그 상처 나한테 맞은 거라고 하면 알지? 계단에서 구른 거다?"

이거 무슨 학교 폭력물이었나?

그리하여 비품실에 남은 것은 나, 그리고 있는 듯 없는 듯 비품실 구석에서 내가 카린에게 당하고 있는 것을 올라운드 라이브로 구경만 하던 루사인 단둘이었다.

가만, 생각해 보니 이거 또 웃기네? 내가 죽기 직전까지 맞고 있는데 시종이란 놈이 그걸 그냥 구경만 해? 그것도 저리 팔짱 끼고?

"야, 루사인, 너 진짜 내가 그리 당하는데 어찌 한 번을 안 도와주냐? 내가 카린한테 죽는 꼴 보고 싶었어?"

"안 죽었잖아요."

"……."

아니, 물론 말 그대로 죽진 않았다지만 그렇다고 저렇게 정색을 하고 반론하면 내가 할 말이 없지 않은가. 하지만 그래도 기분이 나쁘니 시비 걸기라도 해야 직성이 풀린다.

“지금 죽고 안 죽고가 문제야? 주인이 당하고 있으면 바로 달려와서 말려야 할 거 아냐?”

“저도 목숨은 하나거든요.”

오호, 통재라. 요즘 시종들의 주인에 대한 봉사 정신에 대해 진지하게 생각해 봐야 할 시간이로다… 가 중요한 게 아니라 대체 이 녀석, 왜 이렇게 말발이 세냐.

물론 그 주장, 인정할 수 있다. 그래, 카린에게 잘못 걸리면 죽지, 죽어. 납득할 수 있는 이유… 라고 하기엔 뭔가 좀 뒤끝이 안 좋긴 하지만. 그래, 지금 중요한 문제는 다른 것이니 일단 용서하고 넘어가기로 하자. 가장 중요한 용건부터.

“당장 마법 선생부터 구해봐, 실력 좋은 사람으로.”

그래, 카린. 두고 보자. 내가 그놈의 마법, 하고야 만다. 뭐? 체질이 어쩌고 어째? 하면 된다고, 하면!!

하지만 루사인은 나의 이런 다짐을 한순간에 무너뜨려 버렸다.

“그냥 하나만 파죠? 도련님 검 실력 좋잖아요. 검으로 외길 인생 가자고요.”

“시끄러워. 내가 한다면 하는 거야.”

“돈 낭빈데…….”

뭐가 그리 마음에 들지 않는지 투덜거리는 녀석을 보며 난 드디어 폭발했다.

"네 돈 내는 거 아니니 걱정할 필요 없어! 너도 그놈의 카린이 말하는 체질이니 뭐니 신경 쓰는 거냐?!"

괜히 성질이 나서 버럭 소리치자 루사인은 고개를 저었다.

"그런 거야 저도 마법을 써본 적 없으니 모르죠. 제가 걱정하는 건 좀 더 기본적인 문제입니다."

"기본적인 문제?"

체질 말고 또 다른 게 필요하단 말인가? 귀를 쫑긋 세우며 루사인의 다음 말을 기다리는 내게 루사인은 한숨을 쉬며 설명해 가기 시작했다.

"마법은 일단 연구와 계산을 바탕으로 이루어지는 분야라고 알고 있거든요."

"그래서?"

"…도련님 머리 나쁘잖아요."

음, 그렇지. 일단 내 머리가 나쁘지. 그게 문제야… 잠깐! 저놈 지금 내 머리 나쁘다고 놀리고 있는 거 아닌가?

"야, 루사인. 너, 진짜 뭘 믿고 주인한테 감히 함부로……."

"마법 쓰려면 머리 굴려야 하거든요?"

"……."

"공부해야 하거든요?"

성질을 내는 내 말을 막으며 다시 한 번 강조하는 루사인이었다. 그리고 난 끝까지 그의 말을 무시할 수 없었다.

음, 그래. 확실히 머리 쓰는 거면 좀… 이 아니라 아주 많이 무리가 되지. 생각지도 못한 곳에 의외의 복병이라……. 하지만 이미 카린에게 큰소리 땅땅 쳤는데…….

이쯤 되면 할 수 없다. 사나이 체면에 무를 뽑았으면 칼이라도 베어야……. 어라? 뭔가 말이 좀 이상한 거 같은데? 뭐, 어쨌든 최후의 수단이라도 써봐야 한다.

"아버지 오늘 집에 계셔?"

"갑자기 주인 어른을 찾는 이유가 짐작은 가지만… 오늘 외출 예정은 밤에 있다 들었으니 지금은 집에 계실 겁니다."

그래, 그럼 내가 하교하고 집으로 가면 일단은 집에 있을 거라 이 말이지. 좋아, 오늘의 일정은 영감탱이부터 만나보는 거다. 결정했다!

눈을 빛내는 나를 걱정스러운 눈빛으로 바라보고 있는 루사인에 대해선 생략하겠다.

난 걷는 시간도 아까워 복도를 달리며 루사인을 향해 외쳤다.

"마차 대기시켜! 당장 집으로 간다!!"

오늘은 타 학교 망나니 일행들과 놀지 않고 곧장 돌아간다는 사실 하나만으로도 기쁜지 루사인은 군말없이 나보다도 빨리 계단을 내려가 교문으로 향했다. 덕분에 난 교문에 도착하자마자 마차를 탈 수 있었고, 루사인이 뭐라 했는지는 몰라도 마부는 전속력으로 마차를 달렸다.

집에 도착해 있는 힘을 다해 달리며 이 시간에 아버지가 있을 만한 방이란 방은 다 열어댔고, 드디어 서재의 책상에 앉아 무언가를 보고 있는 아버지를 발견했다.

올해가 딱 마흔 살이 되는 해지만 모르는 사람이 보면 서른 초반으로밖에 보이지 않는 심하게 동안의 얼굴. 하얀 피부에 검은 머리칼, 그리고 눈웃음을 치는 듯 살짝 가느다란 눈매의 전형적인 왕족의 외모를 뽐내는 아버지를 향해 난 있는 힘껏 소리쳤다.

"아버지! 나 마법 배울래!! 선생 구해줘!!"

그리고 뜻하지 않은 아들의 난입과 함께 이어진 엄청난 선언에 아버지는 잠시 동안 멍한 얼굴로 나를 빤히 바라보았다. 하지만 그것도 잠시, 곧 고개를 숙여 다시 서류를 향해 시선을 돌린 아버지는 나지막이 중얼거렸다.

"요새 건강이 안 좋은가. 환청이 들리네."

"환청 아냐! 진짜 아들이야! 나, 마법 배울 거라고!"

다시 한 번 강조하자 아버지 역시 다시 한 번 나를 빤히 바라보았다. 물론 처음 봤을 때보다 오랜 시간을 들여 위아래로 열심히 나를 살핀 아버지는 고개를 끄덕이며 조용히 대답했다.

"안 돼."

이봐요, 아버지. 분명히 고개는 끄덕이고 있는데 그 '안 돼'라는 말은 분명 부정형이거든요? 그것이 그러니까, 강한 부정의 긍정이란 것입니까, 아니면 강한 긍정의 부정이란 것입니까?

멍하니 바라보고 있는 나를 향해 아버지는 다시 한 번 입을 열었다.

"넌 마법 못 써. 체질이 아니야. 그래도 고집 부리며 혹시라도 마법을 쓰게 되면……."

"쓰게 되면?"

"엄청나게 후회할 거다. 그러니까 마법 금지다. 괜히 딴생각하지 말고 검이나 파라. 그나마 잘하는 거라곤 그거 하나면서 뭘 다른 데 신경 쓰냐."

그러고선 더 이상 상대도 하기 싫다는 듯 자리에서 일어나 서재를 나갔다. 훤칠한 키만큼이나 긴 다리로 뒤도 돌아보지 않고 성큼성큼 걸어나가는 모습이 정말 마법에 대해 한 치의 고려도 없다는 것을 보여주는 것 같았다.

한번 이거다 하면 절대 굽히지 않는 사람이다. 완전히 자기 페이스대로 인생을 살아간다고 할까? 하긴, 그렇지 않으면 지금까지 날 혼자 키우면서도 얼굴에 주름 하나 없는 걸 설명할 수 없지. 어머니는 거의 기억에 없으니 아마 아주 어렸을 때 돌아가셨다고 짐작된다. 아버지가 혼자 키운 게 분명하니 말이다. 물론 거의 고용인들의 손을 거쳐 자랐지만 그래도 이래저래 말썽만 부리는 날 이만큼 키워낸 것엔 저런 아버지의 거칠 것 없는 성격 덕분이기도 하다.

뭐, 어쨌든 간에 하, 대체 체질, 체질, 그 체질이란 게 뭐야? 그렇게 대수야? 아버지도 그렇고 카린도 그렇고, 거기에 루사인도 포함해서 왜들 그리 날 무시하는 거야? 내가 그렇게도 마법하고 거리가 멀어 보여?

물론 머리 쓴다는 거에 나도 좀 난감하긴 하지만, 그래도 오기가 있다. 두고 봐라! 마법? 쓰고야 말겠다!!

그리하여 루사인을 이끌고 내가 온 곳은 학교 밖에서 혼자 놀 때, 괜히 피 좀 보고 싶으면 슬쩍 와서 시비 거는 다운타운, 일명 뒷골목이었다. 그곳에서 나름대로 기억을 더듬으며 이 골목 저 골목 누비는 나를 향해 루사인은 역시 투덜거렸다.

"도대체 이런 지저분한 거리에 무슨 볼일이 있다고 온 겁니까? 정말 질 안 좋습니다, 도련님."

"무슨 볼일이긴, 야매 찾아왔지."

"야매… 라니요?"

"정식으로 영업하는 데가 아니니 야매지."

"제 말은 그게 아니라……."

루사인이 뭔가 열심히 말하려고 하지만 무시. 루사인의 잔소리에 신경 쓸 틈이 없다고. 그러니까 말이다, 정 다들 그렇게 마법 선생 하나 소개시켜 주거나 붙여주길 꺼린다면 나는 내방식대로 가겠다 이거다.

내가 알기로 이 골목 어딘가에 점 보는 집이 있었다. 물론 이 동네야 그런 집 많다지만 내가 찾는 집은 딱 한 군데다. 용하다는 점쟁이도, 유명한 점쟁이도 아닌 그냥저냥 무난한 곳.

하지만 입소문 하나는 확실하다. 무슨 입소문이냐고? 마법을 사용하는 점쟁이라는 소문이다. 그것도 그냥 마법이 아니다. 점을 보는 상대의 안에 있는 마법을 끌어내서 그것으로 점을 친다고 한다.

뭔가 사기성이 짙어 보여서 그냥 흘려들었지만, 지금 이런 상황엔 딱 아닌가? 밑져야 본전. 못 먹는 감 찔러나 본댔다고, 일단 가서 내 안에 있을 마법의 힘이란 것 좀 끌어내 달라고 하면 되는 거 아닌가. 그렇게 마법 좀 꺼내보면 체질이니 뭐니 그런 소리 싹 다 사라지겠지. 뭐, 진짜로 내 안에 마법이란 게 없으면 진짜 포기해야 할지도 모르지만.

"대체 마법을 배우겠다면서 무슨 야매를 찾아 이런 곳까지 오시는 겁니까?"

"아, 진짜 너 잔소리 더 하면 안 데려간다? 마법을 하려고 찾아온 거 맞으니까 잔말 말아라."

그리고 난 드디어 찾고 있던 점술집이라는 허름한 간판이 달린 천막을 발견하고 기쁜 마음에 들어갔다.

입구에 쳐진 얇은 천을 걷고 안으로 들어가자 촛불과 수정구로 장식된, 그야말로 한눈에 봐도 '여기는 점 보는 집' 이라고 납득할 수 있는 배경이 나를 반겼다. 그리고 정 가운데에서 역시나 마법사, 혹은 늙은 점쟁이 같은 후드 차림에 모자까지 눌러쓴 점쟁이가 나를 보며 입을 열었다.

"이것참, 위대하신 분의 피를 이으신 자가 오셨군요."

"나? 위대하신 분?"

음, 내가 일단은 방계 왕가의 한 사람으로 직계 왕족에서 갈라진 지 겨우 3대째이니 위대하신 분이라면 건국왕 폐하를 말하는 것인가? 그 외에 위대한 사람이 더 있던가? 아, 역대 왕들 중 유명한 사람 많으니 그 사람들 죄다 머릿수대로 계산하면 꽤 되는구나.

"무의 최고라는 인간의 혈통에 마법이 깃드신 자를 직접 눈으로 볼 수 있어 영광입니다."

한참 조상 할아버지 왕들의 업적을 하나하나 꼽아보며 위대하신 분의 정체를 밝히기 위해 고민하던 난 문득 노파의 말에 귀를 기울였다.

"무슨 소리야? 마법이 깃들다니? 나 지금 다들 내가 마법 쓸 수 있는 체질이 아니래서 널 찾아온 건데? 혹시 조금이나마 가지고 있을지 모르는 마법 좀 끌어내 달라고."

그리고 나의 말에 노파야말로 놀란 얼굴로 되물었다.

"마법을 쓰고 싶다는 말입니까? 이미 검으로 유명을 떨치고 계실 텐데 어찌 갑자기 마법을……."

"오기로."

"……."

음, 저기… 그렇게 기가 막혀 말이 나오질 않는 표정 짓지 않아도 나도 충분히 알거든? 하지만 어쩌겠어. 이 내가 배우겠다고 말을 꺼냈으니 어떻게든 해야지.

"왜 말이 없어? 나, 그렇게 가망없는 체질이야?"

"그렇습니다."

아, 실망. 진짜 안 된다는 건가? 뭔가 억울해지기 시작했다. 체질이라 하면 태어나면서부터 정해지는 것. 선천적인 문제로 할 수 없다니. 누구는 선택되고 누구는 선택되지 않았다는 것인가? 그리고 그렇게 따진다면 나는 당연히 선택되는 쪽이어야 하는 것인데 이 내가 탈락이라니.

"정말로 안 되는 거야? 진짜로? 개미 눈곱만큼도?"

내 질문에 노파는 미소 지었다. 그리고 천천히 설명을 시작했다.

"원래 모든 것은 조화를 이루기 마련입니다. 섞이고 섞여 있기 때문에 존재할 수 있는 거지요. 손님의 경우엔 유독 한쪽 면만 가지고 있는 상황 입니다. 어떠한 마법도 발을 들이밀 수 없지요."

"결국 안 된다는 거네?"

"하지만 다르게 생각하면 이쪽 면에 전혀 깃들어 있지 않다면 반대쪽 면은 그야말로 모든 기운이 응집되어 있다고 할 수 있는 거지요."

갑자기 어려워진다. 이쪽 면은 뭐고 저쪽은 뭐고. 응집이

라니? 저거 무슨 뜻이더라? 아~ 눈이 팽글팽글 돈다아~

"그러니까 간단하게 말해봐."

"지금은 힘들지만 잠재되어 있는 반대쪽을 끌어낸다면 누구보다 강한 마법사의 소질을 가질 수 있게 된다는 것이지요."

"헤에? 그러니까 마법을 쓸 수 있다는 거네? 끌어낼 수 있어?"

"깨우는 것뿐이니 간단하지요."

음? 깨우는 것뿐이라……. 뭔지는 잘 모르겠지만 그러니까, 어쨌든 간에 그렇게 하면 마법을 쓸 수 있다는 것 아닌가? 그것도 누구보다 강하다라……. 훗, 후훗. 두고 보자, 카린. 강해져서 돌아가마. 제발 결혼해 달라고 울며 매달릴 때까지 튕겨줄 테다.

"지금 해줘. 돈은 얼마든지 주지."

눈을 빛내며 탁자 위에 금화 한 주머니를 올리고 요구하자 노파는 내 이마에 잠시 손을 댔다 바로 떼었다. 뭔가 일이 벌어질 것을 기대하며 눈을 질끈 감으며 기다리던 난 계속 이어지는 잠잠함에 눈을 뜨며 눈치를 살폈다.

"끝났습니다."

"…에? 끝이라니?"

뭔가 매우 허탈해졌다. 그 잠깐 새에 뭔가 달라진 낌새도 없는데 무슨 끝?

노파는 고민하는 내게 갑자기 고개를 숙여 인사했다.

"자, 그럼 전 이만 물러가겠습니다."

"엥? 우리가 나가는 게 아니라?"

"나중에 일이 커져 괜히 곤란해지는 것은 피하고 싶으니까요. 찾지 못할 곳으로 가겠습니다."

"으응? 커져? 곤란해? 찾지 못할 곳?!"

여전히 이해를 하지 못하는 내 눈앞에 바람이 일었다. 그리고 뭔가 위로 치솟는 느낌이 들던 것도 잠시, 분명히 노파의 점술집 안이었는데 나와 루사인은 아무것도 없는 공터에 자리 잡고 앉아 있었다. 그것도 주변 배경으로 보아 분명 노파의 천막이 있던 자리.

"에? 에? 뭐, 뭐야, 이거!!"

당황하며 소리치는 내게 루사인이 조용히 말했다.

"그러니까 야매지요."

아니, 저기, 이건 좀 다른 것 같은데. 아니, 그러니까… 돈까지 들고 튀었네, 그 노파.

아아, 기분 정말 나빠졌다. 아침부터 재수없는 녀석과 재수없는 장면을 보게 된 것은 물론 카린에게 실컷 맞았지, 여러모로 이 사람 저 사람한테 무시당하지……. 그래, 내 팔자에 마법은 무슨, 그냥 놀던 대로 놀자.

"루사인 너, 집으로 돌아가."

"도련님은요?"

"난 친구들이 자주 가는 술집이나 찾아가련다. 따라오지 마."

차갑게 내뱉자 루사인은 더 이상 따라오지 못하고 날 바라보며 서 있었다.

그러니까, 친구들이라 함은 프리츠가 앞서 말한 예의 그 바아레른 백작가 무리이다. 그쪽 녀석들은 시종을 사람 취급 하질 않으니 당연히 루사인은 끼지 못한다.

머뭇거리며 서 있는 루사인을 뒤로하고 난 친구들이 있는 골목을 향했다. 그리고 기분 나쁜 것만큼 밤을 새워 진탕 마시고 자정이 넘어서야 집에 돌아왔다.

살짝 취기도 올라 적당히 샤워를 하고는 그 상태 그대로 아무것도 걸치지 않고 침대로 쓰러져 잠들었다.

그리고 깨어보니 여자가 되어 있었다.

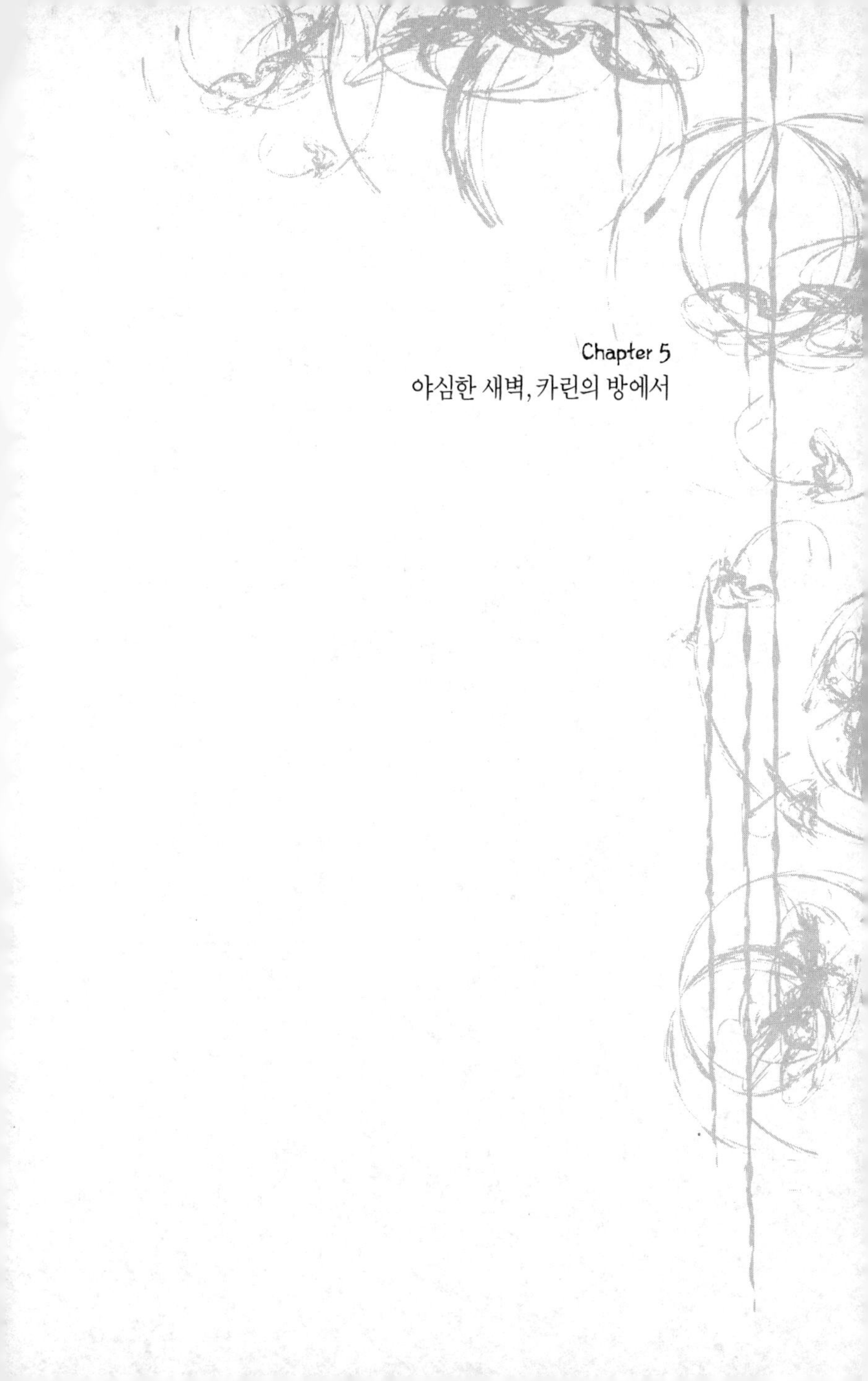

Chapter 5

야심한 새벽, 카린의 방에서

거울 앞에 서서 뚫어져라 거울에 비춰지는 상대를 노려보았다.

경악으로 가득 차 부릅뜬 눈. 화려한 실버 블론드. 그래, 부릅뜬 눈이 조금 거슬리긴 하지만 거울에 비친 얼굴은 내 얼굴이 확실했다. 남자만 아니라면 국내 최고의 미모라 소문이 자자하고, 게다가 그것을 나름대로 이용해 먹기까지 하던 자랑스러운 내 얼굴이 분명하다.

하지만 목 아래, 그러니까 몸은 부정할 수 없을 정도로 완벽한 여자였다. 그리고 시선의 높이가 달라진 것이 분명 키도 작아져 버렸다. 한 10센티쯤. 전체적으로 여기저기 조막만

해진 것이 완벽한 소녀의 몸매였다.

"하……!"

기가 차서 말도 나오질 않았다. 진짜 아무 생각도 할 수 없었다. 그저 정신이 멍했다. 대체 이게 뭐냐? 무슨 일이 벌어져 버린 거냐?

"꿈이다. 그래, 꿈이야. 아직 잠이 덜 깬 거지. 그런 거야. 하하하! 자, 그럼 다시 한숨 자볼까? 여자라니? 여자라니? 이런 일이 있을 리가 없잖아? 아주 현실적인 꿈인 거야, 이건."

완전히 풀려 버린 멍한 눈으로 중얼거리며 침대를 향하는 내 귓가에 루사인의 작은 목소리가 울렸다.

"주인 어른께 알리고 오겠습니다."

그리고 난 퍼뜩 정신을 차리곤 음속으로 질주하며 방을 나서는 루사인을 온몸으로 막았다.

"야, 야야야야! 너, 미쳤냐?! 아버지한테 뭐라고 말하게?! '하나뿐인 아들이 딸이 되었습니다' 라고 할 거냐아아아?! 대체 무슨 생각인 거야, 대체!!"

"옷 좀 입고 달려들면 안 될까요? 아무리 도련님이란 것을 알고 있다지만 알몸의 소녀가 눈앞에 있는 게 도무지 시선 처리가 되질 않아요."

녀석의 멱살을 붙잡고 탈탈 흔들어대며 소리치자 루사인은 차마 날 정면으로 보지 못하고 고개를 살짝 돌리며 요구했다.

아, 그래. 나, 아직까지 알몸이구나. 너무 놀라서 정말 전혀 깨닫질 못하고 있었다. 거울로 비치는 내 모습에 나도 기분이 묘한데 녀석이라고 별 수 있을까.

"…걸칠 것 내놔."

"여기요."

말이 끝나기가 무섭게 루사인은 어디선가 가져온 가운을 내 위에 덮어주었다.

가운을 여미며 난 짧은 한숨을 쉬었다. 영감탱이에게 전한다는 루사인의 말에 아주 고맙게도 제정신으로 돌아왔다. 조금은 차분하게 생각을 할 수 있을 정도랄까?

그리고 정리해 보면 역시 걸리는 것은 마지막의 그곳, 마법 어쩌고 하던 야매 점술사밖에 없다. 이런저런 사건들이 이어졌지만 사실 평소와 그렇게 크게 다른 일도 없었고.

"분명히 저쪽 면을 꺼낸다느니 뭐라느니 했었지? 그 야매, 남자인 나의 반대라서 여자인 건가? 아니, 이건 아니야. 아무리 그래도 그렇지, 하루아침에 성별이 바뀌었다는 것 들어본 적도 없다고."

"그럼 시험해 보죠."

"응?"

열심히 고민하는 내게 루사인이 말을 걸었다. 그러니까 대체 무슨 시험을 한다는 것인가? 눈을 동그랗게 뜨고 녀석을 바라보았다.

"잠시 실례."

녀석은 말을 마치자마자 눈에 살기를 띠고 날 노려보았다. 그리고 그 살기에 내 몸이 움찔거리며 긴장하기 시작했을 때 순간 루사인의 모습이 사라졌다.

나는 무의식적으로 본능에 따라 남아 있는 녀석의 살기를 감지하며 나도 모르게 몸에서 늘 떼지 않는, 잘 때도 손에 닿는 곳에 두는 단검을 집어 들어 내 눈앞을 막았다.

휘익! 챙!

검과 검이 마주치는 소리가 고요한 내 방을 갈랐다. 그리고 여기까지의 과정은 누군가가 봤다면 눈을 한번 깜빡했을 시간이었다고 증언할 것이다. 아마 과정은 전혀 보지 못한 채 단검이 마주친 소리와 지금 눈앞의 이 모습만 보였겠지.

내 단검이 막고 있는 것은 또 하나의 단검, 그리고 그 검을 들고 있는 자는 내 충실한 시종 루사인이었다.

서로 검을 맞대며 노려보기를 잠시. 곧 루사인이 검을 누르던 힘을 풀며 단검을 검집에 넣고 품 안에 숨겼다. 나 역시 그런 그를 보며 검을 내려놓았다.

잠시간의 침묵이 흐르고 루사인은 고개를 잠시 갸웃거리곤 의아한 표정으로 중얼거렸다.

"이 정도로 몸이 움직인다면 검 실력은 그대로라는 소린데… 마법 체질로 변해서 여자가 된 거라면 검을 못 쓰는 거 아니었나?"

"야, 너 지금 그거 시험해 보겠다고 눈앞에서 칼질한 거냐? 잘못해서 베였으면 어쩌려고 그딴 짓이야!"

"안 다쳤으니까 괜찮아요."

으아, 저 태연한 표정! 지금 누가 괜찮다고 해야 하는데!! 저 뻔뻔함이라니. 루사인 네가 정녕 내 시종이 맞느냐!!

"내가 안 괜찮아! 너, 살기까지 띠었잖아! 만약에 정말로 내 체질이 변해서 검을 다루지 못했으면 어쩌려고 그랬냐? 앙?"

"눈앞에서 멈추려 했죠. 도련님, 제 실력 알잖아요. 못 믿으세요?"

뭐, 저리 정색해서 말한다면 루사인이 주장하는 대로 녀석의 검 실력을 알고 있는 나로서야 더는 할 말이 없다. 저 녀석이라면 진짜로 그런 게 가능하니까.

"도련님, 그럼 마법은 가능할 거 같으세요?"

"응? 마법?"

"검 실력은 변함없다지만 그래도 일단 몸이 변했는데… 뭔가 바뀌지 않았을까요?"

"그래도 다짜고짜 마법이라고 해봤자… 한번도 해본 적도 없고 어떻게 하는지도 모르고. 주문… 같은 거라도 외워야 할까? 그런데 아는 주문도 없는데."

그리고 루사인도 역시 고민하기 시작했다. 그럴 수밖에. 아무리 녀석이 머리가 좋다지만 역시나 같은 또래. 그리고 공부와 검에 매진하던 녀석이다. 마법이라면 녀석 역시 문외한.

이러니 뭔가 마법에 대해 시험을 하고 싶어도 할 수 있을 리 없다.

"그러고 보니… 마법에 대해 저도 잘 모르는군요. 음… 그러니까… 아무데나 보고 폭발을 시킨다거나 뭔가 눈앞에 불덩이를 만들어본다거나……."

"마법이 무슨 쇼도 아니고, 카린 보니까 중얼중얼하더니 콰앙 하던데. 그냥 무작정 저런 벽을 가리키며 폭발시켜 보라고 해봤자 그게 맘대로 되는 것도 아니……."

콰앙!!

"……."

"……."

투덜거리던 난 갑자기 들려오는 폭발 소리와 함께 노려보던 내 방 문에 구멍이 뚫려 버린 처참한 모습에 더 이상 어떠한 말도 잇지 못하고 멍하니 앉아 있었다. 그리고 루사인 역시 나만큼이나 멍한 표정으로 문과 나를 번갈아 보았다.

"…터지네."

"그러게요."

"……."

"……."

그리고 침묵하기를 수분. 그러니까… 분명 루사인이 내키는 대로 말한 것을 나 역시 비웃으며 슬쩍 방문으로 눈길을 돌려 폭발하는 것을 상상했고, 그 순간 몸에 힘이 흐르는 것을 느꼈다. 생소한 느낌. 검을 쓸 때 몸을 움직이는 것과는 전혀 다른 듯한 몸속의 기운이 돌아다니는 기분이란 정말 이질적이었다.

그러니까, 분명 저것은 뭔가 마법 같은 거고, 결론은 내가 마법 체질로 바뀌었다는 것인데, 그래서 여자로 변했다는 것인가? 그런데 마법 체질은 정반대라고 했는데 어째서 검도 제대로 쓸 수 있는 것이지?

결국 난 그 자리에서 벌떡 일어나 무너진 방문으로 향했다. 그리고 그런 나를 향해 루사인이 의아한 표정으로 질문하기 시작했다.

"뭐 하십니까?"

"더 이상 머리 굴리기 싫다. 일단 물어라도 봐야지."

"누구한테요?"

"내 주변에 마법에 대해 아는 사람이 누가 있겠냐. 1/4짜리라도 엘프는 엘프. 어떻게든 되겠지."

폭발로 이런저런 잔해가 깔려 있는 방문—이었던 장소—을 넘으며 말하자 루사인이 서둘러 뒤따라 나왔다.

"그 차림으로 가게요? 가운 하나 걸쳤는데……."

"뭐 어때. 열여섯이나 먹은 사내자식 뭐 볼 게 있다고."

"…도련님, 모르는 사람이 보면 지금 그 모습은 완벽한 소녀거든요?"

루사인의 지적에 난 흠칫 놀랐다. 아, 그러고 보니 성별이 여자로 변해 버려서 카린을 찾아가려고 했던 거지. 가끔 일의 본질을 잊는단 말이야.

그리고 고개를 숙여 루사인이 지적하는 가운 차림의 내 모습을 보았다. 가운 사이로 얼핏 보이는 봉곳한 하얀 가슴. 음, 적당히 예쁘군. 이 정도면 좀 더 자라면 상당한 글래머도 가능하겠… 아, 지금 이런 생각 할 때가 아니지. 이거 남의 가슴이 아니라 내 몸이잖아!!

"…외투, 외투 가져와."

"외투는 둘째 치고 돌아다니기엔 상당히 이른 시간입니다. 이런 새벽에 귀족 아가씨인 카린님을 찾아가는 건 상당히 실례가 아닐까요?"

루사인의 지적에 나 역시 고개를 끄덕였다. 이런 시간에 귀족 소년인 내가 귀족 아가씨를 찾아가는 것은 매우 예의에 어긋나고 실례가 되는 것 인정한다. 하지만 말이다. 지금 그런 걸 따질 땐가? 당장에 이 일을 처리하지 않으면 내일 아침에 학교 등교할 때 여자 교복부터 구해놔야 하는 불상사가 생긴단 말이다.

"지금은 나도 여자니까 괜찮아, 괜찮아. 상관없어. 문제없음! 마차 준비해!!"

"문제 많은데요."

끝까지 구시렁대지만 어차피 저놈은 내 시종. 결국 긴 한숨 소리와 함께 마차를 준비하기 위해 아래층으로 내려가는 녀석의 발걸음 소리가 내 귀를 울렸다.

카린은 정말로 기분 나쁜 표정으로 날 노려보고 있었다. 그리고 온몸에 살기를 띠고 낮은 목소리로 물었다.

"이 새벽에 이게 무슨 짓이냐. 이런 시간이니만큼 목격자도 없겠다, 그대로 뒷마당에 묻어줄까?"

"저기… 지금 날 막고 있는 이 시녀들은 목격자 아냐?"

"저들은 공범."

그러니까, 왜 이런 대화가 오가고 있느냐에 대해 말하자면 일단 지금 내 상태부터 설명해야 한다. 이곳은 현재 카린의 방 앞. 그리고 나한텐 양옆에 둘씩 네 명의 시녀가 매달려 있었고, 허리춤에까지 있는 힘껏 매달려 줄줄이 끌려온 시녀가 셋. 도합 일곱의 시녀가 날 감싸고 주변엔 다른 시녀들이 전전긍긍 안절부절못하는 얼굴로 나와 카린을 번갈아 보고 있었다.

그러니까 간단히 말하자면 오밤중에 찾아온 외간 남자인 내가 이곳 잉게 공작가의 아가씨를 이런 시간에 만났다가 괜히 소문이 안 좋아져 아가씨 혼사에 막대한 지장이 있을 것을 염려한 시녀들의 나를 막기 위한 필사의 노력을 있는 힘껏 무시하며 이곳까지 오고, 그 소란 통에 결국 자고 있던 카린이 일어나 문 앞으로 나온 것이다.

…간단한가? 뭔가 긴 듯하지만 어쨌든. 그리고 나와 시녀

들의 모습을 보고 대충 상황 이해했겠지.

"나 아직 안 죽었으니 공범 찾지 말고, 들어가서 얘기 좀 하자."

"이 밤에 무슨 할 말. 나, 자다 깨서 무지 기분 나쁘거든? 죽고 싶지 않으면 아침에 다시 찾아오시지?"

말이 끝남과 동시에 들어올린 왼손에 맺혀 있는 마법의 불덩이. 저거 그러니까… 안 가면 날려 버린다는 무언의 협박, 아니, 무언이라기보다는 몸으로 보여주는 협박이랄까. 그런 거로군. 하지만 나 역시 급하다. 아침까지 기다릴 수 없다.

"카린, 진지하게 들어줘. 나, 정말 심각해."

"폼 잡지 마라, 애송아. 어차피 계집애같이 생긴 얼굴, 질리도록 봐왔는데 조금 진지한 표정 짓는다 해서 다른 여자애들처럼 넘어갈 거 같냐?"

비웃으며 방문을 닫고 들어가려는 카린의 모습에 당황하며 다시 카린을 부르려 할 때, 강한 완력과 함께 닫히는 카린의 방문을 잡으며 버티는 자가 있었다.

"이게 뭐 하는 짓… 어머? 루사인?"

내가 막는 줄 알고 있는 대로 눈을 치켜뜨며 소리치던 카린은 뜻밖에 루사인의 얼굴이 보이자 눈을 동그랗게 뜨며 의아한 표정으로 물었다.

하긴, 내가 생각해도 충분히 실례라고 볼 수 있는 야밤의 난입을 평소의 루사인이라면 일단 막고 보았을 텐데 지금 이렇게 내가 하는 짓을 묵인하며 함께 카린의 침실로 들어서려 하니 참으로 놀라울 거다.

암, 암. 나도 다른 때 루사인이 저랬다면 녀석이 저녁에 먹은 음식의 유통 기한에 대해 고민해 봤을 거라고. 제정신이라면 있을 수 없는 일이니까.

어쨌든 덕분에 카린의 독기 어린 시선은 사라지고 무언가 의문을 담은 눈길로 표정이 바뀌어갈 때 루사인은 진지한 목소리로 말했다.

"실례하겠습니다. 정말로 중요한 일입니다. 안으로 들어가도 좋을까요?"

"…루사인이 그렇게까지 말한다면 적어도 저 바보가 외치는 것보단 신빙성이 있으니까. 좋아, 무슨 일인지 들어는 보지. 들어와."

바보 취급은 일단 넘어가고, 드디어 나와 루사인은 카린의 방으로 들어갈 수 있었다.

"좋아, 무슨 일이야?"

어느새 평소의 당당한 모습으로 돌아온 카린은 기다릴 것도 없이 본론부터 말하길 원했다. 뭐, 나도 길게 끌고 싶지 않으니 당장 묻고 싶지만 그래도 순서란 게 있으니. 자, 무엇부터 말해야 할까…….

"마법을 못하던 사람이 그 체질인지를 바꾸면 뭔가 부작용이라도 있어?"

"너, 아직도 마법 타령이니? 너한텐 기본적으로 마법이 깃들 수 없다니까. 마력을 잡아끌 수 있는 특별한 인력이 없… 어? 어라? 뭐야? 왜 갑자기 너한테서 마법의 냄새가 나는 거야?"

귀찮다는 얼굴로 건성으로 대답하던 카린이 경악하며 물었다. 절대로 있을 수 없는 걸 보고 있다는 표정.

그래서 난 알 수 있었다, 나 같은 경우가 흔한 게 아니라는 것을. 하긴, 성별이 바뀌어 버린 게 흔한 일이면 이렇게 놀라울 것도 없었겠지.

"말도 안 돼. 어떻게 반나절 사이에 이렇게 바뀐 거지? 무슨 짓을 한 거야? 한순간에 손바닥 뒤집듯이 마법이 가능한 체질로 바뀌다니. 들어본 적도 없어."

혼자 중얼거리며 아마도 수년간 배워왔을 마법에 관한 지식을 몽땅 떠올리고 있는 카린을 바라보던 난 심호흡을 하고 그녀를 불렀다.

"저기… 카린."

"가만 있어봐. 정리 좀 해보자."

"저기 그러니까… 이것 좀 봐줘."

"봐주고말고 간에 일단 생각부터… 어라?"

난 내 몸을 감싸고 있던 외투를 벗었다. 내 손을 떠나 바닥으로 떨어진 외투 소리에 카린은 고개를 돌려 나를 보았고,

가운 차림의 나를 보며 한동안 굳은 표정을 지었다. 그리고 단호하게 주장하건대 그녀의 시선은 가운 사이로 보이는 내 가슴에 닿아 있었다.

"…뭐냐, 그것은? 이젠 그런 취미도 생겼냐? 잘 만들었네."

"이거 진짜야. 자고 일어났더니 이러더라. 아래도 보여줄까?"

"도련님, 그건 참으시죠."

카린에게 현실을 직시시키기 위해 가운의 끈을 풀던 난 루사인의 만류로 손을 멈췄다. 음, 역시. 아무리 지금 몸이 여자라지만 그래도 아래까지 보여주는 건 좀 실례겠지?

그리고 카린은 드디어 이게 진짜란 것을 깨달은 듯 경악하며 소리쳤다.

"뭐, 뭐야?! 대체 뭐 하다 그리된 거야?!"

"나도 몰라. 자고 일어났더니 이렇게 됐는데 마법도 써지더라. 성별이 바뀌면서 그렇게 노래를 부르던 체질도 바뀐 것 같아."

"마, 마법을 쓸 수 있다고? 아니, 잠깐. 너, 주문 같은 것도 모르잖아!"

"당연히 모르지. 그냥 벽보고 '저거 터질까?' 하고 생각했더니 폭발하더라고."

태연하게 대답하는 내 말이 끝나고 잠시간 방 안은 침묵에 잠겼다. 그리고 곧 카린의 찢어지는 비명 소리가 널리널리 메아리쳤다.

"마, 말도 안 돼!! 그건 사기야!!"

그리고 난 그런 그녀를 보며 멍하니 생각했다,

'아, 오래간만이다, 흥분한 카린의 모습.'

이라고.

방 안은 여전히 쩌렁쩌렁 울리는 카린의 고함에 가득 차 있었다.

"하루아침에 체질이 변했다고? 그런 데다가 주문도 안 쓰고 마법이 가능해? 그건 이미 주변의 마나가 아닌 자신의 마나를 다스린다는 건데, 그걸 이제 막 마법적 체질로 변이된 풋내기가 한단 말이야?! 기가 막혀! 말도 안 돼! 지금까지 공부하고 노력해 온 모든 것이 헛수고가 되는 순간이라고, 이거!!"

뭔가 매우매우 길게 외치는 덕에 무슨 소린지 거의 이해하지 못했지만, 그래도 마지막 부분은 고개를 끄덕일 수 있었다.

그러니까 공부한 게 손해다 이 말이지? 훗, 난 그래서 애초에 공부 안 했잖냐. 뭣 하러 에너지 낭비해서 저렇게 길길이 날뛰겠냐고. 역시 놀 땐 놀아야 한다고.

"도련님, 이상한 생각하며 고개 끄덕이지 말고 진정 좀 시키세요."

내가 무슨 생각을 하는지 이미 눈치 챈 루사인이 한숨을 쉬며 충고했다. 그러고 보니 지금 중요한 건 카린의 공부니 노력이니 하는 게 아니지.

다른 거 다 집어치우고 가장 큰 문제는 바로 내 몸의 변화. 이것에 대해 알아보기 위해 그나마 마법에 대해 내 주변에서 가장 많이 알 거 같은 카린을 찾아온 건데 저런 반응이면 아무래도 헛다리 짚은 것 같다.

"카린, 오버는 거기서 끝내고, 너도 모르겠냐? 내가 왜 갑자기 성별이 바뀌었는지?"

"짐작도 안 간다."

"…그럼 다시 돌아갈 방법도 모른다는 거네."

"알면 내가 학교 다니겠냐? 진작에 월반해서 궁정 마법사 자리라도 차고앉았지."

하긴, 카린은 야심이 있는 아가씨니까 공작가 후계자 정도론 성에 차지 않겠지. 태어날 때부터 정해진 자리보다는 스스로가 차고 올라가는 것을 더 좋아하니까.

그런 점으로 치면 나완 정반대다. 난 아버지한테 빌붙어서 평생 놀고먹는 게 꿈이니까 역시 카린과는 근본적으로 다른 종족일까나. 아니, 어차피 카린은 1/4은 다른 종족의 피가 섞여 있으니 애초에 다른 종족은 다른 종족이지만 말이다.

"라이안, 그러니까 폭발한다는 생각이 현실로, 즉 마법이 가능했다는 소리지?"

"응. 마법이었어, 그건. 장담해."

"그럼 이거 다시 터뜨려 봐."

카린이 들어 보이는 것은 작은 유리병이었다. 아마도 카린이 연회에 나갈 때 종종 뿌리는 라일락 꽃잎의 향수. 아무래도 내가 진짜로 마법을 사용할 수 있는지에 대한 시험을 보는 것이 분명했다. 그리고 그런 것을 마다할 내가 아니었다.

"그러니까 분명… 몸에 흐르는 기운이… 음… 이런 느낌……."

내 방에서 문을 폭발시켰을 때 몸을 관통하던 이상한 힘의 기운을 기억해 내며 그때와 같은 느낌으로 카린이 들고 있는 향수병을 바라보았다.

펑!! 퍽! 챙그랑!!

기대했던 대로 폭발음이 울리며 카린의 향수는 산산조각이 나 바닥에 떨어졌다.

"……."

깨진 향수병 덕에 방 안엔 진한 향기가 가득 찼다. 카린은 눈을 동그랗게 뜨고 바닥에 떨어진 유리 조각을 보며 아무 말도 하지 못했다. 그러기를 한참. 갑자기 고개를 들어 나를 바라보는 카린의 눈이 빛났다.

"생전 마법은 생각도 못하던 애가, 마법을 다룰 수 있는 체질도 아니었던 네가… 하루아침에 여자가 되더니 이런 게 가능하다고?"

"대화의 초점을 마법에 중심을 두지 말고 여자가 된 것에 좀 더 신경 써주면 안 될까? 나 지금 당장 여자 교복 사야 하는 건 아닌지 정말로 막막하거든."

진짜다. 아무리 나라 해도 이게 보통 일이 아니라는 건 알고 있다.

즉, 성별이 바뀐 게 정말 희귀한 일인 만큼 돌아가는 방법 역시 아침에 일어나면 눈 비비듯 쉬운 일이 아니란 것 또한 알고 있다. 아예 방법이 없을지도 모른다. 그래도 혹시나 하는 마음으로 그나마 나보다 마법에 대해 잘 알고 있는, 마법의 정수라 할 수 있는 고대 종족 중 하나인 엘프의 피가 흐르는 카린을 찾아온 것이다.

"여자, 마법, 여자, 마법, 여자, 마법……."

계속해서 나를 보며 중얼거리던 카린이 갑자기 내 가운을 향해 손을 뻗었다. 그리고 있는 힘껏 움켜쥐고 나지막한 목소리로 물었다.

"…진짜 여자야? 확실해? 안 되겠어. 좀 보자."

"에? 에? 에? 아, 저……."

당황하는 나의 반응은 저 멀리 치우고 카린은 내 몸에 잘 붙어 있는 가운에 힘을 주며 말한 대로 실천하기 위해 있는 힘껏 벗기기 시작했다. 그리고 나는 그런 카린의 손길을 막으며 가운을 움켜쥐고 당황해서 소리쳤다.

"무, 무슨 짓이야? 싫어!!"

"갑자기 웬 앙탈이야! 아까 보여준다며! 벗어봐!!"

"아, 아니, 저기, 다시 생각해 보니까 나 지금은 이래도 일단은 남자였고 넌 여잔데… 에… 그러니까아… 아니… 저기… 카린, 손 치워! 어딜 만져!!"

우악스럽게 오징어 빨판마냥 찰딱 들러붙어 내 옷을 벗기려는 카린의 기세에 눌린 난 멀리서 구경만 하고 있는 루사인을 향해 있는 힘껏 불쌍한 표정으로 바라보며 도움을 요청하는 눈길을 보냈다. 그리고 나의 충실한 시종은 그런 나의 눈길을 단번에 고개를 돌려 외면했다. 그리고 그의 입에서 중얼거리는 소리를 난 똑똑히 들을 수 있었다.

"자업자득이지요."

아, 그래. 이젠 시종도 날 버리는구나. 역시 세상은 약육강식. 강한 자가 살고 약한 자는 당할 수밖에 없다. 그런 이유로 내 몸은 내가 지켜야 한다. 그래, 키르라이안. 일어서자. 일어서서 날 가로막는 이 우악스러운 손길에서 벗어나는 거다!!

하지만 마음속 깊이 다짐하는 사이 내 몸은 어느새 바닥에 눕혀졌고, 카린은 내 위에 올라타서 열심히 가운을 벌리고 벗기기 위한 모든 준비를 끝냈다. 그리고 그녀는 기대가 가득 찬 음흉한 얼굴로 중얼거렸다.

"훗, 반항해도 소용없어. 가만있어. 금방 끝나."

이 포즈, 그리고 이 대사. 아무리 봐도 이거 뭔가 바뀌었잖아!!

"야, 카린!! 이건 뭔가 아니야!! 그만 하라고!!"

"시끄러! 아, 진짜 무슨 가운 끈을 이렇게 복잡하게 묶어놓은 거야!! 아, 풀린다!"

카린의 외침과 함께 풀려져 나가는 나의 가운 끈. 저게 풀리면 진짜 내 전라가 카린의 눈앞에 펼쳐지는 순간이 오고야 만다!! 제발 누가 좀 도와달라고!!

그렇게 속으로나마 애절하게 외치는 그 순간, 도움의 손길은 전혀 다른 곳에서 뻗어왔다.

"이게… 대체 무슨 일인가?"

목소리의 근원은 카린의 방문 앞. 그리고 그 목소리의 주인은… 아버지. 이 시간에 어찌 카린네 집에 계신 것입니까?

카린이나 나나 그대로 굳어서 방문 앞에 서 있는 우리 집 영감탱이를 바라보고 있을 때 또 한 사람이 방에 들어섰다.

"뭐가 이리 소란스러운가?"

뾰족한 귀. 카린과 닮았지만 훨씬 신비로운 느낌이 드는 아름다움. 그리고 어디로 보나 20대 중반 이상으론 보이지 않는 외모. 하지만 이 사람의 정체는 하프 엘프이면서 카린의 어머니, 즉 현재의 잉게 공작이다.

그리고 방에 들어선 이 아줌마는 먼저 방에 들어온 아버지나 이미 굳어 있는 우리들 만큼이나 한참을 말없이 지금까지 방 안에서 자행되던 사건의 실체를 바라보고 있었다. 그것도 평소의 그녀답지 않은 멍한 표정으로.

그러니까, 현재 방의 모습이라면 따로 자세히 설명할 것도 없다. 그들이 바라보는 것은 방이라기보다는 우리들, 바로 나와 카린이다. 그리고 우리의 모습이라 하면 난 바닥에 누워 있고 카린은 그런 내 위에 앉아 있다.

그리고 실로 한창 중에(?) 아버지가 들이닥친 덕에 카린의 한 손은 나의 가운 끈을 붙들고 있었고, 난 어떻게든 벗겨지는 가운을 끌어당기며 몸을 가리던 모습 그대로 굳어버린 채 부모님들 앞에 생중계를 하고 있었다.

아, 일 저질렀다. 이건 정말 빼도 박도 못하게 오해하기 딱 좋은 모습이다. 한밤중에 여염집 아가씨의 방에 쳐들어와 옷이 벗겨지고 있는 아들을 발견한 현장이라니.

후, 용돈 끊기겠군. 아무래도 기사단 월급을 비자금으로 빼돌려야겠는걸. 그래야 앞으로 사고 치더라도 금전적인 면에서 안심할 수 있지… 아니, 지금 중요한 건 용돈이 아니다!! 이 상황부터 일단 수습하고 봐야 할 것 아닌가?! 난 정말 잘못한 것 없다고!

근데 가만. 왜 아버지가 이 시간에 잉게 공작가에 있는 거지? 내가 이 시간에 카린의 방에 있는 것만큼이나 어색한 장면이 아닌가? 나나 카린이나 한창 자라나는—한창 사고 치는—십대라지만 저쪽은 이미 어른. 애들 장난이 아니란 것 아닌가?

그래, 이쯤 되면 다른 방법이 없다. 선수 치자. 아버지가 뭐라 하기 전에 일단 우위를 확보하고 보는 거다! 그리고 난 일단 이 침묵을 깨기 위해서라도 아버지를 향해 협박성 어구를 시도했다.

"저, 근데 아버지……."

조심스레 입을 열어 본론으로 가고자 할 때, 여전히 한쪽 벽에 기대고 서서 구경만 하던 루사인이 드디어 입을 열었다.

"도련님, 주인 어른께선 오늘 기사단의 일로 이곳에서 잉게 공작님과 밤새 회의를 하실 거라고 미리 말하셨습니다. 그리고 아마 마티아스 공작께서도 함께 계실 겁니다. 그러니 허튼소리 하지 마시지요."

"……."

진짜 눈치 빠른 놈이다. 표정만으로 내가 무슨 소리를 할지 눈치 채고 충고하는 저 시종 정신. 진짜 머리 좋은 시종은 옆에 둬서 좋을 게 없다. 저건 진짜 도움이 안 된다, 도움이. 정말이지 이 사태를 어찌 해결해야 좋단 말인가!!

그리고 그렇게 홀로 고민하고 있을 때 드디어 카린이 퍼뜩 정신을 차리고 잉게 공작을 향해 입을 열었다.

"저… 어머님."

역시나 목소리가 떨리고 있는 게 카린도 이 사태의 수습에 대해 막막한 게 분명했다. 그리고 그런 카린의 상태를 아는지 모르는지 잉게 공작은 무표정한 얼굴로 조용히 물었다.

"언제부터 그런 사이가 되었니? 약혼 소리가 오갈 땐 그리도 싫어하더니. 혹시 프리츠를 생각해서 그런 것이니? 네가 라이안을 선택하면 그 아이가 상처받을까 봐?"

오해다. 그것도 도무지 따라갈 수 없을 정도의 무서운 오해다. 그리고 이 엄청난—카린 기준으로—폭언에 카린의 눈이 돌아갔다. 아, 제정신이 아니군. 그리고 이성을 잃은 카린은 외쳤다.

"누, 누가 이따위 개망나니랑!!"

그리고 두 부모님은 개탄했다.

"저, 저 귀족 아가씨 입에서 나오는 소리가……."

"우리 애가 망나니란 건 나도 알고 있지만 그래도 대놓고 듣자니 좀……."

"죄, 죄송합니다! 실례했습니다!!"

"망나니라 죄송하우."

카린은 퍼뜩 놀라 아버지 앞에 사죄했고, 난 열심히 비꼬았다. 그리고 그것은 역효과가 되어 카린의 분노를 사기에 충분했다.

"너 지금 그리 당당히 말할 처지냐?"

"내 처지가 어때서? 이건 아무리 봐도 카린 네가 날 덮치는 모습인데."

"해보잔 거냐?"

"이 상태까지 와서 뭘 더하자고."

비웃는 내게 카린은 의미심장한 미소를 보이며 갑자기 진지한 표정으로 돌변했다. 그리고 그 순간 있는 힘껏 쥐고 있던 내 가운을 확 들춰 버렸다. 아, 방심했다. 방심하고 전혀 생각하지 못하다 당한 역습이었다. 덕분에 가운은 그대로 벗겨지고 만인의 눈앞에 전라가 되어버렸다.

"진짜 아래까지 완벽하게 여자네."

새벽녘답지 않게 이미 여기저기에 조명이 들어와 환한 방 안에서 하얗고 매끄러운 나의 여성스러운, 아니, 완전히 여자니 여성스러운… 이 아닌 완벽한 여성의 몸매를 바라보며 중얼거리던 카린은 퍼뜩 정신을 차리고 아버지와 잉게 공작을 향해 외쳤다.

"이거예요! 전 단지 이걸 확인하기 위해서였다고요! 라이안이 갑자기 여자가 되서 찾아왔는걸요!!"

그리고 그녀의 외침이 들리는지 안 들리는지 이미 내가 전라가 된 시점에서 눈을 동그랗게 뜨고 굳어버린 얼굴로 한참이나 날 바라보고 있는 양가 부모님이 있었다.

그래, 황당하겠지. 무슨 말이 필요 있으랴. 본인인 나도 어찌할 바를 모르겠는데 아버지―와 카린의 어머니―야 무슨 뾰족한 수가 있을까. 그저 눈앞에 펼쳐진 내 모습에 아연실색하는 수밖에. 이제 남은 건 어찌해야 하느냐의 갈림길뿐.

문득 아버지가 혹시 여자가 된 너 같은 건 내 자식이 아니라며 길길이 날뛰고 호적에서 판 뒤에 다른 여자와 결혼해서 새로 후계자를 보지는 않을까 슬슬 걱정이 오가기 시작했다.

평소 내 행실에 진절머리를 치던 과거로 보건대 상당히 가능성있는 예측이다.

이거 졸지에 맨몸으로 쫓겨날지도 모르는 불안감이 엄습해 오는데, 역시 기사단 월급은 비상금으로 돌려놔야……. 아차, 지금 무슨 생각을 하는 거야? 이럴 때가 아니잖아?

머릿속을 오가는 오만가지 잡생각을 떨쳐 버리고 다시 한번 멍하니 나의 알몸을 바라보는 양가 부모에게로 시선을 옮기자 갑자기 아버지가 인상을 꿈틀거리며 진지한 얼굴로 루사인을 향해 지시했다.

"일단 옷부터 입혀라. 새벽부터 과히 보기 좋지 않구나."

말이 끝나기도 전에 루사인은 기다렸다는 듯이 샤샤샥 오밤중에 바퀴벌레가 도망치는 모습을 방불케 할 정도로 재빨리 카린의 손에 들린 가운을 낚아채 내 몸 위에 덮어주었다.

이런 신속함이라……. 과연 한창때의 소년이고 하니 이 내 몸이라 하더라도 신경 쓰였나 보다. 티를 안 내려고 한다지만 평소답지 않게 살짝 붉어진 볼이 그것을 증명하고 있었다.

뭐, 루사인은 루사인대로 치워두고, 역시나 아버지. 사대공작가의 주인다운 저 침착함은 우리 아버지지만 인정하고 들어가야겠다. 이런 상황 속에서 용케도 옷이라도 입힐 생각을 하다니. 그만큼 변수에 강하다는 것인가? 하긴, 생각해 보니 도박도 잘했던 듯싶고.

어쨌든 아버지는 나의 기대를 저버리지 않고 심각한 표정으로 한참 동안 내 얼굴을 뚫어져라 바라보았다. 그래, 많은 생각이 오가겠지. 내 머릿속을 떠돌던 오만가지 잡생각만큼의 고민거리들이.

그리고 얼마 지나지 않아 아버지는 드디어 마음의 결정을 내린 듯 진지한 얼굴로 나를 향해 물었다.

"세라… 인 건가."

에? 에? 세라라면… 그러니까… 내 이름, 키르라이안 세라 일렉트리아의 가운데를 당당히 차지하고 있는 그 세라?

물론 참으로 인정하고 싶지는 않다지만 일단 세라란 것도 내 이름 중 하나. 세라냐고 묻는다면 그렇다고 대답하는 것이 인지상정. 하지만 말이다, 지금까지 아버지가 날 저 이름으로 부른 적은 단 한 번도 없었단 말이다. 그런데 이제 와서 갑자기 세라냐고 하니 당황할 수밖에. 아니, 정말 진지한 얼굴로 그런 개그나 하고 있을 겁니까, 아버지?!

하지만 나의 당황—과 분노—은 계속해서 꼬리에 꼬리를 물고 이어질 수밖에 없었다. 뒤이어 입을 연 카린의 어머니 또한 결정타를 날리고 있었기 때문이다.

"아무래도… 세라가 맞는 것 같군."

평생에 거쳐 농담 한마디 하지 않을 것 같은 차가운 미소의 대명사, 카린의 어머니 잉게 공작까지도 저런 소리를 하는 것을 보니 아무래도 이건 꿈이다. 그래, 꿈인 거다. 그러니까 내가 이렇게 여자도 되고, 마법도 쓰고, 아버지랑 카린의 어머니도 저러는 거지. 아, 이제야 이해가 되네. 꿈, 꿈이야. 간단하네. 자자. 자고 일어나면 모든 것이 끝나 있을 것이다.

"현실 도피하지 마라."

이대로 누워 잠을 청하려는 내게 아버지가 차가운 목소리로 말렸다. 거 영감탱이, 그래도 그간 쌓아온 관록이 있는지 뭔가 명령에 무게감이 있는 게 아무런 거리낄 것 없는 이 내 몸이 그대로 긴장하며 굳어버린다.

"도련님, 지금 자려고 해봤자 일어나면 똑같을 겁니다. 꿈이 아니란 건 아까 이미 결론 내렸잖아요."

역시나 내 뇌에 도청 장치를 단 것마냥 내가 생각하는 것을 그대로 알아챈 루사인이 누우려고 엉거주춤 폼 잡았던 내 몸을 일으켜 세우며 충고했다.

아, 알아. 안다고. 나도 이게 꿈이 아니란 거 알아. 그런데 너무 복잡하거든? 자랑은 아니지만 평소에 생각이란 걸 별로 하지 않던 나로선 이미 정리 안 되는 상황이라고. 그냥 자고 일어나서 다시 생각하면 안 될까?

"그 머리로는 자고 일어나도 안 돌아가긴 마찬가지입니다."

헉! 이놈, 진짜 내 머릿속에 스파이를 심어놨나? 말로 하지도 않은 내 간절한 소망을 이미 알아채고 대답까지 하다니. 아니, 잠깐. 지금 또 나 머리 나쁘다고 비꼰 것 같은 느낌이 새록새록 들고 있는데?

이미 논점에서 어긋난 고민을 시작한 나를 보며 아버지는 웃었다. 물론 한눈에 봐도 알 수 있는 비웃음. 엄청나게 재미있어하면서도 '그것참 고소하군. 더불어 자업자득' 이라 말하고 있는 것이 분명한 저 표정. 아, 그래. 부모도 다 소용없다. 결국 남의 일이라 이거지!!

"성질 내지 마라. 너, 어떻게 됐는지 과정은 모르겠지만… 마법 쓰게 된 거지?"

여전히 즐거워 죽겠다는 얼굴로 묻는 아버지를 난 차마 두 눈 똑바로 뜨고 바라보질 못했다. 별수있으랴. 그저 '뜨끔' 할 뿐. 딱 걸렸다. 족집게다. 대체 어떻게 여자가 된 날 본 것만으로 내가 마법을 쓰게 된 것까지 알게 됐다는 것인가?

아니, 잠깐. 뭔가 안 좋은 예감이 머릿속을 스쳐 지나갔다. 내가 아무리 머리 나쁘기로 유명하다지만… 이거… 혹시… 설마……?

"그러게 내가 말하지 않았냐. 후회할 거라고. 그것도 엄청나게."

의심의 눈초리로 바라보는 나를 향한 아버지의 대답. 역시 그렇다면 이것은 확신범이다. 확인 사살이다. 절대 다른 생각을 할 수 없을 정도로 명백한 증거다!!

"영감탱이, 내가 마법 쓰게 되면 여자로 될 거 알고 있었던 거냐?"

"그런 여리여리한 소녀의 입에서 나오는 말치고는 참으로 거칠고도 무례하지만 질문에 대한 대답이라면… 물론이다."

"뭐야, 아버지!! 그럼 미리 말했어야… 아니, 이제 그런 건 필요없고, 말해. 나, 어떻게 해야 다시 내 몸으로 돌아가는 거야? 응? 뭘 해야 하는데?"

여전히 강 건너 불구경하듯 여유로운 비웃음을 선보이며 대답하는 아버지한테 있는 힘껏 매달려 묻지만 요지부동. 아버지는 있는 힘껏 매달린 나를 가볍게 떼어내 그대로 한 팔로 허리를 감싸 안아 들고는 카린의 방을 나서기 시작했다.

우와아아! 이게 웬 날벼락! 이 내가 이렇게나 가볍게 한 팔에 들려 대롱대롱이라니. 이건 뭐랄까……. 아침에 루사인이 어깨에 들쳐 멨을 때와는 다른 옆구리에 낀 짐짝 취급? 아니, 지금 그게 중요한 게 아냐!!

"뭐야, 영감탱이!! 이거 놔!! 어떻게 해야 남자로 돌아가냐니까!! 어딜 가는 거야!!"

"일단 집에 가서 이야기하자. 이곳은 따로 이야기할 분위기가 아니니."

바락바락 발버둥치는 내 움직임 따위 전혀 아랑곳하지 않고 굳건히 옆구리에 끼고 대답한 아버지는 살짝 고개를 돌려 카린의 어머니에게 당부하는 것도 잊지 않았다.

"그럼 잉게 공작, 이쪽의 정리는 맡기겠어."

"뭐, 괜찮겠지. 잘 달래놓으라고. 그 모양이어도 일단은 미성년이니까."

상큼하게 미소 지으며 아버지를 향해 잘 가라고 손까지 흔드는 저 아줌마. 대놓고 애 취급에 중간에 언급된 그 모양은 뭐냐? 대체 그 모양은!!

뭐, 어쨌든 일단은 포기다. 어차피 아버지 옆구리에 끼인 인생. 이렇게 된 이상, 그래, 집에 가는 거다. 가서 이야기하자 하니 소원대로 가서 듣는 거다.

내가 여자가 될 것을 미리 알고 있다는 것은 그 원인과 과정에 대해서도 알았다는 것. 그렇다면 곧 원래의 내 몸으로 돌아갈 방법도 물론 알고 있겠지.

안일한 생각을 하며 달랑달랑 매달려 마차에 오를 때, 루사인의 향한 아버지의 한마디가 나를 절망의 나락에 떨어뜨렸다. 아버지는 정말로 가볍게 '오늘 아침밥은 빵으로 하지' 라고 말하는 것과 같은 평범한 일상과도 같은 어조로 말했다.

"루사인, 날이 밝으면 여학생용 교복을 준비해 놓거라. 한 벌은 급한 대로 대략 눈대중으로 맞추고, 오후에 재단사들을 불러 새로 맞추도록. 물론 다섯 벌 이상 언제라도 준비할 수 있는 양으로 주문해라."

"예."

이것은 무슨 소리냐. 그야말로 결정타. 크리티컬 히트. 굳어버린 내 표정은 전혀 살피지도 않고 착실하게 대답하는 루사인. 정말 죽이 착착 맞는구나. 루사인 너, 그냥 내 시종 하지 말고 아버지한테 가지 그러냐… 라고 할 때가 아니다.

뭐야? 여학생 교복이라니? 그것도 여러 버어얼? 이 영감탱이가 무슨 일이 있더라도 날 학교에 보내려고 작정을 했구나… 가 아니다. 뭐야? 여러 벌? 여러 벌이라 하면 꽤나 오랫동안 입을 수 있는 양? 그런 것인즉, 나… 계속 여자로 있어야 한다는 거야, 그럼?!

안 돼. 나 키르라이안, 꽃다운 16세 소년. 그런 것을 이런 가슴 불룩하고 말랑말랑한 계집애로 지내야 한단 말이야?! 누가 말해줘. 이거 꿈이라고!! 자고 일어나면 모든 것이 끝나 있을 거라고!!

그리고 물론 나를 위해 말을 해주는 사람은 없었다. 오직 탈탈거리는 마차 달리는 소리만이 귀를 울릴 뿐.

Chapter 6

모든 것을 깨닫게 되는 아침, 진실은

"이거 놔, 이 영감탱이야!"

"가만히 좀 있어라."

"집에 왔잖아! 이제 놓으라고!"

"적당히 대화를 할 만한 공간으로 가고 나서 생각해 보지."

"어디까지 데려가려 하는 건데?!"

전속력으로 마차를 달려 집에 도착했지만 난 여전히 아버지의 허리에 매달려 짐짝마냥 옮겨지는 신세였다.

와, 이 영감탱이, 정말 힘세다. 아무리 내가 여자의 몸이 되었다지만 루사인과 검을 맞댔을 때, 내가 낼 수 있는 힘에 변화는 없다는 것을 확인했다. 그런 것인즉, 남자였을 때와 별

다를 바 없는 나의 완력이 전혀 통하지 않는 아버지의 힘이란 그동안 내가 괜히 당하고 산 게 아니라는 증거가 되고 있었다.

그렇게 대롱대롱 매달려 온 집안을 휩쓸고—휩쓸림을 당하며—고래고래 소리 지르던 와중에 드디어 아버지의 발걸음이 멈췄다. 도착한 곳은 아버지의 방. 그리고 난 지금의 위치에 조금 놀랄 수밖에 없었다.

물론 집에는 수많은 아버지의 방이 있고, 이 방은 그중 하나이다. 그럼에도 날 조금이나마 당황하게 한 이유란, 이 방은 어렸을 때부터 내게는 출입이 금지되어 있는, 아니, 정확히 말하자면 집사 한 명을 빼고는 집안의 어떠한 사람도 들어갈 수 없던 곳이기 때문이다.

"뭐야, 영감탱이. 여기 들어오면 그날로 부자의 연을 끊겠다더니 스스로 데려오는 거야? 이거 정식 초대다?"

불안과 의심을 섞어 묻지만 아버지는 씨익 미소 지었다.

거참, 이해하기 힘들다. 오래전 내가 호기심에 져 아버지의 말을 어기고 이 방에 들어가려다 들켰을 때, 아버지는 진심으로 자신의 아들에게 살기까지 보이며 분노했다. 그때부터 이 방은 내게 있어 아버지의 치부라도 감춰진, 아무리 내놓은 자식이라지만 감히 함부로 할 수 없는 장소가 되어버렸다.

그런 곳을 여자가 되고 나니 당당하게 들어갈 수 있게 되었다는 것이 또한 불만스러웠다. 혹시 이곳은 여자가 된 나를 위해 준비된 그런 방이 아닐까 하는 의심까지 들었다.

하지만 의심은 여기까지. 지금은 내 고민에도 아랑곳하지 않고 당당히 문을 열고 들어가는 아버지의 뒤를 따라 들어갈 수밖에 없다.

방은 생각만큼 넓지는 않았다. 집에 있는 수많은 방 중 보통 이하의 크기. 뭐, 단지 우리 집 기준으로 보통 이하일 뿐 평민의 집과 따지면 충분히 넓다.

방의 여기저기엔 고풍스러운 가구들이 놓여 있었고, 레이스와 리본으로 만들어진 하얀색과 분홍색의 천들이 가구의 위를 장식하고 있었다. 물론 그 위에 놓여 있는 화병이나 거울들 또한 최고급품이었다.

한눈에 봐도 알 수 있는 여성스러운 곳. 이 방의 주인은 아버지라기보다는 신분이 높은 집안의 귀부인을 위한 장소 같았다.

설마 하니 진짜로 내가 여자가 되면 주려던 방이었던 것은 아닌가 싶어 다시 한 번 의심의 눈초리로 아버지를 바라볼 때, 아버지의 뒤로 보이는 벽에 걸려 있는 초상화가 나의 눈길을 잡았다.

화려한 금발을 고상하게 위로 올린 머리. 흘러내려 온 머리칼은 크게 컬이 져 남들이라면 지저분하게 보일지 모르는 모습이 도리어 우아하고 세련되 보이게 하는 초상화의 그녀는 당당하고 기품있는 황금색의 눈으로 어딘가를 바라보고 있었다. 아름다우면서 당찬 기개.

난 그런 그녀가 한눈에 봐도 나와 흡사하게 닮아 있는 것을 느낄 수 있었다. 물론 내가 초상화의 그녀만큼 기품 있다거나 우아하다는 것은 아니다. 내가 닮았다 하는 것은 어디까지나 외모.

"아버지, 저 사람은……?"

"네 어머니다."

과연. 그럴 수밖에 없었다. 이만큼이나 나를 닮은 사람이 남이라고 하는 것이 더욱 이상한 일. 나한테 여자 형제가 없는 이상 가장 의심스러운 상대가 바로 어머니니.

처음 봤다. 철이 들었을 때 이미 어머니는 곁에 없었다. 가끔 궁금하기도 했지만 어차피 어머니에 대한 기억이 거의 없기에 따로 묻지는 않았다.

그런 내가 초상화라지만 드디어 어머니와 만나게 되었고, 난 조금이나마 감동이 밀려들어 오는 것을 느꼈다. 아니, 정정하겠다. 조금이 아니다. 가슴이 뭉클해지며 저 깊은 곳에서부터 알 수 없는 열이 올라오는 것을 느꼈다.

이 사람이 내 모친이구나. 과연 내 어머니구나. 이렇게 닮았구나. 역시 핏줄. 혈육. 아무것도 몰랐음에도 그리움이 느껴지는 마음. 이 아름다운 사람이 내 어머니였구나.

한참 분위기 잡고 물밀듯이 밀려들어 오는 감정에 빠져 있을 때, 눈치없는 영감탱이가 산통을 깨기 시작했다.

"거기 서서 뭐 하냐? 앉는 법도 잊어버렸나? 적당히 여기 와서 앉아야 뭘 좀 시작하지 않겠느냐?"

그야말로 적당히 방의 한쪽에 놓여 있는 붉은색 벨벳으로 싸인 소파에 다리를 쫙 벌리고 앉은 것도 모자라 한 팔은 소파의 뒤를 감싸고 다른 팔로 옆자리를 툭툭 치며 앉으라는 폼이 술집에서 아가씨를 부르는 중년 아저씨의 모습 그 이상도 이하도 아니었다.

"거, 남이 추억을 음미하는데 꼭 그렇게 끼어서 불협화음을 내야겠어?"

"네가 어떤 추억을 떠올리는지는 모르겠다만 너, 급한 거 아니었냐? 무슨 일인지 알려달라며?"

아차, 그랬다. 지금 중요한 것은 생전 처음 보는 어머니의 모습에 있지도 않는 기억을 되살리는 것이 아니라 어찌하여 내게 이런 일이 생겼냐는 것이다. 덤으로 다시 남자로 돌아가는 방법도 알아야 하고. 할 수 없이 아버지가 건달처럼 자리 잡고 앉아 있는 곳으로 쪼르르 다가가 앉으며 물어야 했다.

"뭐… 설마 했는데 이런 날이 오긴 하는구나."

"무슨 날? 나, 여자 된 거?"

옆에 와 앉은 날 흐뭇한 표정으로 바라보며 중얼거리는 말에 되묻자 아버지는 더욱 진한 미소를 띠었다.

"기껏 생각해서 세라라고 예쁜 이름도 지어줬는데, 전혀 쓸데없는 일이 되었다면 조금 아쉬웠을 거다."

그리고 그 발언에서, 비록 머리는 나쁘다지만 눈치는 백단 면허를 따고 있는 이 내게 걸리는 것이 있었다. 가만… 저거… 혹시… 설마… 아니… 그래도…….

일단 묻자. 백날 의심해 봐야 한번 묻느니만 못하다. 그래, 일단 묻고 나서 생각하자. 그래도 조금은 두려우니 조심스레 묻는 거다.

"아버지, 이거 정말 설마 해서 묻는 건데… 혹시… 혹시 말이야……."

"뭐가 궁금한 거냐, 딸아."

딸 아니다. 엄연히 아들. 아, 지금은 여자긴 하지만, 아니, 그렇다 해도 대놓고 딸이라니? 아니, 그러니까 지금 중요한 건 이게 아냐!! 자, 집중해서 다시 묻자.

"내 이름에 세라라고 붙여놓은 거… 설마 어머니가 아니라 아버지가 지은 거야? 남자 이름에 세라 붙인 사람이?"

"물론. 혹시라도 여자 아이가 되었는데 남자 이름밖에 없으면 곤란할 것 같아서 지어줬지. 자, 봐라. 지금 잘 쓰고 있지 않느냐, 세라."

"……."

오호, 통재라. 믿었던 도끼가 발등을 후벼판다는 소리는 들어봤다지만 설마하니 저 아버지가 내 유년기와 청소년기의 악몽 중 하나이던 이름 콤플렉스에 대한 원흉이었단 말인가? 모든 악의 근원?

"이 영감탱이야!! 대체 무슨 생각이었던 거야!! 여자로 변했을 때 이름이 곤란하면 가명이라도 쓰면 될 것이지, 어떻게 사내자식 이름에 세라 따위를 붙여놔서 어디 서명하라 하면 풀네임 쓰기를 두렵게 만든 거냐고!!"

폭발했다. 그간의 원한과 설움이 담긴 외침을 드디어 쏟아냈다. 아, 다행이다. 돌아가신 어머니 탓이라 생각하며 이미 죽은 사람 원망해 봤자 무슨 소용이 있으랴 하는 마음으로 참아내던 한을 드디어 진짜 원흉을 만나 풀게 되었다.

그래, 대들자. 저 사람, 할 말 없을 거다. 이때 아니면 언제 아버지한테 바락바락 대들겠냐. 뭐, 평소에 뺀질뺀질 기어오른 적은 많지만 이렇게 공식적으로 대든 적은 없으니, 자, 오늘 충분히 화풀이하자.

작정하고 다 쏟아 부으려고 마음먹은 내게 아버지는 고개를 끄덕이며 긍정했다.

"그렇지. 그래서 네 엄마도 반대하더라고. 여자 이름은 여자 아이가 되었을 때 정하면 된다고."

그리고 난 갑자기 밀려오는 허탈감에 털썩 주저앉았다.

"…반대까지 했는데 극구 우겼단 말이야, 그럼?"

"성별이 바뀌더라도 너는 너일 텐데 이름까지 다 바꿔 버리면 뭔가 아쉬울 것 같아서."

전혀. 절대로 아쉽지 않다. 지금 이 자리에서 후회하는 것은 단 하나. 어머님께 죄송하다. 친히 반대까지 해주셨는데 그걸 모르고 원망해 왔으니. 아니, 그 이전에 아버지가 설마 저런 사람일 줄 몰랐으니 어쩔 수 없었단 말이다!!

"…아버지, 여기서 더 말하면 내 인생관부터 바꿔야 할 거 같아. 우리 이름 이야긴 그만 하고 본론으로 가자. 내가 남자로 돌아갈 방법이나 말해."

마음을 가다듬고 진지하게 목소리 톤도 낮춰서 대화의 화제를 돌리자 아버지도 드디어 사태의 논점을 깨달은 듯 고개를 끄덕였다.

"그렇지. 중요한 것은 네 성별에 대한 문제였지."

자, 그리고 드디어 아버지의 중대 발언이 시작된다!!

"어디서부터 이야기해야 할까……."

"뜸들이지 말고 말해!!"

아, 진짜 웬만큼 성질 느긋하지 않은 사람 아니면 속 터져 죽을지도 모른다. 너무 답답하다. 너무 뜸들인다. 좀 본격적으로 대화의 진도를 펼쳐 보란 말이다!!

"네가 태어나기 전부터 성별이 정해져 있었다면 조금은 억울하지 않았을까?"

"…무슨 소리야? 이해하기 쉽게 말해."

"그러니까, 사실은 네가 남자일 수도 있는데 무조건 여자로만 태어나야 한다면 아쉽지 않을까 물은 거지."

"하아?"

도무지 이해를 하지 못해 그저 빤히 바라다봤지만 아버지는 이미 내 이해 따위는 무시하기로 작정했는지 계속 말을 이어갔다.

"네 어머니의 성질은 모두 봉인시키고 나를 닮아 남자로 태어난 후 원한다면 봉인시킨 힘을 풀어 여자가 되면 된다고 생각했지."

"아버지, 거기서 그만. 어머니의 성질을 봉인? 그러니까 그… 내가 반대쪽이 마법 성질이라고 하던데 그게 엄마 닮았다는 거야?"

"그래. 네 어머니는 모든 존재가 인정하는 마법의 혈통. 너한테 조금이라도 마법적인 힘이 남아 있다면 네 어머니의 힘에 의해 절대로 여자 아이일 수밖에 없지. 그래서 완전히 봉인시켰던 거다."

그러고 보니 그 야매 할멈이 그랬다. 무의 혈통에 마법이 깃들었다고. 그것인가? 인간 중 최고의 무를 자랑하는 왕가의 혈통에, 아버지 말에 따르면 모두가 인정하는 마법 혈통이라는 어머니까지 껴서 나온 게 나라 이거지?

"그래서 내가 마법을 배우게 되면 여자가 될 거 이미 알고 있었다 이거지?"

"당연히."

"…그런 건 좀 미리 말하라고!! 후회할 거라는 소리 하기 이전에 마법을 쓰게 되면 여자가 될 거라던가, 그렇게 말했으면 이런 일이 벌어지지도 않았잖아!! 애초에 성별을 선택하게 하려고 했다면 미리부터 말해서 대비를 시키던가!!"

아, 진짜 이럴 줄 알았다면 진짜 마법 따위 쳐다도 안 봤다!! 아무것도 모르다가 이게 무슨 날벼락이란 말인가!!

"뭐, 네가 어렸을 때는 언제쯤 말을 꺼낼까 고민했다지만 자라면서 동네에 내놓은 양아치로 성장한 것도 모자라 왕국 역사상 가장 머리 나쁜 왕족으로 손꼽히게 생겼으니 이건 여자도, 하물며 마법사도 전혀 가망 없지 않느냐? 어차피 평생 그대로 살 거 같아서 무시했지."

뜨끔. 뭐… 저렇게 따진다면 할 말은 없다지만… 아니, 그래도 말은 좀 해주지.

갑자기 등 뒤로 루사인의 환청이 들리는 것 같다, '자업자득이지요' 라는. 어째 이놈은 이 방에 들어오지도 않았는데 이렇게 존재감이 생생한 거냐. 무서운 놈.

어쨌든 이왕 이렇게 된 거, 더 이상 과거로 왈가왈부할 것 없다. 일단 돌아가기만 하면 되는 거니까.

"그러니까 아버지, 다시 그… 내 안에 있는 마법인지 뭔지만 봉인시키면 남자로 돌아가는 거지?"

"안 된다."

"…엥?"

이건 또 뭔 소리? 딱 잘라 안 된다니? 봉인하는 게? 남자로 돌아가는 게?

"너한테 있던 마법의 힘을 봉인한 것 자체가 태어나기 전네 힘이 가장 미약했을 때 네 어머니의 힘으로 억지로 봉인시킨 것인데 이렇게 자란 이상 마법의 힘도 그만큼 커졌을 것이고, 네 어머니도 네가 태어난 이후에는 힘들다 했으니 다른 사람이라면 더욱 불가능하겠지."

"그래도 뭔가 방법이 있겠지!!"

"게다가……."

"엥? 게다가?"

"이미 한번 바뀌어 버린 건 어쩔 수 없으니 다시 남자로 돌아가기는 힘들 거다. 그래서 처음부터 남자 애로 해놓은 것이었지. 남자 애에서 여자애는 되도 여자애에서 남자 애는 안 되니까."

뎅~ 하고 종이 울렸다. 머릿속에서 계속계속 울렸다. 더 이상 다른 말은 들리지 않았다. 오직 하나, '다시 남자로 돌아가기는 힘들 거다' 라던 아버지의 말이 환청이 되에 메아리치고 있었다.

"그, 그래도 뭔가 방법이 있겠지? 응? 어머니도 했다면 다른 사람도 어떻게 뒤져 보면 될지 누가 알아? 좀 더 강한 사람으로, 성에서 수염 날리는 궁정 마법사들이라도 어떻게 수소문 해보면……."

갑자기 다급해져 울상을 지으며 아버지에게 매달려 물었다. 이거 진짜, 나 평생 여자로 살아야 하는 거야? 그런 거야?

"네 어머니보다 마법이 강한 사람이 있을 리가 없지. 뭐,

네 어머니라면 어떻게 다른 방법을 알고 있을지도 모르지만…….”

아, 그래. 어머니. 어머니의 마법이 얼마나 강했는지는 중요하지 않다. 다른 방법, 그거라도 알면 된다. 하지만 죽은 자는 말이 없다고, 이미 돌아가신 분을 어떻게…….

“대체 만나주지도 않고 이젠 어디 있는지도 잘 모르겠으니…….”

“…엥?”

이어지는 아버지의 말에 그야말로 눈을 동그랗게 뜨고 이상한 감탄사를 외칠 수밖에 없었다. 그러니까 방금 아버지가 말한 뜻이…….

“어머니, 돌아가신 거 아니었어?”

“멀쩡히 살아 있다.”

“말도 안 돼…….”

지금까지 당연히 어머니는 내가 어렸을 때 돌아가셨다고 믿고 있었다. 언젠가부터 곁에서 사라져 버렸으니까.

어머니에 대해 물으면 아버진 늘 희미한 미소를 띠며 나중에, 다음에 이야기해 주겠다고 하는데 그렇게 웃는 얼굴을 보면 입은 웃고 있지만 눈은 늘 굳어 있었다. 언제나 당당하고 그 어떠한 것에도 마음을 두지 않는 아버지가 그런 얼굴을 하는데 거기다 대고 비수를 꽂으며 물을 수도 없는 일이라 철이 들며 어머니에 대해 묻는 것은 그만두었다.

그저 나중에 다음에 말해주겠다는데 대체 그게 언제일까 가끔 궁금하기만 했다. 이 나이가 되도록 말하지 않는 것으로 봐선 죽기 전에 유언으로나 알려주면 다행일지도 모른다는 생각도 하면서.

아니, 그럼 대체 멀쩡히 살아 계신 어머니가 지금 곁에 없는 이유가 무엇인가? 더더욱 미스터리가 되어 아버지에게 물으려 할 때, 영감탱이는 평소 어머니에 대한 화제가 나올 때마다 보이던 희미한 미소를 띠며 중얼거렸다.

"그래도 엄연히 드래곤인데 죽었으면 누군가 드래곤 슬레이어라고 이름 날리고 있겠지."

뎅~ 뎅~ 뎅~ 뎅~

다시 한 번 머릿속에 종이 울렸다, 무한으로. 그리고 그 뒤에 천사도 몇 마리 날아다녔다.

하아, 잠시 정신 좀 차려보자. 한참을 울리던 종 뒤로 천사까지 보이는 듯한 환각을 겪은 것으로 보아 꽤나 정신적 공황 상태가 길었던 듯싶다.

자, 그럼 정리부터.

그러니까 나는 마법이 봉인되어 있었고, 마법을 쓰게 되면 여자가 되는 것으로 정해져 있었다. 그리고 그것은 어머니의 마법적 핏줄이고, 봉인이 풀리면서 여자가 된 것이다. 다시 봉인을 시키거나 남자로 되돌리는 방법은 현재로선 알 수 없고, 잘하면 어머니가 알고 있을 텐데, 지금까지 죽은 줄 알았던 어머니가 살아 있고, 사실은 드래곤이었다? 그리하여 나는 절반은 드래곤?

…드래곤? 드래곤? 드래고오오오오오온?!

"아, 아버지! 그러니까, 잠깐! 뭐? 드래곤? 엄마가? 아, 그래서 내가 마법적 혈통이? 아니, 아니, 그러니까 결국 내가 여자가 된 게, 그게 엄마 피가 강해서?"

"축하한다. 드디어 이해를 했나 보구나, 아직 정리는 안 된 듯싶지만."

"지금 그러고 있을 때가 아니잖아!! 엄마 어디 있어? 안 죽었다며? 당장 찾아가자! 그래서 날 다시 남자로 되돌려 놓는 거야!!"

흥분을 동반한 나의 외침에도 아버지는 아랑곳하지 않으며 여유있게 눈이 벌게져 발광하는 나를 바라보며 조용히 대답했다.

"말했지 않느냐. 모르겠다고."

다시 한 번 머릿속에 대공황이 밀려들어 오려 할 때 아버지가 계속해서 말을 이었다.

"어쩌겠느냐. 이왕 이렇게 된 거, 계속 여자로 살아야지. 그래도 그렇게 원하던 마법은 사용할 수 있으니 잘된 것 아니냐? 혈통이 혈통이니만큼 마법을 사용하는 데 있어 누구보다도 특혜받은 재능이니."

아, 아니야. 아니라고! 원한 거 아냐! 그냥 오기였다고!

"하지만 조금 신기하구나. 설마 하니 네가 마법을 배우겠다는 날이 올 줄이야. 평생 세라가 된 너는 못 볼 줄 알았는데."

틀려! 그런 게 아냐! 난 그냥 카린 말에 조금 울컥해서! 뭐냐? 결국 난 오기에 내 인생을 송두리째 바꿔 버린 거냐? 맙소사! 말도 안 돼!!

"꿈이야. 이건 꿈이야……."

넋 나간 듯 중얼거리자 아버지가 피식 웃었다.

"잘 기억해 둬라, 세라. 이제야 알게 된 일이겠지만 넌 보통 인간하곤 다르다. 솔직히 다른 인간이 하루아침에 성별이 바뀌었다면 심할 경우 그 자리에서 미치기까지 할 거다. 도저히 납득할 수 없으니까."

"나도 미칠 지경이야, 지금."

"하지만 진짜로 미치진 않지. 그래도 나름대로 어디선가 지금의 사태를 납득하고 있지 않아? 지금 현실을 거의 거부감 없이 받아들이고 있잖아."

그렇다. 사실이다. 뭐랄까, 지금 내 상태를 설명하자면 멍하면서도 어딘지 냉정하게 판단하고 있었다. 평소 머리 안 돌아가기로 유명한 나로선 전혀 상상할 수도 없던 일. 저렇게 말하면 '그런가?' 하고 고개를 갸웃거리게 된다.

"앞으로 서서히 이해하게 될 거다. 인간과는 다른, 드래곤의 사고에 대해서. 뭐, 지금까지도 남들과는 생각하는 기준이 달랐으니 별차없으려나? 어차피 그게 다 하프 드래곤이기 때문이었겠지만."

"…머리 나쁜 것도?"

"글쎄, 드래곤이 머리 나쁘다는 소리는 들어본 적 없는데. 돌연변인가?"

"그게 뭐야!!"

버럭 성질을 내며 소리치는 모습엔 전혀 신경 쓰지 않으며 아버지는 자리에서 일어나 방 한쪽을 차지하고 있는 옷장을 열어 무언가를 뒤적거렸다.

"지금까지 그래도 혹시나 하며 가끔 모아둔 것들이 이제야 빛을 보게 되었구나. 역시 준비성은 철저한 것이 좋지. 자, 세라야, 이건 어떠니?"

혼자 중얼거리며 무언가를 꺼내 내 앞에 들어 보이는 아버지를 바라보던 나는 멍한 얼굴로 물었다. 어머니 드레스인가.

"뭐야, 그 노란색 레이스 치렁치렁 달린 드레스는?"

"네가 여자가 되었을 때 입히면 예쁠 것 같아 가끔씩 취미 삼아 모아둔 것들이지."

"…뭐, 뭐, 뭐, 뭐, 뭐라고오오?!"

경악하며 아버지를 향해 소리쳤다. 내 눈에 보이는 것은 아버지의 뒤로 활짝 열린 옷장 속에 보이는 것은 빨강, 노랑, 보라, 흰색, 분홍 등등의 총천연색+파스텔 톤의 드레스들.

이, 이, 이… 이게 모두 저런 중년 아저씨가 사들인 드레스란 말인가? 취미 삼아 모은 것이라고? 레이스며 리본까지 화려한 것이 무언가 알 수 없이 집약된 마이너스 기운으로 풀풀 풍기는데? 이건 완전히 본격적인데?

게다가 저걸 나한테 입으라고? 덧붙여 입가에 맺힌 그 함박웃음은…….

"누, 누, 누구 마음대로!! 자신의 취미를 아들에게 연장시키지 말란 말이다, 이 중년 변태!!"

그야말로 울며불며 방을 뛰쳐나가는 내 등 뒤로 다시 한 번 아버지의 엄숙한 목소리가 울렸다.

"그렇게 도망치더라도 학교는 가라."

제길, 들켰나? 상처받은 척하며 방으로 가선 학교 땡땡이 치려 했는데 역시 나만큼이나 눈치 백단… 이 아니다!! 나, 대체 앞으로 어떻게 해야 한단 말인가!! 이대로 치마 입고 학교 가야 하는 거야? 정말로? 진짜로? 하아! 갑자기 인생이 암울해진다.

뜬눈으로 밤을 새운 아침. 어차피 새벽에 일어났으니 더 잘 필요를 못 느끼기도 했지만 도저히 더 잘래야 잘 수 없었다.

성별이 바뀐 것도 모자라 출생의 비밀(!)까지 알게 되고, 게다가 죽은 줄로만 알았던 어머니도 살아 있다고 한다. 아니, 뭐, 이런 것들은 일단 뒤로 치워두겠다. 어차피 더 생각해 봤자 뾰족한 수도 없으니까.

나 진짜 이 상황에서 학교 가야 하는 것인가? 진심으로 고민스럽다.

침대에 앉아 멍하니 있던 내 앞에 루사인은 어느새 교복으로 갈아입고 새벽부터 대체 어디서 구해왔는지 내가 입으면 딱 맞을 것 같은 여학생용 교복을 들고 있었다. 물론 루베르크 왕립학교의 교복이다.

"독하다. 영감탱이가 시킨다고 진짜 아침부터 준비한 거냐? 대체 새벽부터 문 연 교복점이 있었단 말이야?"

"페르나슈 공작가의 심부름이라니까 바로 준비해 주던데요."

담담하게 대답하는 루사인을 보며 난 긴 한숨을 쉬었다. 그러니까 집안이 문제다, 집안이. 적당히 중간 정도 가는 집안만 됐어도 무시했을 텐데 하필 공작가라니 저쪽도 서둘렀겠지.

"야, 루사인, 너 같으면 이런 상황에 진짜 그 옷 입고 학교 가고 싶냐?"

"도련님이라면 이런 상황이 아니라도 가기 싫어하잖아요. 어차피 가고 싶지 않은 건 매한가진데 그냥 포기하고 가죠."

물론 할 말을 잃었다. 저 녀석 말발은 도저히 나로선 따라갈 수 없으니까. 장담하건대 왕국은 물론 세계에서 제일 말대답 잘하는 시종일 거다.

"무작정 여자 교복 입고 학교에 갈 수도 없잖아. 이 상태로 내가 키르라이안이오~ 하고 가봤자 상황만 이상하고, 그렇다고 다른 사람인 척하려 하면 그 학교 학생이 아닌 게 되는데, 아무래도 오늘은 가지 않는 게……."

슬쩍 눈치 보며 여러 가지로 변명을 시작하자 루사인은 상큼하게 미소 지으며 대답했다.

"그것에 관해서라면 이미 주인 어른께서 K. 세라 일렉트리아라는 키르라이안님의 숨겨진 쌍둥이 동생이 등교할 거라며 학교에 통보해 주셨습니다. 애초에 학교에 입학하기 전에 키르라이안님과 세라님 두 분으로 등록되었고요."

제기랄. 저놈의 영감탱이. 내가 너무 얕봤다. 이런 사소한 데까지 철두철미한 준비성이라니. 그냥 튈까? 일단 튀고 나서 생각해 볼까?

혹시나 하며 슬쩍 눈치 보며 방문으로 시선을 돌리자 그곳엔 어김없이 문 앞을 지키고 서 있는 아버지가 있었다. 예상대로다. 정말 내가 학교 땡땡이치는 꼴을 눈뜨고 못 봐주겠다는 심보로구나!

"아, 그래. 알았어! 알았다고!! 가면 될 거 아냐!!"

포기다. 그래, 배 짼다. 일단 간다. 가자고. 어떻게 되든 가서 보자고.

내친김에 침대에서 벌떡 일어나 몸을 두르고 있던 가운을 벗어 던졌다. 그리고 평소와 같이 아무 거리낌 없이 당당하게 루사인을 향해 명령했다.

"옷."

무언가 이상했다. 평소라면 옷이라고 말하기 이전에 내가 가운을 벗으면 동시에 내 옆에 다가와 옷을 입혀주었을 텐데 시간이 지체되도록 루사인은 멀뚱히 서서, 도리어 시선까지 피하며 꼼짝 하지 않고 있었다.

"뭐 해. 지각할 셈이야? 옷."

조금은 짜증을 섞어 묻자 그제야 루사인이 입을 열었다.

"도련님, 속옷 정도는 손수 입으셨으면… 아니, 그 이전에 옷도 차라리 시녀를 시키는 게 좋을 것 같은데요. 뭐, 정 원하신다면 제가 옷을 입혀줘도 되긴 하지만 어쨌든 속옷까지 제가 담당하기엔 조금……."

"응?"

아, 그러고 보니 완전히 여자로 변한 내 몸은 소녀의 그것과도 같고, 뭐 나야 일단은 내 몸이니 그다지 문제없… 는 것은 아니지만 어쨌든 심각하게 반응할 것까지야 없다지만 루사인에게는 조금 문제가 있기도 할 듯하다.

"흐음, 어쩔 수 없지. 좋아. 속옷 정도야 스스로도 입을 수 있으니까. 그러니까 속옷이… 허어어어어억?!"

어느새 가져다 놓았는지 잘 개어진 느낌이 좋은 속옷을 들어올리던 난 순간 멈칫하며 그대로 굳어버렸다. 평소라면 하나였어야 하는 나의 속옷이 두 개로 나뉘어 있었다. 그것도 평소의 내가 즐겨 입는 모양의 것이 아니었다.

촉감이 부드러운 손바닥만 한 크기의 작은 팬티는 레이스로 장식되고 가운데엔 작은 리본도 달려 있었다. 뭐, 이건 넘어간다 치자. 대체 이 고급스러워 보이는 분홍색 브래지어는 무엇이란 말인가. 설마 이걸 지금 나보고 착용하라고?

'꼴깍' 하고 마른침을 삼켰다. 등 뒤로 식은땀이 흐르기 시작했다.

한참이나 굳어 있자 드디어 문 앞에서 구경만 하던 아버지가 나설 차례가 되었다.

"서두르지 않으면 지각한다. 세린!!"

"네, 주인 어른!"

아버지가 부르자 구석에서 대기하고 있던 내 방을 담당하는 세린이라는 이름의 조그마한 소녀 크게 대답하며 뛰어나왔다.

"앞으로 네가 저 아이의 수석 담당이다. 학교에 가야 하니 서둘러 옷을 입히고 준비하거라."

"아, 예!!"

대답함과 동시에 내 곁으로 다가온 세린은 능숙하게 내 몸에 속옷과 교복을 말끔히 입히고 더불어 부지런히 어깨를 살짝 내려가는 내 금발을 단정히 매만져 주기 시작했다.

그러다 문득 손을 멈추고 나를 향해 조심스레 물었다.

"저… 도련님?"

"세라 아가씨다."

"아, 네. 세라 아가씨."

문 앞에서 계속 감시하던 아버지가 정정했고, 세린은 퍼뜩 놀라며 저 저주받을 이름으로 다시 한 번 나를 불렀다.

"이름이 뭐든 무슨 상관이야. 왜 부르는데?"

모든 것이 귀찮아져 대충 대답하자 세린은 양손에 빨간색과 분홍색의 리본을 들며 진지한 얼굴로 질문했다.

"머리를 둘 중 어떤 리본으로 묶을까요? 세라님이 워낙에 화사하게 생기셔서 어느 색이고 잘 어울릴 것 같은데."

"내가 어떻게 알아! 맘대로 해!!"

소리치는 것과 동시에 세린은 빨간색 리본으로 내 머리를 장식했다. 어차피 고민도 안 하고 자기 맘대로 할 거 왜 물어보는 거냐!! 이미 내 정신은 속옷으로 넉다운이라고. 더 이상 괴롭히지 말아줘, 제발.

아, 정말 절망적이다.

루사인의 에스코트를 받으며 마차에서 내려 교정을 밟은 나는 다시 한 번 절망해야 했다.

키르라이안 16세. 남이었다가 오늘부터 여.

처음으로 치마를 입고 학교에 왔다. 양갓집 아가씨들이 많은 학교인지라 교복 치마는 다른 학교보다는 조금 긴 무릎을 덮는 길이라지만 뭔가 휑~ 하니 바람도 술술 통하는 게 꼭 아랫도리를 벗고 있는 것 같아 자꾸 시선이 아래를 향했다.

지나가는 사람마다 모두 나를 보는 것 같아 평소 아무 거리낄 것 없이 당당한 이 내가 주눅이 들기 시작했다.

그런데 이거, 나를 보는 것 같은 게 아니라 아무래도 다들 나를 보고 있는 게 맞는 것 같다. 시선이 나를 향해 고정되어 있다. 이거 기분상이 아닌 게 확실한데?

"당당하게 걸으세요. 괜히 여기저기 눈치 보고 땅만 보고 하는 모습이 그리 좋지 않습니다."

내 심정을 아는지 모르는지 루사인이 내게만 들릴 작은 목소리로 충고했다. 하지만 그런 것, 이제 신경 쓰이지도 않는다.

"뭐야? 다들 날 보고 있잖아. 나 그렇게 어색한 거야?"

"괜찮습니다. 다들 도련님과 똑같이 생긴 여학생의 정체가 궁금해서 보는 것입니다. 어차피 키르라이안님의 쌍둥이 여동생이라고 소개되면 사라질 호기심입니다."

"…진짜 그럴까?"

"도련님 같으면 그렇게 생각하지 않으십니까?"

물론 나라도 학기 중에 새로운 얼굴이 나타난다면 호기심에라도 바라봤을 거다. 그렇게 생각하니 조금은 마음이 가벼워졌다. 그래, 이왕 이렇게 된 거, 당당하게 철판 깔고 나가자. 이 내가 치마를 입고 학교에 왔다면 상당히 쪽팔리는 상황이 된다지만, 어차피 대외적으로 이 몸은 키르라이안의 여동생. 애초 여자애라는 설정이다! 거리낄 게 없다!!

일단 교실로 들어가자 루사인의 말대로 더 이상 문제될 건 없는 것 같았다. 담당 선생은 들어와서 나를 K. 세라 일렉트리아 페르나슈 소공녀라 소개했고, 또한 키르라이안의 쌍둥이 여동생이라고 덧붙였다. 개인적인 문제로 가족과 떨어져 수도가 아닌 지방의 영지에서 지내다 오늘부터 이곳으로 옮겨왔다는 추가 설명도 있었다.

물론 키르라이안은 개인적인 문제로 잠시 학교를 쉰다고 했다. 뭐, 이유야 붙이려 하면 이것저것 많다. 실버 나이트의 임무라거나, 영지를 돌아본다거나. 최상급 귀족의 일이니 그러려니 하면 되는 것이다.

학생들이 나를 보며 조금씩 소곤거렸지만 전혀 신경 쓸 게 못 된다. 어디까지나 편입생에 대한 호기심.

말을 걸며 다가오는 사람도 없다. 이것 역시 공작가의 영양이라는 최상급 신분에 따른 효과이니 문제없음.

그래, 마음 편히 먹으니 세상이 쉽다. 이렇게 대충 버티면서 어떻게든 남자로 돌아가는 방법을 찾으면 된다. 조금 시간이 걸릴지 모르겠지만 어쨌든 돌아가기만 하면 되겠지.

그렇게 고개를 끄덕이며 결심하고 있을 때, 익숙한 목소리가 귀를, 그리고 교실을 울리며 나를 강타했다.

"오우~ 세에라~ 어디 보자. 이야~ 이 스커트! 진짜 잘 어울리는구나!!"

그리고는 덥석 내게 매달리는 이 녀석. 프리츠다. 이놈, 대체 아침부터 무얼 잘못 먹었기에 이렇게 와서 들러붙는 거냐!! 당장이라도 날려 버리고 싶지만 학교엔 내가 키르라이안이 아닌 세라라고 소개되었으니 대놓고 이놈에게 태클을 걸 수도 없다.

"아, 저… 프리츠님, 저… 전 키르라이안이 아니라 세라라고, 알려지지 않은 쌍둥이 동생으로……."

성질을 못 이겨 구겨지려는 인상을 최대한 펴며 이 진드기 같은 녀석을 떼어내기 위해 안간힘을 쓰며 변명하고 있을 때 프리츠는 싱긋 웃으며 물었다.

"뭐야? 갑자기 웬 쌍둥이 타령이야? 이미 카린한테 다 들었다고. 너, 여자 됐다며? 오늘 아침에 아버지도 말씀하시더라. 어젯밤에 잉게 공작가가 아주 난리가 났었다고."

아, 그러고 보니 잉게 공작가에 프리츠의 아버지도 계셨다고 했었지? 아니, 그게 아니라 카린한테도 들었다고? 그럼 이미 사실 다 아는?

아니, 잠깐!! 지금 이렇게 느긋하게 있을 때가 아니다. 프리츠 이 자식, 아주 그냥 들으란 듯이 큰 소리로 말하는데 일단 저 입부터 다물게 해야 한다!!

"야, 야, 야! 그런 걸 대놓고 말하면 어떡해! 좀 눈치라도 봐가며 말을 해야지! 남들이 들으면 어쩌란 말이야."

마음 같아선 버럭버럭 외치고 싶지만 내 문제인지라 안간

힘을 써가며 작은 목소리로 다그치자·프리츠는 눈을 동그랗게 뜨고 뻔뻔하게 날 바라보며 말했다. 물론 목소리의 크기는 전혀 안 줄이고.

“왜? 이미 소문 다 났어. 네가 여자 됐다고. 하도 설치고 다니더니 벌받은 거라고 말들이 많았지.”

“…뭐… 라고?”

“전교생이 다 알걸. 키르라이안의 S가 세라라는 것만큼이나 공공연한 비밀이 되어버렸다고. 네가 여자가 된 사실이. 그런데 아무리 여자가 됐다지만 하루아침에 치마 입고 당당히 등교라니. 과연 너답다면 너다운 일, 물론 소문낸 것은 바로 나.”

더 이상 아무것도 들리지 않는다. 잠깐. 그렇다면 아침에 다들 나보고 수군거렸던 게 편입생에 대한 호기심이 아니라 치마 입고 온 나 키르라이안에 대한 소문이었단 말이야?

뒷골이 당긴다. 그리고 난 쪽팔림을 포함한 분노와 화병으로 그대로 기절했다. 아, 저기 별도 보인다. 하나, 둘, 셋, 넷……. 와, 잘도 보인다!

…….

제길!! 기절은 무슨 기절이냐!! 정신을 잃어도 소용없다!! 내 결코, 절대로 다시 남자로 돌아가겠다! 느긋? 여유? 그딴 거 필요없다! 당장 무슨 수를 써서라도, 어떤 방법을 동원해서라도 원래의 나로 돌아가겠다!! 돌아가고야 말겠다고!!

그리고 그렇게 나 키르라이안 S 일렉트리아, 혹은 K. 세라 일렉트리아의 눈물겨운 분투기가 시작되었다.

아, 그전에 프리츠 너, 좀 맞자. 지금 내 앞에서 당당하게 자기가 소문 내고 다녔다고 고백하는 거냐? 어제부터 살랑살랑 시비 거는 게 아무래도 몸이 근지러운 모양이구나. 일단 이 녀석하고 한 판 붙고 다시 눈물겨운 분투기를 시작하자.

Chapter 7
검, 그리고 실버 나이트

카시미안 후작은 자신의 흰 수염을 쓰다듬으며 허탈한 웃음을 내뱉고 있었다.

"허허허."

나를 한 번 보고 하늘도 한 번 보고 가끔은 한숨도 쉬며 계속해서 웃었다.

"허허허허허."

그러기를 한참. 드디어 마음의 정리가 끝났는지 이번에야말로 똑바로 나를 바라다보았다.

"연락을 받기는 했지만 진짜 여자가 되었으리라곤……."

그리고는 이번엔 점수를 매기듯 위아래로 나를 샅샅이 훑어보기 시작했다.

"스승님, 뭘 그렇게 보는 거예요."

"조용히 있어봐라! 견적을 내고 있는 중이니 가만히 좀 있거라!"

인상을 쓰며 소리치는 덕에 난 요구하는 대로 차렷 자세로 서 있을 수밖에 없었다. 대체 무슨 견적인지 참으로 궁금하지만 무언가 생각하는 게 있으니 저러는 거라고 어렴풋이 짐작만 할 수 있을 뿐이었다.

카시미안 후작으로 말하자면 내가 소속되어 있는 실버 나이트의 장로이다. 선대 국왕 시절, 실버 나이트의 주축이 되어 활동했던 그는 놀랍게도 일개 평민의 신분으로 후작이 된 성공한 인간의 대표적 케이스다. 오직 검 하나만으로 정상의 자리까지 올라갔다고 할까.

참고로 말하자면 나와 프리츠, 루사인, 카린의 검을 봐주는 스승이기도 하다. 어차피 다들 각자 집에서 전속으로 검을 가르치는 사람은 따로 있지만 최종적으로 손을 보는 분이 바로 이 카시미안 후작이었다.

어렸을 땐 새벽과 저녁, 그리고 낮에 틈틈이 검과 씨름하는 나날을 보냈었다. 물론 실컷 놀기도 했다만 그건 어디까지나 남들 학교 공부하는 시간에 논 거. 그러니까 뭐랄까, 공부엔 전혀 흥미가 없었지만 몸으로 뛰는 검은 정말 좋아했다. 나도 나름대로 노력하는 형이다. 물론 검에만. 다행인지 흔히들 말하는 재능이란 것도 있어서 결국 열세 살에 실버 나이트에 입단하는 영광을 얻었다.

실버 나이트에 입단하면 여러 가지 혜택이 있다. 드넓은 왕궁의 검 수련장을 사용할 수 있다거나, 선배 실버 나이트들에게 조언을 받을 수 있고, 또 자기 능력에 맞게 검을 수련할 수 있는 체계적인 조율도 해주는 등등.

생각해 보라. 검이든 마법이든, 어쨌든 국내에서 손에 꼽히는 최강이라는 사람들이 모인 집단이다. 그런 사람들 사이에 있다 보면 저절로 눈이 높아지고, 그 높아진 기준에 맞춰 내 실력도 높이기 위해 아등바등하게 되는 게 당연하지 않은가?

현재 실버 나이트에 미성년자는 나와 프리츠, 그리고 카린이다. 카린이 열두 살, 나와 프리츠가 열세 살에 입단하게 된 것에는 우리의 실력도 있지만 다음 대 에페트리아의 국왕이 될 누군가를 보좌하기 위해 미리 준비하는 이유도 있었다. 그렇기에 입단했을 때부터 카시미안 후작이 몸소 나서서 우리를 가르치기 시작했고, 결국 지금까지 우리의 스승님으로 남아 예순이 넘은 나이에도 여전히 정정했다.

검 수련은 거의 왕궁에서 하지만 오늘은 특별히 후작을 집으로 불러 수업을 듣게 되었다. 물론 이유야 설명하지 않아도 짐작하겠지만, 하루아침에 여자가 되어버린 내 문제 때문이었다. 그러니까 후작이 저리도 당황해서 고민하는 것은 내 상태를 보고 난 쇼크라고 간단히 설명하겠다.

한참을 고민하던 후작은 다시 한 번 긴 한숨을 쉬더니 날 불렀다.

"라이안, 일단 기본 동작부터 보자. 지금까지 하던 대로 검을 차례로 움직여 보거라."

"예~ 예."

시키는 대로 검을 쥐고 차례로 각도를 바꿔보며 휘둘러 보았다. 어차피 이 동작이야 본격적으로 연습을 시작하기 전에 준비 운동으로 하던 것이다. 딱히 어려울 것도 없었다. 검이 허공을 가르는 '휙! 휙!' 소리가 오히려 경쾌했다.

"그만. 이제 그만 해도 좋다."

한참을 휘두르자 후작이 입을 열었고, 난 기다렸다는 듯 검을 거뒀다. 이마에 땀이 조금씩 맺히고 있었다. 이 정도면 충분히 몸이 데워져 있을 것이다. 이제 본격적으로 움직이기에 딱 좋은 정도.

하지만 후작은 평소처럼 내가 검을 마주할 상대를 바로 정해주지 않았다. 이쯤 되면 프리츠나 루사인과 한 판 붙어보라 할 텐데.

"검은 바꾼 것이냐?"

"네, 영감탱… 아니, 아버지가 앞으로 이 검을 쓰라고 내줘서 손에 맞게 길들이고 있었어요."

거참, 귀신같이도 알아본다. 검을 바꾸긴 했지만 예전에 쓰던 것과 쌍둥이라고 할 수 있을 정도로 비슷한 것이다. 직접 만져 보지도 않고 움직이는 것만으로 알아본다는 것은 역시 실력인 것인가.

"완력이 좀 줄었군. 움직임은 빨라진 건가."

후작의 중얼거림에 난 고개를 갸웃거렸다. 줄었나? 그다지 못 느끼겠는데. 그저 예전보다 몸집이 작아진 만큼 팔다리가 짧아져서 거리 감각이 아직 헷갈리는 정도밖엔 모르겠는데.

"이것참, 이건 완전히… 라이안, 네가 지금 키만 했을 때가 몇 살이었지?"

"재작년 쯤일까요? 그때 160 초반이었으니 그맘때가 맞을 거 같은데요."

"재작년. 2년 전으로 되돌아가야 하는 건가."

후작의 말에 난 그제야 내 문제점을 깨닫게 되었다. 그렇군. 완전히 내 수준이 2년 전으로 내려간다 이거로군. 갑자기 억울해졌다. 하루아침에 여자가 된 것도 모자라 검 실력도 줄어버리는 건가? 하지만 이상했다. 루사인과 시험적으로 검을 몇 번 휘둘러 봤을 땐 거의 느끼질 못했다.

"저기 스승님, 그냥 키만 줄었다 뿐이지 완력도 실력도 줄어든 것을 느끼지 못했어요."

"연습이니까 그렇겠지. 실전에서 이전처럼 검을 휘두르면 분명히 큰일 치른다. 아, 하지만 실력에 대해선 줄었다고 하지 않았다."

"에?"

"몸집은 2년 전과 같겠다만 그 2년 동안 네가 놀고만 있던 건 아니지 않느냐. 2년간 쌓아올린 실력만은 고스란히 남아 있을 거다. 하지만 갑자기 작아진 몸집에 맞게 적응해야 하는 연습은 필요하겠구나."

그나마 다행이었다. 2년 노력이 말짱 황이라면 정말 좌절했을 테니까. 아무리 검을 좋아하는 나라지만 진절머리 치며 한동안 검을 멀리했을지도.

"이쪽으로 오거라. 오늘은 따로 자세를 잡아주도록 하겠다. 앞으론 그걸 기본으로 연습하면 될 거다."

"네."

가볍게 대답하고 쪼르르 후작의 곁으로 다가갔다. 후작은 날 앞에 세워두고 이리저리 각도를 잡아주기 시작했다. 그러다 문득 생각났는지 고개를 들어 저쪽, 프리츠와 루사인을 향해 명령했다.

"그쪽 둘은 그만 구경하고 대련을 시작해라. 진검으로."

"아, 네."

"네."

스르릉!

맑은 소리를 내며 두 사람의 검이 고개를 내밀었다.

채앵! 차앙!

곧 빠르게 검과 검이 맞부딪치는 소리가 우리 집 검 수련장을 울리기 시작했다. 지금까지의 전력은 둘 다 막상막하. 조금이나마 덩치가 큰 프리츠가 완력을 이용해 치고 들어오면 루사인은 세련된 검 놀림으로 쳐나가며 날카롭게 찔러 들어갔다.

그러기를 수분. 갑자기 프리츠가 언성을 높이기 시작했다.

"너 이 자식! 자꾸 뒤로 빠질 거냐!! 제대로 하지 못해?!"

"누가 빠졌다는 겁니까? 본인이 그렇게 느끼고 있는 것 아닐까요?"

"웃기지 마! 시종 주제에 누구의 사정을 보는 거야!!"

프리츠는 성난 듯 버럭 소리쳤다. 루사인은 전혀 아랑곳하지 않고 불같이 달려드는 프리츠의 검을 여전히 무리없이 쳐내고 있었다. 하지만 그렇더라도 성의가 없는 것은 아니다. 내가 보기엔 루사인도 나름대로 열심히 한 것 같았는데 노는 거로 보인 건가.

"지금 감히 날 봐주고 있는 것처럼 여유 부리고 있잖아!!"

"글쎄요. 바로 그 시종 따위에게 검으로 눌리기라도 한다면 체면이 말이 아니잖아요."

"이 자식!!"

계속해서 프리츠가 성을 내자 결국 루사인은 한쪽 입꼬리를 말아올려 비웃듯이 차가운 목소리로 비꼬아 대답했고, 덕분에 프리츠의 분노는 더더욱 극에 달했다.

아, 낭패다. 그러고 보니 저 둘 사이, 안 좋았지, 아마?

솔직히 말해 루사인 역시 프리츠, 카린과 함께 어릴 때부터 함께 자란 소꿉친구 중 하나라 말할 수 있는 관계이다. 단지 신분이 내 시종이라는 것만 다를 뿐. 그런데 유독 저 둘은 어릴 때부터 눈만 마주치면 불꽃이 튀는 현장이 연출되어 왔다.

대체 이유를 알 수 없지만, 뭐, 그런 게 있지 않은가? 이유 없이 싫어지는 존재. 아마도 저 둘이 그런 건 아닌가 생각된다.

챙챙! 챙챙챙!

차앙! 창!! 창!!

더욱 검의 움직임이 격렬해지기 시작했다. 그리고 또한 서로를 노려보는 눈길이 더더욱 이글이글 타오르고 있었다.

"검 실력 하나만 믿고 시종이란 신분으로 마티아스 공작가의 후계자인 나를 업신여기는 것이냐, 감히!!"

"그러니까 그렇게 생각한다면 그것은 바로 본인의 자격지심일 뿐이라는 거죠."

후아! 저, 저 루사인, 살살 프리츠 놀리는 것 좀 봐라. 아주 그냥 작정하고 화를 돋우는구나. 대체 어쩌자고 그렇게 막 나가는 거냐. 왜 상대가 프리츠가 되고 보면 브레이크가 걸리질 않냐고. 아주 그냥 서로들 눈에 불꽃이 아른거리는구나.

그래, 솔직히 루사인이 좀 강하긴 하지. 실버 나이트인 나도 검으로 상대해서 제대로 이겨본 적이 거의 드무니까. 일개 시종으로 있기엔 참으로 아까운 실력의 소유자다.

프리츠라면 나와 실력이 비슷하지만 조금은 완력에 치중된 편. 이미 상대의 힘을 이용해 받아치는 세련된 검을 구사하는 루사인을 절대로 이기지 못할 것이다. 그러니까 분하겠지. 하지만 아무리 그렇다 해도 자신의 실력을 탓해야지 사람을 탓하면 되냐고.

난 발을 동동 굴리며 검 연습으로 시작해 싸움으로 번진 둘을 바라보았다. 내가 왜 이렇게 저 둘의 사이에 애를 태우냐고? 이유 따위, 별거 없다. 그저 저 둘이 또 싸우는 것을 카시미안 후작이 눈치 채면 둘의 싸움이 어느 선을 넘는 순간 저 둘은 물론이요 나까지 도매금으로 넘어가 단체 기합을 받게 된단 말이다!!

그동안이야 둘이 사이 나쁜 거 만인이 다 아니 나와 카린이 가운데 껴서 서로 대련을 하며 저 둘이 직접 맞부딪치게 하지 않았다만, 내가 갑작스레 여자가 된 덕에 한동안 대련을 못하게 되었으니 당연히 저 둘이 계속해서 붙어야 한다는 것인데, 설마 카린이 오늘 대련에 불참한 거, 이걸 예상하고 미리 몸 사리고 피한 거 아냐?

후작은 아직까진 루사인과 프리츠의 상태에 별생각이 없는지 내 자세를 하나하나 체크하는 데 여념이 없었다. 하지만 언제 후작이 이마에 핏줄을 세우며 우리를 향해 고함을 지를지 두려움 속에 점점 카운터를 셀 때가 슬슬 다가오는 것을 느낄 수 있었다.

그리고 드디어 일은 터졌다. 결국 프리츠는 검의 대련이란 것을 잊고 루사인을 향해 발길질을 했고, 루사인 역시 검을 집어 던지고 프리츠와 한 몸이 되어 뒹굴기 시작했다. 그리고 난 예상했던 대로 스승님의 이마에서 '빠직' 소리를 내며 튀어 오르는 힘줄을 정면으로 보고야 말았다.

"네 이놈들! 붙여놓기만 하면 하루가 멀다 하고 싸움박질이지! 당장 떨어져서 일어서지 못할까!!"

귀를 울리는 후작의 외침 소리. 그리고 그제야 상황 파악에 나선 루사인과 프리츠가 발딱 자리에서 일어섰다. 아무 일도 없었다는 듯 똑바로 서 있지만 무릎이며 팔꿈치며 온몸 곳곳에 묻어 있는 흙먼지가 녀석들의 전과를 가릴 수는 없었다.

"검을 다루는 기사의 기본이 되질 않았어! 모두 당장 이곳을 20바퀴 달리고 제자리 뛰기 300회를 한다!"

물론 그 모두엔 나도 포함되어 있다. 아, 나 진짜! 내가 사고 쳐서 벌받는 거야 하루 이틀 일도 아니니 문제없다 치자. 그런데 왜 내가 저 자식들의 일에 휘말려서 기합인데?

짜증은 나지만 그렇다고 후작의 명을 거역할 수도 없었다. 어디까지나 하늘 같은 스승님의 말씀이다. 내게 군말없이 시키는 대로 따르게 하는 사람은 딱 두 명이 있다. 한 명은 국왕 폐하요, 다른 한 명이 바로 이 카시미안 후작이다. 아버지의 명령이라면 시키는 대로 그럭저럭 따르긴 하지만 엄청나게 투덜대고 중얼중얼 군소리를 이어간다고 할까나.

뭐, 어쨌든 그런 후작의 명령이니 성질은 나지만 기합을 받는 수밖에. 루사인, 프리츠, 너네 두고 보자. 내가 기합받는 것만큼 두고두고 갚을 테니까.

온몸에 살기를 띠고 앞서 달리는 루사인과 프리츠의 등짝을 노려볼 때였다. 입구 쪽에서 갑자기 인기척이 느껴지며 누군가 안으로 달려오고 있었다. 우리 연습 시간엔 어지간한 일이 아니고선 출입 금지일 텐데. 대체 누가 이렇게 간덩이가 부은 거냐.

당연히 모두의 시선이 안으로 달려온 자에게 향했고, 그는 숨을 헐떡이며 외쳤다.

"성에서 온 전령입니다! 마침 이곳에 모여들 계셨군요!"

"성? 갑자기 무슨 일인가?"

후작이 의아한 눈으로 바라보며 물었다.

"오늘 밤 실버 나이트 전원 정복을 착용하고 입성하라는 전언입니다."

"전원? 게다가 정복이라?"

"네, 후작 전하. 카시미안 후작, 마티아스 소공자, 페르나슈 소공… 어라?"

이곳에 있는 실버 나이트들의 이름을 하나하나 체크하던 심부름꾼은 내 항목에서 당황하며 멈춰 섰다.

"뭐야? 뭘 그렇게 이상하게 봐? 하던 일 계속해. 나 맞으니까.”

“아… 예. 그럼 페르나슈 소공자까지 세 분 모두 전해 드렸습니다.”

“알겠네.”

“아, 그리고!”

무언가 또 할 말이 생각났는지 심부름꾼이 퍼뜩 고개를 돌려 루사인을 바라보며 소리쳤다.

“또 무슨 일인가?”

“아, 루사인님에게 용건입니다. 폐하께서 한 번 더 실버 나이트의 입단을 물어보라 하셨습니다. 여전히… 거절이십니까?”

“물론입니다.”

조심스레 눈치를 보며 묻는 심부름꾼을 향해 루사인은 한 치의 고민도 없이 일언지하에 딱 잘라 거절했다.

솔직히 앞에서 무수히 강조했지만 루사인은 매우 뛰어난 인재다. 머리가 좋을뿐더러 검으로도 나를 이긴다. 검 하나만으로 실버 나이트의 일원이 된 나보다 강한 힘을 가지고 있다는 것이다.

그리고 그런 그의 실력을 전해 듣던 국왕 폐하가 내가 기억하는 것만으로도 세 번 이상을 루사인에게 사람을 보내 실버 나이트의 입단을 권유했지만 루사인은 늘 사양했다.

언제나 미련을 두지 않는 폐하답게 루사인을 포기하는 듯

했지만 이렇듯 수시로 잊혀질 만하면 사람을 보내 루사인의 뜻을 물어보는 아주 집요한 집착을 보이고 있었다. 물론 그만큼 루사인이 탐나는 인재라는 것이겠지.

"후! 대체 무엇이 그리도 마음에 들지 않는지 이유라도 듣고 오라고 하셨습니다."

"그렇지. 나도 늘 아쉬워. 루사인 저 녀석은 정말 크게 자랄 녀석인데."

후작이 맞장구를 치자 루사인은 쓴웃음을 지었다.

"실버 나이트라면 폐하가 가장 우선이지 않습니까. 제게 있어서 제일 첫 번째는 결코 폐하가 될 수 없습니다."

"그것참, 불경한 말이로군요."

"죄송합니다."

심부름꾼은 혀를 차고 후작은 고개를 저었다. 하지만 어쩌겠나. 본인이 싫다는데. 결국 심부름꾼은 포기했는지 처음 왔던 때와 같이 쏜살같이 밖을 향해 달려나갔다. 물론 나가기 전에 나를 슬쩍 곁눈질로 바라보는 것도 잊지 않았다. 이상하기도 하겠지. 웬 여자애가 키르라이안입네 하고 자리 잡고 있으니. 게다가 얼굴은 똑같이 생겼으니까.

"뭐, 어쨌든 전원 정복이라……. 설마 그 일을 오늘 발표하려는 건가? 갑작스러운데. 너희들, 그만들 하고 다들 성에 들어갈 준비를 하거라. 각오를 단단히 하는 게 좋을 거다. 그럼 성에서 보자. 다음 수업은 이틀 뒤 마티아스 공가에서 하겠다."

뭔가 의미심장한 말을 남기고 뒤도 돌아보지 않고 밖으로 향하는 후작을 향해 우린 공손히 인사했다.

"감사했습니다, 스승님."

"모레 뵙겠습니다."

"감사합니다."

그리고 후작의 뒷모습이 시야에서 완전히 사라지자 또다시 프리츠와 루사인, 이 두 사람의 세기의 대결이 시작되려 하고 있었다.

"너 이 자식, 감히 폐하께! 네가 실력이 있으면 얼마나 있다고 그렇게 잘난 척이야, 대체?! 시종이라는 네 신분에 너무 주제넘은 짓이라 생각하지 않아?"

"괜히 있지도 않은 거짓 충성을 맹세하는 것보단 좋지 않습니까? 제 판단에 무리가 있다고 보진 않는데요."

후우, 또다시 한바탕 벌어지려나 보다. 2라운드인가.

쯧. 어쩌겠나. 무언가 시비 걸고 싶어하는 프리츠의 심정은 이해하겠다만 난 그래도 비록 잔소리쟁이지만 내 시종이 더 소중하다고. 루사인 아니면 누가 날 챙겨주겠어?

"뭣들 해. 루사인, 당장 와서 성에 갈 준비를 도와. 프리츠 너도 집에 돌아가야 하지 않아? 성에 시간 맞춰서 가려면."

그리고 그제야 서로 간에 흐르던 난기류를 걷고 루사인은 내 곁으로, 프리츠는 밖으로 향했다.

집 안에 들어선 난 내 방을 향해 뛰어올라 갔다. 실버 나이트 전원에 정복. 웬만한 국가 행사가 아니고서는 볼 수 없는 광경이다. 그런 만큼 폐하가 실버 나이트를 집합시키는 이유 역시 보통은 아닐 거라는 기대감이 날 들뜨게 했다. 실버 나이트의 장로인 후작도 그 기대를 증폭시켰고 말이다.

"모두 다 모이는 거면 콘스탄틴 무리들도 오겠네. 그 아저씨들을 만나는 건 거의 반년 만인데. 재미있겠다."

사실 내 기분을 좋게 만드는 이유 중 하나가 바로 그것이었다. 실버 나이트 내에서 내가 좋아하는 사람들을 만날 수 있다는 것.

실버 나이트에서 내가 제일 좋아하는 사람은 콘스탄틴, 벨론드, 알그레오, 이렇게 세 사람이다. 30대 초반으로 실버 나이트 내에서 나이가 비슷한 셋이 늘 한 팀을 이뤄 함께 다닌다.

이중 벨론드와 알그레오는 귀족 출신. 콘스탄틴은 평민이다. 물론 실버 나이트가 되면서 종신 귀족의 작위를 받아 지금은 귀족이지만. 나이는 모두 서른 살 전후. 워낙에 셋이 한 몸인지라 모두들 한 명을 대표로 해서 '콘스탄틴 무리', 혹은 '콘스탄틴들'이라 부른다.

무리 중 둘이 귀족 출신임에도 평민 출신이었던 콘스탄틴이 대표가 된 데에는 한 가지 이유가 있다. 벨론드나 알그레오보다 훨씬 더 지명도가 높다고 해야 할까.

실버 나이트가 되기 전의 콘스탄틴에 대해 설명하라 하면 간단히 소개할 수 있다. 대충 '극악 범죄자' 정도면 적당할 듯하다.

그러니까 정확히 말해, 콘스탄틴은 10년쯤 전 부녀자 납치, 폭행 30건과 살인 16건으로 실버 나이트까지 투입된 범인 포획 작전에 사로잡힌 범죄자였다. 그 당시 하도 소문도 엽기적이라 그가 잡히기 전엔 밤에 혼자 돌아다니는 사람이 없을 뿐더러 낮에도 여자들은 무리를 지어 다녔던 기억이 있다.

그런 것을 추적자들을 따돌리고 여차하면 기사들과 검으로 맞설 때의 그 실력에 폐하가 반해 버려 왕실 차원으로 크게 돈을 써가며 여기저기로 손을 써 실버 나이트로 끌어들인 대표적인 범죄자 중 하나라고 할까. 웬만큼 적당히 인재에 미치지 않고서야 다른 국가에서는 생각도 하지 못할 엄청난 등용이었다.

실버 나이트는 반역을 제외한 모든 죄에 대해 면죄부를 가지고 있다. 그렇기에 콘스탄틴이 실버 나이트가 된 순간 과거의 죄는 소멸되었다. 그리고 지금은 당당하게 국왕친위대. 참고로 강력 범죄자인 자신을 오히려 실버 나이트로 받아준 국왕의 인품에 완전히 반해선 폐하에게 절대 복종하는 것은 두말할 것도 없다.

물론 그때의 살인귀, 최악의 범죄자였던 콘스탄틴이라지

만 워낙에 이상한 사람들 많이 모인 실버 나이트에서 10년이나 구른 덕에 지금 보면 그냥 단순한 국가에 충성하는 동네 아저씨 정도로 보이지만.

그래도 유명했던 과거를 가진 존재라는 타이틀 하나만으로 내게는 선망의 대상 그 자체인 것이다.

어쨌거나 폐하의 부름은 일단 뒤로 제쳐 두고라도 오래간만에 콘스탄틴들을 만날 수 있다는 기대감에 들떠 콧노래까지 흥얼거릴 때였다. 방문이 열리며 아버지가 내 방에 들어섰다.

아버지 역시 실버 나이트이다. 언제 소식을 들었는지 벌써 정복을 챙겨 입고 준비를 다 끝낸 분위기였다.

"성에 갈 준비를 하느냐?"

"물론. 누군가가 내 상태에 대해 한마디도 해주지 않은 덕분에 준비도 없이 갑자기 여자가 되어버렸잖아. 3일이나 정신없이 보냈는걸. 간만에 성에 가서 좀 놀아봐야지."

물론 그 누군가는 아버지. 그래도 나름 즐거워하며 대답하는 내게 아버지는 차가운 목소리로 말했다.

"넌 그냥 집에 있어라."

그리고 내 들뜬 마음에 완전히 찬물을 뿌려졌다.

"…에?"

이게 무슨 소린가? 국왕 폐하의 명령이다, 실버 나이트 전원 집합이라는. 그런데 대체 아버지가 무슨 권리로 날 못 가게 막는다는 것인가? 그야말로 기가 막힐 뿐. 혹시 내가 콘스탄틴들과 어울리는 걸 반대하는 것인가? 제대로 된 아버지라면 자식이 과거의 살인귀와 어울리는 것을 찬성할 리 없으니까.

아니, 하지만 우리 영감탱이가 제대로 된 아버지일 것 같지는 않고, 콘스탄틴 정도야 가볍게 넘겨 버리니 문제 될 건 없다. 그렇다면 대체 무슨 이유로, 그리고 무슨 권한으로 실버나이트로서의 내 출석을 막는단 말인가!

다짜고짜 따지려 했다. 안 그래도 하루아침에 성별은 바뀌었지, 학교에 소문이란 소문은 다 퍼졌지, 루사인이랑 프리츠가 한바탕 해서 나까지 기합받았지, 그 외 등등 계속 기분이 나쁘던 차였다.

이 기회에 스트레스 좀 다 풀겠다고 작정을 하고 아버지를 향해 대들려던 때, 이 영감탱이는 단 몇 마디의 말로 내 전의를 완전히 무너뜨렸다.

"기사단 정장을 갖추고 오라지 않았나."

"엥?"

그거야 당연한 소리 아닌가. 전원 정복. 새삼 저런 이야기를 꺼낸 저의가 무엇이냐고, 이 영감탱이야!

있는 대로 노려봐 주자 아버지는 계속해서 말을 이었다.

"교복 정도야 학교 앞 교복점에서 대충 가져와도 되었다지만 다른 무엇도 아닌 국왕친위대, 실버 나이트의 정장이다.

여분의 옷이 있기는커녕 새로 한 벌을 맞추려 해도 며칠은 걸릴 텐데, 그 정장들 사이에 사복으로 당당히 가려고?"

"하아아?"

그야말로 전의 상실. 그러니까 실버 나이트를 모두 모이라 한 국왕의 명령보다도 우선시되는 것이 바로 의복이었던 말인가? 뭐, 어떤 의미론 납득이 가기도 한다만 그래도 이건 뭔가 아니지 않은가?!

뭐라 따지고 싶은 마음은 무궁무진했지만 이젠 모두 알다시피 나, 이런 데에 있어서 머리가 매우 나쁘다. 말싸움에서 이겨본 적이 없단 말이다. 이런 내가 아버지를 상대로 말로 이길 확률은 카린이 진짜로 요조숙녀가 되는 것만큼이나 낮다.

"그, 그게 뭐, 몇 년 전에 입었던 옷이라던가……."

"소각시킨 지 오래입니다."

"아니, 그럼 최근에 입던 것 좀 수선을 해서라도……."

"몇 시간 안에 끝나는 일도 아닐뿐더러 차라리 새로 맞추는 게 나을 겁니다."

"야, 너, 루사인!!"

아버지에게 따지는 족족 옆에서 하나하나 태클을 거는 루사인이었다. 그리고 난 폭발, 아니, 정말 이 자식, 네가 내 시종이지 아버지 시종이냐? 왜 만날 아버지랑 편먹고 나만 괴롭히는데!

"루사인, 네가 책임지고 세라를 잘 붙들고 있거라."

"나름대로 최선을 다해보겠습니다."

정말 아주 둘이 죽이 착착 맞는다. 왜? 아예 둘이 부자지간을 맺지 그래? 아, 그러고 보니 루사인 저 녀석, 어렸을 때 우리 집에 양자로 온다, 어쩐다 하지 않았던가? 어쩐 일인지 중간에 흐지부지됐다지만 그때 그 일, 다시 성사시키는 게 어떠냐? 아주 그냥 딱 맞네, 둘이.

어쨌든 이런 이유로 고대하던 성에 가서 깽판 치며 놀자 계획 따위는 물 건너간 지 오래. 결국 아버지는 끝까지 날 떼놓고 홀로 성으로 갔다. 날 막는 데 최선을 다한다던 루사인은 내가 행여라도 사고라도 치고 뛰쳐나갈 것을 염려했는지 아버지가 올 때까지 날 방에 가둬두고 본인도 옆에서 지키고 서 있었다.

아, 정말이지 너무들 한 거 아니냐고.

그날 밤, 꽤 늦은 시간이 되어서야 아버지가 돌아왔다. 집안의 주인이 돌아오는 소리에 고용인들은 모두 마중을 하러 나갔고, 그제야 나도 내 방에서 풀려날 수 있었다.

아버지는 집안에 들어오자마자 현관에서부터 나를 찾았다.

"세라, 세라를 불러오거라."

"뭐야, 영감탱이? 폐하의 실버 나이트 소집에 출석하지 못하게 하더니 오자마자 난 왜 찾아? 그렇게 보고 싶었으면 데려가든가. 뭐 하잔 거야, 이건."

마침 2층의 난간에 서서 집에 들어오는 아버지를 내려다보다 날 찾는 소리에 퉁명스럽게 대답했다. 그런 나를 향해 아버지는 그 특유의 비웃음을 얼굴 가득 담아 물었다.

"삐쳤냐?"

"삐치긴 누가 삐쳤다는 거야, 대체!!"

있는 힘껏 소리치며 대항하지만 사실 정곡을 찔렸다. 그렇다. 사실대로 말하겠다. 솔직히 말해 삐쳤다.

아니, 상황을 봐라. 지금 내가 화가 안 났다면 그게 더 이상하단 말이다! 그런데 거기다 대고 삐쳤냐고 묻다니. 이게 확인 사살도 아니고 대체 뭐 하자는 거냐고!

안 되겠다. 그동안 많이 참았다. 아무리 아버지가 나보다 힘도 세고 말발도 좋다지만 그래도 가끔씩 폭발을 해줘야 아들 무서운 줄 안다고! 그래, 그만 참자. 대놓고 하극상이라도 벌이자! 나중에 어떻게 당하더라도 일단 조금이나마 화풀이라도 하자.

"내 정말 보자 보자 하니까 이놈의 영감탱… 이… 어라?"

작정을 하고 아버지를 향해 개망나니 버전 키르라이안 모드로 대항하려 할 때 난 갑자기 느껴지는 가라앉은 분위기에 몸을 긴장시킬 수밖에 없었다.

내가 비록 몸은 여자로 변했다지만 여러 가지로 시험해 본

결과 마법을 사용할 수 있는 능력이 추가되었을 뿐 위험에 따른 몸에 반응이라거나 검을 다루는 실력 등은 남자였을 때와 전혀 다를 바 없었다. 달라진 게 있다면 키가 줄어서 그만큼 검의 간격이 좁아졌다는 것과 아무래도 골격의 차이 덕분에 있을 수밖에 없는 아주 약간의 완력의 차이 정도랄까.

그러니까, 즉 내가 지금 무언가 위험을 감지하고 몸이 긴장되는 것은 절대 기분 탓이 아니란 것이다.

그리고 내게 위험을 느끼게 하는 기운의 진원지는 두말할 것 없는 우리 집 영감탱이 아버지였다.

"뭐야, 아버지? 무슨 일인데 분위기 잡고 그래?"

주위를 압도하는 진지한 분위기. 조금 전 삐쳤냐고 나를 놀리던 얼굴은 온데간데없고, 굳은 표정만이 남아 나를 바라보고 있었다.

"서재로 따라와라. 루사인은 방문을 지켜라. 어느 누구도 다가오지 못하게 철저하게 감시해라."

그리곤 바로 서재가 있는 방향으로 걸음을 옮겼다. 그리고 난 분위기상 따라갈 수밖에 없었다.

아, 이게 아닌데. 한번은 좀 강한 아들의 모습을 보여줘야 세상 살기 편해지는데. 너무 잡혀 사는 거 아냐, 나?

뭐, 어쨌든 아버지의 서재는 외부로부터 완전히 차단된 독립적인 공간이다. 방문을 닫으면 완벽한 밀실이 되는 것은 물론 마법으로 방음 설치까지 끝내놓은 곳이다.

국왕 폐하의 실버 나이트 집합령. 정장을 하고 성에 다녀온 후 진지한 얼굴로 날 부르면서 그런 설비임에도 불구하고 루사인에게 더욱 엄중히 지키라는 명령이라…….

아무래도 무언가 국가 단위의 극비 사건이라도 터진 모양이다. 지금 상황이 억울하긴 하다만 그래도 나름대로 기대되는데, 이거.

서재에 들어서자 아버지는 실버 나이트 정장용 망토를 벗어 던지곤 방에 놓여 있는 많은 의자 중 아무 데나 내키는 대로 앉았다. 철저한 귀족의 예법을 그대로 펼쳐 보이는 아버지에게서 저런 모습은 조금 위화감이 들 정도.

"뭐 하냐? 그렇게 멍하니 서 있으면 이야기를 시작도 못하잖아. 아무 데나 앉으라고."

날 향해 씨익 웃으며 말하는 모습에 난 나도 모르게 근처 의자에 철퍼덕 앉아버렸다. 가끔 느끼는 거지만 아버지는 전혀 아무렇지도 않게 말하는 것임에도 무언가 그렇게 따라야만 하는 강제적인 힘을 가지고 있는 것 같다.

어쨌든 자리에 앉자 아버지는 나 말고는 그 누구도 이곳의 대화를 들을 수 없다는 것을 알면서도 더욱 주의를 기울이며 낮은 목소리로 오늘 성에서 있었던 일을 이야기하기 시작했다.

"왕자가 세상에 모습을 드러낼 거라 하더구나. 그리고 그 왕자 이외에 다른 자는 없다고 했다."

"…에?"

아버지의 말에 난 눈을 동그랗게 뜨고 되물었다. 물론 아버지의 대답을 바란 외침은 아니었다. 그리고 아버지 역시 그것을 아는지 그저 가느다란 눈을 더욱 가느다랗게 뜨고 한쪽 입꼬리를 올리며 웃을 뿐이었다.

이곳 에페트리아의 왕가는 조금 특이하다.

그러니까 어느 점이 특이하냐 하면, 국왕 일가에 대해선 모든 것이 비밀이다. 누가 왕비이고 누가 국왕의 첩인지 이름 정도는 알고 있다. 원래 다들 귀족가의 여식이니까.

하지만 한번 국왕에게 간택되어 입성하게 되면 그 후의 일은 아무도 모른다. 가끔 행사나 공식 석상에 모습을 드러낼 뿐 건강은 어떤지, 아이가 태어났는지 등 모든 것이 비밀이었다. 성 자체가 하나의 또 다른 세계가 되어 있는 것이다.

또 다른 특이한 점은 국왕의 자녀들은 자신의 신분을 감추고 일반인들 사이에서 비밀리에 특수한 교육을 받으며 자라게 되는데, 이들 중 능력이 좋은 자만이 국왕의 자식이라는 자신의 신분을 밝힐 자격을 갖게 된다는 것이다.

능력이 없다면? 어차피 탄생 자체가 비밀리에 이뤄진 자들이다. 그저 평생을 음지 속에서 이름을 감추고 살아갈 뿐, 결국 이들에 대해선 그 누구도 알지 못한다. 그들의 존재 자체에 대한 것조차도.

보통은 한 대에 단 한 명만이 모습을 드러내지만 아주 가끔 능력의 상하를 가리기가 어려운 뛰어난 형제들이 있을 땐 둘 이상이 국왕의 아이로 세상에 나오게 된다. 이때 이들은 다음 대 국왕의 자리를 목표로 하는 정식 라이벌이 되고, 이 경우 국왕이 되지 못한다 하더라도 일단 왕의 아이로 세상에 나타났기 때문에 왕가의 모든 권한을 누릴 수 있게 된다.

가장 가까운 예로, 그게 바로 우리 할아버지다. 우리 공작가는 할아버지, 아버지, 나로 이어지는 짧은 역사를 가지고 있다. 초대 페르나슈 공작인 할아버지가 바로 선대 국왕의 형제였고, 왕위를 두고 경쟁한 라이벌이었으며, 비록 국왕이 되진 못했지만 선 선대 국왕의 아들이라는 신분으로 공작이라는 작위와 영지까지 얻어낸 것이다.

물론 이 모든 게 다 앞서 말했듯 세상에 국왕의 아들이라 밝힐 수 있는 자격을 얻고, 그만한 실력을 가지고 있었기에 가능한 것이다.

뭐, 그런 걸 생각하면 우리 할아버지가 대단하긴 했나 보다. 세상에 왕의 아들로 이름을 냈다는 것은 그만큼 국왕의 자질을 가지고 있었다는 것을 증명하는 거니까.

그러니까 어쨌든 정리하자면 모든 것이 베일에 둘러싸인 직계 왕가에서 국왕 폐하가 말한 세상에 모습을 드러내는 왕자라 하면 다음 왕위 후계자라는 것일 테고, 이번엔 왕자 이

외의 다른 사람이 없다고 했겠다.

경쟁자도 라이벌도 없음. 즉, 그 왕자가 바로 다음 대의 왕이 된다는 소리이다.

그렇다면 왕자의 등장은 한순간에 이곳 에페트리아의 모든 것을 한껏 술렁이게 만들 수 있다. 모두들 왕자의 능력을 이리저리 재고 계산해 가며 앞으로 자신들의 처신을 어떻게 해야 할지 결정하겠지.

그리고 그것은 우리 가문도 예외는 아니었다. 특히 나와 프리츠, 카린은 다음 대 국왕을 위해 예비된 실버 나이트이다. 지금 말하는 그 왕자가 왕이 되었을 때, 무리없이 권력을 휘두르게 하는 도구가 되는 셈이다. 때문에 그만큼 그쪽에 지대한 관심을 보일 수밖에 없었다.

"누구야? 몇 살이야? 아, 이건 물을 것도 없지. 폐하의 나이나 그 외 등등을 보건대 아버지랑 비슷했으니 왕자도 분명 나랑 비슷한 나이겠지? 아직 성인도 되지 않았는데 벌써 다음 대 국왕으로 결정지어졌다니. 꽤나 엄청난 능력을 가지고 있나봐?"

"글쎄."

궁금한 것을 줄줄이 이어 물어보지만 정작 아버지에게서 나온 대답은 고작 저거 한마디였다. 그리고 성질 급한 내가 그것을 납득할 리 없는 게 당연했다.

"뭐야? 글쎄라니? 지금 약 올리는 거야? 아버지는 어차피 이미 성에서 다 듣고 왔다 이거지? 궁금하니까 빨리 말해봐."

"전혀. 알고 있는 게 없다고 해야 할까."

"…뭐?"

이건 또 갑자기 무슨 소리인가? 아니, 왕자가 모습을 드러낼 거라며? 폐하가 실버 나이트들을 다 불러서 그렇게 말했는데 아는 게 없다니?

고개를 갸웃거리고 있는 내게 아버지는 웃으며 말을 이었다.

"폐하는 이렇게 말씀하셨다. 저절로 알게 될 것이라고. 납득할 수밖에 없을 거라고. 때가 되면 발표하겠지만 실버 나이트는 국왕친위대인 만큼 한번 찾아보라 하더구나."

"찾으라고?"

"그래. 과연 그가 다음 국왕으로 어울리는지, 우리가 목숨을 맡기고 섬길 수 있을 정도의 인물인지 시험해 보라 더구나."

그리고 국왕의 의도를 눈치 챈 난 슬쩍 미소 지었다. 시험이라… 그만큼 자신있다는 소리겠지.

왕가에서 이번 왕자 역시 국왕의 자리에 어울리는 재목이라는 것을 세간에 알릴 수 있는 방법은 단 하나. 신분을 감추고 왕자라는 수식어를 전혀 붙이지 않은 상태에서 남들에게 능력이 있는 자라는 사실을 납득시킨 후 정체를 밝히는 방법이다.

이것은 매우 효과적인 방법으로 지금까지 이어져 온 모든 국왕들이 그렇게 해서 인정받아 왕위를 계승했다.

하지만 어느 날 갑자기 나타나서 설치고 다닌다면 그가 왕자란 것 정도는 누구라도 눈치 챌 수 있다. 그리고 왕실은 생각보다 영악하다. 뭐, 그동안의 노하우가 있는데 설마 하니 그런 것도 모를까.

그러니까 생각할 수 있는 건 왕자는 이미 오래전부터 신분을 숨기고 수년간을 평범하게 자라온 자라는 것. 거기에 갑자기 두각을 나타내도 전혀 의심받지 않을 환경.

실제로 역대 국왕들이 모두 귀족, 아니면 생활이 넉넉한 상류 계층의 집안에서 그 집 아이로 키워졌다. 평범한 한 왕국의 신민으로 자라며 그 속에서 자신의 존재를 세상에 두각시켜야 한다.

뭐, 어쨌든 그런 환경과 조건이라면 적어도 국내 최고의 학부인 왕립학교 정도는 재학 중이어야 가장 이상적인 배치겠지. 다행인지 바로 내가 왕립학교의 학생이다. 전교생의 명부를 손쉽게 뒤져 볼 수 있는 자리에 있는 거다.

물론 왕립학교 학생이 아닐 가능성도 있다. 하지만 이 경우 어딘가에 뛰어나다고 혹자들의 입에 오르내리는 내 또래의 녀석들을 찾으면 되는 거니 더욱 쉽다.

뭐, 좋아. 그러니까 찾아내 주지. 절대로 찾아내서 내 미래를 걸고 선택해주겠어.

그대가 나의 주인이 될 수 있을지, 나의 충성을 바칠 자격이 있는지, 이 나를 지금의 폐하와 같이 반하게 만들 재주가 있는지.

하나하나 철저하게 따져 주고 그리고 나서 결정하겠다.

그리고 비로소 난 왜 폐하가 실버 나이트들을 정복까지 모두 갖추고 모이게 했는지 그 이유를 알 수 있었다.

서신으로도, 남의 입을 통해서도 발표될 수 없는 후계자의 소식을 알리기 위해서, 그리고 최종적으로 우리에게 새로운 주인을 받아들이기 위한 준비를 시키기 위해서.

모든 게 다 앞으로 모습을 드러낼 왕자를 위한 것이다.

그래, 재미있어졌어. 찾아내느냐 찾아내지 못하느냐. 이건 아주 즐거운 여흥이다.

그러니까 언젠가 정체를 밝힐 미래의 왕이여, 어서 내 눈에 띄어주길 바란다. 그리고 이 나를 반하게 해주길 바란다. 내가 반할 정도로 매력있는 존재이길 바란다.

그리고 이 자리에서의 대화는 함구. 그래서 아버지는 날 서재로 불러 이 이야기를 한 것이고, 루사인을 시켜 혹시 모를 모든 사태에 대해 대비시킨 거겠지.

"뭐, 좋아. 재미있겠네. 그럼 일단 우리 학교부터 시작해

볼까."

학교에 가려면 잠을 자야 한다. 날밤 새고 등교했다간 조사고 뭐고 하루 종일 교실에서 병든 닭마냥 졸다 끝낼 게 분명하니까.

"아, 세라."

"세라 아니라니까!!"

자리에서 일어서서 서재를 나가려 할 때 날 부르는 아버지의 목소리에 발끈 성질을 부리며 뒤돌아섰다. 도대체가 내가 아무리 들어도 익숙해지질 않는다. 지금 비록 여자의 몸이 되었다지만 어떻게 저놈의 영감탱이는 하루아침에 이름까지 바꿔 부르며 저렇게 아무렇지도 않게 행동할 수 있냔 말이다!

물론 세라도 내 이름 중 하나이긴 하다만, 내 비록 16년밖에 살지 않았다지만 그래도 지금까지 아버지는 꼬박꼬박 날 키르라이안이라고 불러줬다. 그런데 이제 와서 세라라니? 세라라니?! 들을 때마다 여자로 바뀌어 버린 내 처지를 깨닫게 되어 더욱 좌절하게 된단 말이다!

하지만 아버지는 아버지. 다른 사람이라면 어디로 불똥이 튈지 몰라 전전긍긍 눈치를 보는 내 이런 반응에도 전혀 아랑곳하지 않고 오직 자신의 페이스대로 하고 싶은 말만 골라서 할 수 있는 것도 능력이라면 능력이다.

"내일 성에서 사람들이 올 거다."

"에? 성에서? 무슨?"

어차피 아버지 멋대로 쥐고 흔들기에 익숙해진 나다. 조금 전 성질 부린 것 따위, 머릿속에서 날려 버린 지 오래. 남은 건 그저 호기심뿐이었다.

"네 실버 나이트 정복을 새로 만들어준 사람들이지."

"…뭐?"

갑자기 심하게 불길한 예감이 슬금슬금 들기 시작했다.

"폐하께 말해놨다. 네가 갑자기 여자 아이가 되어서 몸에 맞는 정복이 없다고."

가느다란 눈을 더욱 가늘게 뜨며 눈웃음까지 살살 쳐가며 웃고 있는 아버지를 보며 난 드디어 폭발했다.

"이 영감탱이야!! 어쩌자고 그런 것까지 다 말해 버린 거냐!! 그거 말했다고 믿디? 믿어? 나이 마흔에 벌서 노망이라고 기사단 장로회로 넘긴다 하지 않았냐고!!"

길길이 날뛰며 소리치는 내게 아버지는 무덤덤한 얼굴로 웃으며 대답했다.

"어차피 폐하도 알고 계셨거든. 네 엄마에 대해서. 그리고 네 성별에 대해서도."

크리티컬 히트. 결정타. 확인 사살. 그리고 난 그대로 그 자리에 풀썩 주저앉고 말았다.

아, 그런 겁니까? 그런 거로군요. 그것도 모르고 전… 이라고 납득할 것 같냐!!

도대체가 안 되겠다. 왕자 찾기? 그딴 거, 지금 다 필요없다. 아, 취소, 취소.

역시 무슨 수를 써서라도 남자로 돌아가야겠다. 뭣부터 시작해야 할지 하도 막막해서 그저 손놓고 있었는데 이젠 안 되겠다. 뭐라도 시작해 볼 테다.

더는 다른 데 신경 쓰지 않겠다. 쓸 필요도 없다. 앞으로 나 키르라이안에게 있어 제1의 목표는 남자, 남자로 다시 돌아가는 것이다.

내가 정말 오기로라도 남자로 돌아가 주고 말겠다고!!

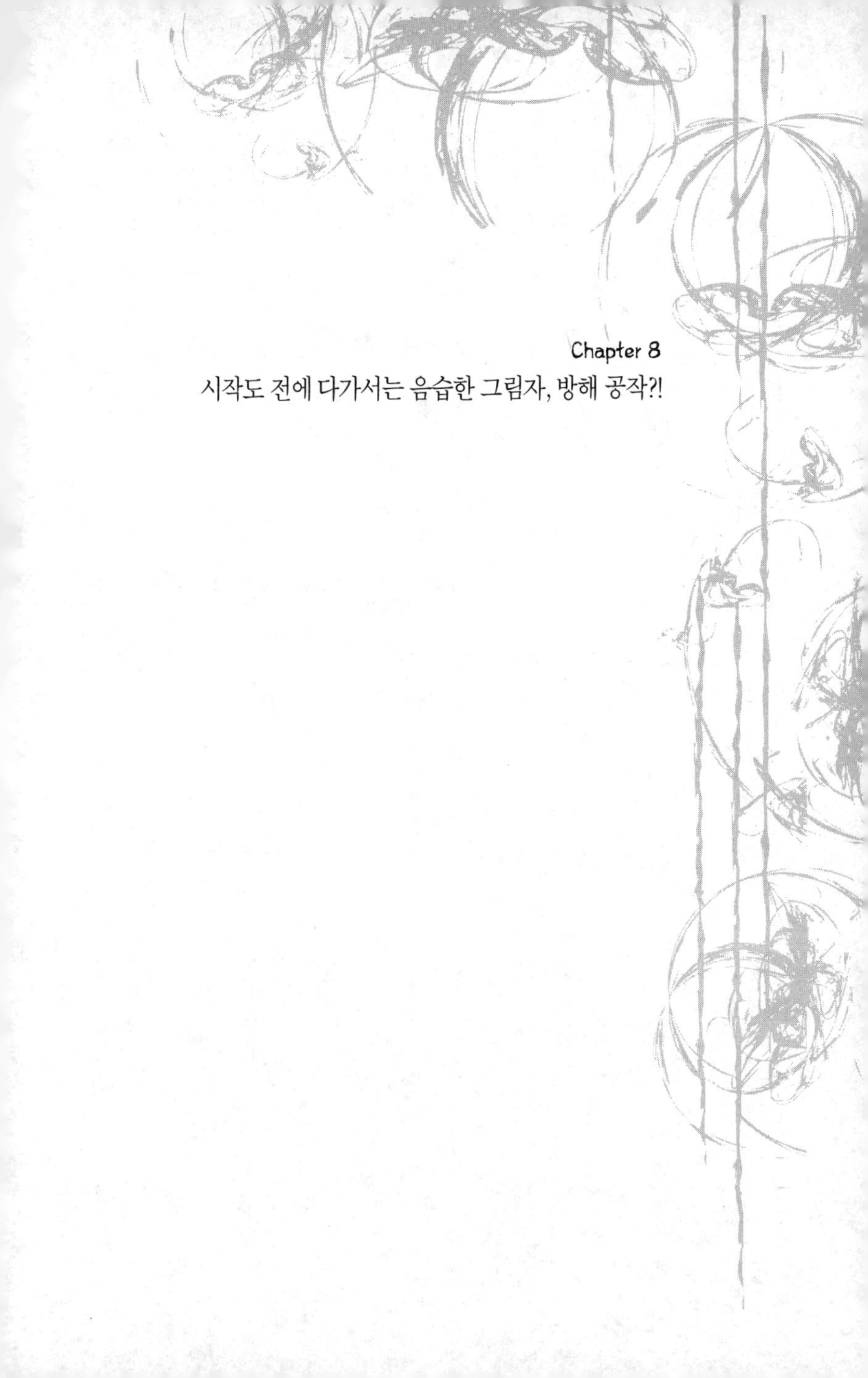

Chapter 8

시작도 전에 다가서는 음습한 그림자, 방해 공작?!

때는 완연한 봄. 정확히 말하자면 여름이 가까이 다가온 늦은 봄이다. 하루가 다르게 기온이 올라가는 계절의 중턱에서 난 멍하니 앞을 바라보며 한숨을 쉬었다.

언제나 이 계절이 오면 슬슬 집에 붙어 있기가 좀이 쑤시고 이것저것 놀고 싶은 것도 많아 늘 싸돌아다니던 내가 지금 있는 곳은 작년의 나, 조금 더 가까이론 한 달 전의 내가 봤다면 아마 기겁을 할 장소이다.

그 이름조차 찬란한 왕립 도서관. 그렇다. 도서관인 것이다. 책이 있고, 책이 있으며, 또한 책이 있는 곳이다! 그러니까 책만 있는 곳이다.

왕국 역사상 세 손가락 안에 들 수 있다고 자부하는 성적—물론 뒤에서부터—혹은 내세울 건 가문이요, 자랑하는 건 검술이지만 그 좋은 조건을 머리 나쁜 것 하나로 다 까먹는다는 소문의 주인공인 이 내가, 감히 금(禁) 키르라이안의 구역에 있는 이유는 단 하나.

뻔하지 않는가? 책 보러 왔지. 아, 지금 중요한 것은 책을 본다는 게 아니라 어째서 책을 보느냐에 중점이 있었던가.

좋다. 말 돌리지 않겠다. 사실 다들 짐작하고 있을 것 아닌가? 당연히! 저주받은 이 몸을 어떻게든 처리해야 하는데 도무지 방법이 없으니 스스로라도 그 방법을 찾아 고서란 고서는 다 들춰보고 있는 것이다!

어느 날 눈을 떠보니 하루아침에 여자가 되어버린 내 몸. 정신은 건장한 16세 꽃다운(음?) 소년이건만, 어딜 가든 뭇 남정네의 시선을 한 몸에 받는 아름다운 소녀가 되어버린 이 비참함. 물론 예전에 소년이었을 때도 얼굴로 인해 늘 시선이 집중되었지만 지금은 더 노골적이란 게 다르다.

모르는 척하고 전혀 다른 사람인 척, 있지도 않은 쌍둥이 여동생이라는 신분까지 손에 넣어 등교했지만 이미 학교엔 내가 키르라이안이라는 사실이 좌악 퍼져 공공연한 비밀이 되어버린 현실.

물론 소문낸 것은 나의 두 소꿉친구. 이것들이 원수인지, 친구인지. 아, 친구와 원수는 사전상 동의어였던가? 음, 왠지 그랬던 거 같기도 하고.

어쨌든 다른 거 다 치우고 무슨 수를 써서라도 조만간에 다시 남자로 돌아가겠다고 굳게 다짐했건만 이게 웬일? 도무지 이 분야에 대해 아는 사람이 없다.

모르는 것이 없다는 이름 높은 학자도, 마법의 대가라는 궁정 마법사들도 모두 고개를 저으며 포기하라는 소리뿐이었다.

하긴, 그럴 수밖에 없는 것이 나한테 흐르는 피의 절반은 드래곤, 그리고 내 마법을 봉인했던 것도 드래곤이다. 인간인 그들이 드래곤도 어렵다고 말한 내 마력을 봉인하거나 남자로 되돌리는 방법을 알거나 행한다면 그건 그것 나름대로 문제가 클 거다. 세기의 마법사, 아니, 인간의 역사상 가장 위대한 마법사, 혹은 학자 탄생의 장이 열리겠지.

그런 이유로 인간에게 기대감을 품지 않기로 다짐한 지금 내가 도서관을 뒤지는 이유는 단 하나다.

내 몸에 절반이나 흐르는 드래곤의 피나 성별 문제는 일단 뒤로한다. 지금 더욱 중요한 것은 바로 드래곤에 대한 정보다.

드래곤의 일은 드래곤에게 묻는다. 그게 가장 빠른 방법 아닌가? 인간의 일은 인간이 잘 알고 엘프의 일은 엘프가 잘 안다. 그러므로 절반이 드래곤인 내 상태에 대해 진단할 수 있는 자라면 인간이 안 된다면 남은 건 드래곤밖에 없지 않는가?

하지만 애석하게도 인간에겐 드래곤에 대한 자료가 얼마 없고, 있다 해도 기껏해야 '몇백 년 전 어느 지역에 드래곤 한 번 비상했음' 이란 한두 구절의 자료뿐이니 도무지 진도가 나가질 않는다. 게다가 그것도 다른 책을 보면 허위 정보라거나, 애들이 도마뱀을 잘못 보고 소문냈거나 하는 정도라 결국 쓸 만한 정보는 눈 씻고 찾아봐도 없었다.

도서관에서 드래곤에 대한 자료를 찾기 시작한 지도 벌써 한 달. 그렇다. 무려 한 달이나 여자로 살았다. 조사는 진전없고, 앞길은 막막하고, 눈앞엔 볼록한 내 가슴만 보일 뿐이다.

"아아, 아아아아아아~ 내 생애에 이렇게 책을 보고 사는 날이 올 줄이야! 내가 생각해도 진짜 대견하다, 대견해!"

쥐고 있던 책을 덮고 상체를 앞으로 뻗어 책상에 철퍼덕 엎어지며 신음 섞인 목소리로 중얼거리자 옆에서 내가 던진 책의 잔해를 정리하던 루사인이 한숨을 쉬었다.

"그러게요. 기껏해야 이삼 일이면 포기할 줄 알았는데 생각보다 길게 가네요."

"그만큼 절실하다는 거야. 아, 몰라. 지겨워. 때려치울래. 역시 이런 건 내 방식이 아냐."

"그럼 어떤 게 도련님의 방식인데요?"

땡깡을 부리며 벌떡 일어서서 도서관의 밖으로 향하자 루사인이 급히 책들을 치워 사서에게 반납하고 뒤따라 나오며 물었다.

표정에 어린 것은 위기감 반, 기대감 반. 아무래도 내가 대답할 내용에 여러 가지로 걱정이 앞서나 보다. 내가 무엇을 하던 늘 뒤처리하러 따라다니는 신세이니 그럴 수밖에 없나? 음, 아무래도 저 표정은 위기감이 더 큰 것 같다.

그럼 기대하는 대답이나 해줄까.

"내 방식이라면 하나 있잖아."

"그러니까… 그게 설마……."

"몸으로 뛰기."

그리고 난 기대감이 절망으로 바뀌고 또한 신음으로 이어지는 루사인의 얼굴을 생방송으로 볼 수 있었다.

"…네, 도련님이라면 충분히 그러시고도 남죠."

"어라? 반대 안 해?"

의외로 순순하게 납득하는 데 놀라 묻자 루사인은 긴 한숨을 쉬었다.

"도대체 아무런 기준도 없이 도서관을 뒤지는 건 둘째 치고, 도서관에서도 안 되던 것을 설마 전 대륙을 뛰어다니며 몸으로 부대끼겠다고 말하는 것은 아닐 거라 믿겠지만 도련님을 생각하면 그 설마에 모든 것을 걸고 싶지 않은 바……."

"길다. 나 이해 못하는 거 알지? 요점만 말해."

"…그냥 저는 빼주세요."

"기각."

서론이 길다 했더니 어디서 감히 내빼려고? 웬일로 루사인답지 않게 약한 척? 통할 리가 없지 않은가?

"몸으로 때우려면 진짜 절실하잖아. 옆에서 시중들 사람."

"세린 데려가세요."

"여자애잖아. 내가 이래 봬도 한창때의 소년인데 여자랑 돌아다니라고?"

"도련님 몸은 여자잖아요."

인상을 쓰며 정말로 곤란한 듯 말하는 루사인. 훗, 너 딱 걸렸어. 어딜 감히 몸을 사려? 내가 비록 공부는 못해도 눈치는 삼단이요, 말발은… 말발은… 음… 루사인보다 약하지만 그래도 일단 승기는 내 손안에 있다.

"너, 방금 뭐랬어? 도.련.님.이라고 했잖아. 그 도련님을 모시는 게 여자면 어린 나이에 호색한 취급당한다고. 아니면 마마보이. 내 여린 마음에 상처 주는 짓은 우리 서로 하지 말자. 사실 지금까지 너한테 잘 맡기고 살다가 다른 사람 손 타자니 여간 불편한 게 아니라고."

"제가 불편해요, 제가."

"내가 괜찮으니 됐어. 끝. 더 이상 말하기 없기. 문제없음. 자, 집에 가자."

"…제가 문제 많다니까요."

끝까지 투덜대며 한숨짓지만 상관없다. 그러니까 내가 상관없으면 되는 거다.

간만에 말로 루사인을 눌렀다는 즐거움에 흥얼거리며 아버지가 골라준 분홍색 드레스를 살랑거리며 걸어나갈 때, 뒤에서 다시 한 번 나를 부르는 루사인의 목소리가 들렸다.

"도련님, 지금 집에 돌아가는 건 안 될 것 같은데요."

"또 왜?"

"도서관에 있을 때 실버 나이트 소집령이 내렸습니다. 주인 어른께서 직접 도서관에 들러 꼭 도련님을 모시고 오라고 하셨어요."

"에엥? 또 무슨 일이래, 귀찮게?"

있는 대로 인상을 쓰며 투덜대지만 어쩔 수 없다. 한참이나 고서에 파묻혀서 피곤하지만 이 몸은 폐하께 계약한 직속 친위대. 부르신다면 당장 달려가는 것이 도리.

그런데 참으로 간만에 성에 가는 것인데 어째서인지 좋지 않은 예감이 든다. 이거 혹시 몸이 변하고 생긴 예지력? 에이, 설마.

성에 마련된 내 전용 방에 들어서자 익숙한 인기척이 느껴졌다. 자연스레 눈길이 가는 곳에 보이는 것은 아버지. 온 지 한참 됐는지 소파에 자리 잡고 앉은 폼이 참으로 본격적이었다.

"뭐야, 영감탱이. 왜 남의 방에 들어와 있어? 아무리 아버지라지만 여긴 내 전용이라고. 당장 나가."

있는 대로 인상을 쓰고 투덜대지만 아버지에게 통할 리 만무하다. 언제나 마이 페이스. 전혀 아랑곳하지 않고 고개를 돌려 내 모습을 위 아래로 감상하고 하는 소리는 바로 이것.

"예쁘게 차려 입은 아가씨 입에서 나오는 소리가 참으로 거칠구나."

"난 불법 침입에 대해 말하고 있는데 어째서 옷차림 이야기가 나오는 거야?"

"분홍색 드레스가 예쁘긴 한데 네 금발과는 어울리지 않는구나. 역시 연한 노랑이나 하얀색 계열이 좋았으려나? 곧 여름이기도 하니 하얀색 천에 붉은 리본으로 포인트를 주면 시원한 느낌의 드레스가 나오겠구나. 이 기회에 아예 여름용으로 원피스도 몇 벌 맞추자꾸나."

그야말로 동문서답, 우이독경. 이 사람, 안 듣는다. 안 되는 머리로 무려 불법 침입이라는 사자성어까지 썼는데 귓가로도 듣질 않는다.

아버진 내가 키르라이안이라 불리던 시절엔 집에서 내놓은 망아지마냥 뭘 하든 신경 안 쓰고, 오직 기초 교육만은 받게 시킨다는 집념 하나만으로 학교에만 열심히 보냈었다. 그런데 여자가 되고 나니 하나부터 열까지, 심지어 내가 입는 옷의 디자인까지도 도맡아 하고 있을 정도로 열을 올리고 있다.

그런 영감탱이를 볼 때 사실 조금은 두려워진다.

내 피의 절반은 아버지한테 받은 거다. 내 비록 자세히 알지는 못하지만 다른 집을 보면 아버지와 딸의 관계는 우리 집과는 한참 다르다고 알고 있다. 아버지는 엄숙하고 다 큰 딸에게 크게 관심을 두지 않는다. 그런데 우리 집은 뭐냐, 옷 하나하나까지 신경 쓰다니.

절대적으로 이쪽이 다른 집들에 비해 수적 열세. 그러한즉 영감탱이가 특이 케이스. 그 피를 이어받은 나도 설마 그 가능성이?

아아, 정신 차리자. 내 비록 성별이 바뀐 특이 체질이긴 하다만 정신까지 아버지를 닮아 저런 위험한 노선을 건너진 않으리라.

"영감탱이, 이상한 소리 하지 말고 뭐 하러 여기까지 온 거야? 할 말이라도 있어? 그런 거 있으면 집에서 하지 성에 와서까지 해야 할 중요한 거야?"

"물론 용건이 있으니 이곳으로 찾아왔지. 폐하의 앞에 서려면 기사단 정복을 입어야 하지 않느냐. 도서관에서 바로 출발했을 테니 옷을 가지고 왔지."

"아무나 시키면 되잖아. 뭐 하러 직접 와?"

"그 김에 예쁜 딸 얼굴도 보고 좋지 않느냐? 그런데 그 드레스, 리본의 색을 조금 강렬하게 하는 게 좋았을까? 여러모로 아쉽구나."

"……."

정말 위험하다. 슬슬 도를 넘어서고 있다. 이미 취미의 영역이 아니란 말이다. 그리고 가장 중요한 것은 나는 원래 아들이었단 말이다!! 어째서 하루아침에 저렇게 사람이 달라져선 예쁜 딸, 예쁜 딸 타령인 거냐!

"아, 몰라! 옷 내놔!"

성질을 버럭 내고 짜증을 부리며 아버지가 내밀어준 옷을 거칠게 낚아채고는 머리에 귀찮게 매달려 있던 드레스와 세트의 분홍색 리본을 풀어버렸다.

예전 같았으면 이렇게 버르장머리없이 행동하면 바로 영감탱이의 응징이 날아왔지만 여자가 되어서 좋은 점이 하나 있다. 이상하게 아버지는 여자가 된 이후 나의 행동은 뭐든 오냐 오냐 하고 있었다.

이것이 혹시 항간에 떠도는 아들은 막 키우고 딸은 공주님으로 키운다는 위험한 사상을 가진 자들과 관련있는 것은 아닐까 의심도 가지만, 나한테 나쁠 거 없으니 아버지의 위험한 사상까지 신경 쓸 여유는 없다.

"세린이 예쁘게 묶어준 리본인데 그렇게 풀어버리면 아깝지 않나?"

"옷 갈아입으려면 거추장스러워. 그런데 아버지, 뭐 해? 나 옷 갈아입는 거 구경하게?"

진심으로 아쉬운 얼굴로 나와 리본을 번갈아 보던 영감탱이는 그제야 내가 무엇을 해야 하는지 깨달은 듯 자리에서 일어나 문밖으로 나섰다. 그리고 문득 무언가 떠오른 듯 얼굴 가득 의심의 눈초리를 담고 뒤돌아서며 물었다.

"그런데… 루사인은 왜 이 방에 가만히 있는 거지?"

"당연히 나 옷 갈아입혀야지."

그리고 잠시 침묵이 흘렀다. 그리고 점점 아버지의 손이 부들부들 떨리기 시작했다.

"세라야, 호, 혹시나… 노파심에 묻는 건데… 지금까지도 루사인이 네 옷을 갈아입힌 거냐? 세린을 전속으로 붙여줬는데도?"

"세린이야 집에만 있잖아. 밖에서 시중들어 줄 사람은 루사인밖에 없는걸. 그리고 어차피 볼 거 다 본 사인데 이제 와서 감출 필요가 뭐 있나. 상관없잖아? 문제없어."

그리고 아버지의 외침이 성을 울렸다.

"상관있어!!"

"그러니까 문제 많다고 했잖아요."

루사인까지 꼽사리(?) 껴서 참견을 시작했다, 오랜 시간 참아온 긴 한숨도 섞어서.

어느새 아버지 곁으로 다가가 있는 것이 아무래도 벼르고 벼른 것 같았다. 이거 또 2:1인가. 물론 저쪽이 2. 또다시 불리해진다. 이거 매우 안 좋은데. 미리미리 알아서 기지 않으면 뒷감당이 어려워질지도 모른다.

"아니, 뭐… 그, 그럼 밖에 돌아다닐 때 루사인 말고 다른 사람도 붙여주든가. 여자로."

개미 기어가는 목소리로 중얼거리자 아버지는 한숨을 쉬었다.

"고생이 많았구나, 루사인."

"새삼 그리 말씀하셔도……."

그리고 이번엔 둘 다 긴 한숨. 아버지는 무언가 상당히 마음에 들지 않는다는 표정으로 인상을 쓰고는 결국 결심한 듯 루사인을 향해 입을 열었다.

"다음부턴 세린에게 밖에서도 세라의 시중을 들어달라고 말해놓겠다. 그래도 루사인 넌 여전히 고생해야 할 거 같으니… 여러모로 부탁한다."

"옷 갈아입는 것 이외의 활동적인 부분에 대한 뒷감당은 세린만으론 힘들 테니 여전히 붙어 다녀야겠죠."

뭔가 이상하다. 원래 부자 관계인 나와 영감탱이보다 루사인과 영감탱이의 조합이 더 잘 맞는다. 왠지 저쪽이 더 친근한 느낌이 든다. 괜한 소외감이 들기 시작했다.

"뭐야. 내가 잠깐 여자애가 됐다고 무시하는 거야? 왜 둘이 더 부자 관계 같은 거야?"

입을 삐죽 내밀고 불만스레 말하자 둘은 가차없이 대답했다.

"원래 네가 키르라이안이었을 때도 루사인이 더 말이 잘 통했다."

"평소에 잘하셨어야죠."

"……."

진짜 너무나 죽이 잘 맞는다.

"그럼 성의 시녀에게 옷 갈아입는 것을 도우라고 말해놓겠다. 기다리고 있거라."

괜히 삐쳐서 심통을 부리며 소파에 털썩 앉아버린 내게 아버지가 방을 나가며 남긴 말이었다. 물론 루사인은 챙겨서 데리고 나갔다.

오래전부터 생각해 온 것이지만, 아버지는 루사인을 참 좋아한다. 아, 오해는 금물. 아버지가 이상한 취미가 있는 게 아니라 그러니까… 음… 솔직히 사용인이라기보다는 가족 같은 의미로 좋아했다.

전에도 말했지만 루사인이 우리 집 양자로 들어올 뻔한 적이 있다. 몇 살 때인지 기억이 나지는 않지만 아무튼 어렸을 때, 얼핏 아버지가 루사인을 양자로 들이고 싶어한다는 말을 들었었다. 무슨 일이 있었는지 중간에 흐지부지 없는 일이 되었다지만 어쨌든 루사인을 일개 시종인으로 보지 않는 다는 것은 확실하다.

기억나지 않는 옛일을 생각하며 머리를 굴리고 있을 때 방문을 두드리는 소리가 들렸다. 그리고 들어온 것은 왕궁의 시녀. 따로 고민하지 않아도 아버지가 옷 갈아입는 것을 돕기 위해 보낸 자라는 것을 알 수 있었다.

그리고 난 옷을 갈아입기 위해 자리에서 일어섰다. 아무래도 지금까지 봐준 루사인이 아니란 것이 여러모로 불만이었지만 일이 이렇게 된 거, 이제 포기할 수밖에 없나 보다.

그래, 일단은 여자 몸이다 이거지. 내가 꼭 남자로 돌아가고야 만다. 그리고 다시 내 맘대로 하고 다녀야지. 절대로.

오기로 여자가 된 몸, 오기로 남자로 돌아간다 이거다.

실버 나이트 정복을 착용하고—물론 한 달 전에 새로 맞춘 여성용 정복—거침없이 복도를 가로질러 국왕을 알현하기 위해 문 앞에 섰을 때, 시종이 급히 달려나와 날 다른 곳으로 안내했다. 그래서 덕분에 이번에 부른 이유의 성격을 알 수 있었다.

보통 정식적인 부름이 있을 땐 알현실을 이용한다. 그때의 일들은 상당히 일반적인 것이다. 왕국 단위의 행사, 그러니까 신년 행사라거나 국왕 폐하 탄신일 등의 크고 작은 행사에 국왕친위대로서 호위에 대한 회의를 할 때나 외교적인 일 중 국왕 폐하가 관련된 일, 그 외의 형식적인 일들에 대한 각자의 임무 수여 등이 그 일반적인 것에 속한다.

그것이 아닌 비공식의 사건들, 지난번의 국왕 후계자 발표 예고라든가 타국에 관련된 일 중 국가 단위로 대놓고 나설 수 없는 일, 자국 문제라도 역시 감춰두고 처리해야 할 일들에 대한 것은 지금 내가 가고 있는 이 방, 성에서도 손꼽히는 몇 명만이 그 용도나 존재 여부를 알고 있는 복도 끝의 이 방에서 결정되었다.

이곳으로 안내되었다는 것은 비공식으로 불렸다는 것, 즉 대놓고 저지를 수 없는 일을 맡을지도 모른다는 것이다. 와, 기대감 만땅.

아, 잠깐, 나 지금 드래곤 조사해야 하는데? 아무리 재미있을지 모르는 일이라지만 이렇게 치마 입고 설치긴 싫단 말이다. 너무 오래 걸리는 일이거나 하면 진짜 낭팬데. 아, 어쩌지? 머리 아파오네. 아무리 재미있는 유혹이 기다린다 하더라도 적당히 핑계 대고 빠져나가야 하는데.

조금 불안을 담아 문이 열린 방 안으로 들어선 난 퍼뜩 놀라 주위를 둘러보았다. 기껏해야 나와 아버지 정도만 불렀을 거라 생각했는데 방 안에는 카린과 프리츠, 그리고 알그레오 벨론드 콘스탄틴이 이미 도착해 있었다.

"어라? 이게 다 몇 명이야? 거의 절반이 모였잖아? 무슨 일인데 이렇게 다들 몰려 있는 거야?"

눈을 동그랗게 뜨고 묻자 카린은 차갑게 쏘아보며 피식 웃었다.

"뭐니? 마법도 쓰는 여자애로 변해서 상태가 좀 괜찮아졌나 했는데, 그 머리는 여전한가 봐?"

"왜 만날 보는 사람마다 다들 내 머리 가지고 시비야?"

괜히 주눅이 들어 투덜거리자 프리츠가 환하게 웃으며 위로했다.

"이해해. 적당히 나빠야 안 놀리든가 하지."

"……."

"글쎄, 적당히 나쁜 사람에게 머리 나쁘다 하는 것은 놀리는 거겠지만 라이안 정도라면 기정사실이니 그냥 사실 언급 아냐?"

"어이, 카린."

이거… 위로하는 거… 아닌 거 같지? 아무래도 아닌데……. 그런데 고민하다 화낼 타이밍을 놓친 것 같다.

"어차피 다들 고만고만하면서 뭘 그렇게 신경전이야? 다 모인 거 같으니 본론으로 들어가자고."

콘스탄틴이 끼어들어 말리려 했지만 실수했다. 저거 어마어마하게 큰 실수다. 뒷감당이 안 될 거 같은데.

"콘스탄틴님, 누… 누구랑 누가 고만고만하다는 거예요?!"

"…나… 어이가 없어서 죽었다고 전해줘."

폭발해 버린 프리츠와 거품 물고 기절한 김에 죽은 척하는 카린.

"나, 뭐 실수한 건가?"

일련의 사태에 귀밑까지 내려온 고동색 곱슬머리는 만지작거리며 묻지만 이미 패닉에 빠진 프리츠와 카린은 콘스탄틴에게 대답해 줄 여유가 없어 보였다.

하긴, 솔직히 좀 충격이겠다. 나도 내 머리 나쁜 거 아는데 머리 좋은 사람만 도전한다는 마법 직에 종사하는 카린이나, 머리 좋은 사람들 몰려 있다는 왕립학교에서도 시험만 봤다 하면 루사인과 1, 2위를 다투는 프리츠다 보니 충격이 배가 되어 아픔이 더할 게 분명하다. 조금 불쌍할지도?

아니, 잠깐. 이거 그러니까, 내 머리에 대한 이야기잖아, 결국은. 안 불쌍하다. 패스.

“둘 다 제대로 서거라. 폐하 앞이다.”

보다못한 아버지가 레이스를 나풀거리며 즐거워하는 변태 중년 같은 평소의 모습은 전혀 상상할 수 없을 정도로 엄숙한 분위기로 둘을 말렸다. 폐하란 단어에 카린과 프리츠는 벌떡 일어나 언제 그랬냐는 듯이 타의 추종이 될 만한 반듯한 자세로 자리에 앉았다.

그리고 곧 이곳에 불려온 목적에 대한 대화가 시작되었다.

“요즘 분위기가 심상치가 않지.”

드디어 시작됐다. 앞뒤 말 다 잘라먹고 애매한 부분부터 말을 꺼내는 폐하의 버릇. 무턱대고 심상치 않다고 하면 범위가 너무 넓지 않은가. 대체 어느 부분을 찍어서 고민해야 하는지 도무지 감이 잡히질 않는다.

하지만 그건 아무래도 나 혼자만의 생각이었던 것 같다. 어이가 없음에 주위를 둘러보니 모두 심각한 표정으로 고개를 끄덕이고 있었다.

뭐지? 나만 소외되는 건가? 다들 저 말만으로 폐하가 무엇을 말하는지 알고 있다는 거야? 아니면 나만 빼고 사전에 이미 어떤 사건에 대해 모인 건지, 이야기가 끝났다거나? 그런 거라면 좀 치사한 것 아닌가. 자기들끼리만 숙덕대 놓고 사람 불러서 소외감을 느끼게 하다니. 이게 바로 직장 내 왕따?

"라이안, 눈동자 그만 돌려라. 너, 아직 사태 파악 못했다는 거 이미 다 알았으니까."

프리츠가 실실 웃으며 말하는 것이 어째 무진장 얄밉다. 뭐냐? 가진 자의 여유란 거냐?

"폐하, 죄송합니다만 이 상태로 계속 가면 미친한 딸자식이 돌아가지도 않는 머리로 고민하다 폭발할지도 모르니 설명부터 하고 가겠습니다."

"나야 상관없네, 페르나슈 공작. 그런데 참 자연스럽게도 딸이라는 소리가 나오는군 그래. 일단은 제삼자인 짐으로서도 조금 어색한데 하물며 친부모가 그렇게 간단히 넘어가니……."

"그렇다고 저렇게 당당히 치마 입고 있는 아이에게 아들이라고 하기도 민망스럽지 않습니까. 충분히 어울리니 어색하지도 않습니다."

웃으며 대화를 나누는 우리 집 영감탱이와 폐하의 웃기지도 않는 만담에 나는 당연히 발끈했다.

"누가 당당히 치마를 입었다는 거야! 억지로 입힌 게 누군데! 억지로 학교 보내놓고는 그사이에 전에 입던 옷 싹 다 치우고 내 방 옷장을 드레스로 채워놨잖아, 이 변태 영감탱이야!"

"폐하 앞이다. 경거망동한 행동은 자제하거라."

"당신이 이상한 소릴 하잖아, 당신이!"

이미 이성 따윈 저 먼 안드로메다 성운에 분양시켜 버렸다. 예의고 뭐고 다 필요없다. 혈육도 필요없다. 흥분한 상태로 삿대질까지 해가며 소리치자 구경하고 있던 폐하가 한마디 했다.

"익히 들어 예상은 했다지만 가정교육 하나는 정말 랜덤으로 시켰나 보군."

"가훈입니다, 가훈."

웃으며 폐하의 농담을 받아치는 아버지. 대체 무슨 가훈이 그따위냐! 아니, 그 이전에 폐하의 발언부터가 문제다. 뭐가 랜덤이란 말이냐! 누구라도 내 아버지 밑에서 자라봐, 나처럼 되지!

물론 폐하도 나만큼이나 기가 막혔던 모양이다. 잠시 떨떠름한 표정을 짓고는 그래도 지기 싫어하는 성격은 여전한지 한마디 더 붙였다.

"같은 왕가로서 받아들이기 힘든 가훈이로군."

"이쪽은 방계니까 신경 쓰지 않으셔도 됩니다. 직계랑 같을 수야 없지요, 폐하."

그리고 이런 아버지의 한마디에 외야에 있다가 상처받은 사람도 한 명 추가됐다. 물론 그 대상은 프리츠.

"…우리 집도… 방계 왕가인데……."

좌절 모드로 중얼중얼. 그리고 물론 어느 누구도 프리츠의 중얼거림에 귀 기울이는 사람은 없었다. 이 상황에 프리츠까지 꼈다간 내일까지도 대화가 끝나지 않을 게 분명하니까.

일단 상황은 진정되고, 상황 파악 못한 나를 위해 설명은 시작되었다.

"요즘 들어 이슈가 되고 있는 부녀자 행방불명 사건. 오늘 화제가 될 거라면 이거밖에 없지."

카린이 시작하자 프리츠가 이어받았다.

"파티에 출석하고 밤에 집으로 돌아가던 소녀들이 사라져 버린다는 거야. 소녀들을 호위하던 집안의 무사들은 모두 살해된 채로 발견되고. 우리 학교에도 이미 두 명이나 실종되었지. 그래서 꽤 시끄러웠는데, 전혀 몰랐던 거야?"

"지금 여기서 처음 듣는걸."

당연하지 않은가? 요 근간 나는 드래곤 조사를 위해 도서관에서 살았단 말이다. 그리고 물론 수업 시간엔 졸려서 잤지. 학교엔 그야말로 자러 갔으니 알 턱이 있나.

그리고 보니 요즘 학교에 등교할 때면 주변에 삼삼오오 모여 무언가를 열심히 숙덕거리더니 그래서였던가.

"그래서 얼마나 없어졌는데? 우리 학교 학생까지 포함해서."

오래간만에 진지하게 묻자 프리츠는 손을 들어 하나씩 꼽아가며 나열을 시작했다.

"일단 칼베르네 백작의 둘째딸, 루운 남작의 외동딸. 이 둘이 우리 학교 학생이고, 그 외엔 알베로 후작가, 미삭 자작가, 클로마네 자작가, 엔데 남작가, 게인 남작가. 각 집안의 소녀들이야. 모두 15~17세 사이이고, 이주에 거쳐 2~3일 간격으로 한 명씩 사라졌어."

"게엑! 일곱이나? 용케도 그걸 다 외웠다? 근데 엄청나네. 게다가 죄다 귀족가 영양들. 쉽지 않았을 텐데."

"그래서 현재 왕국 최대의 이슈 거리라는 거지."

카린의 대답에 난 고개를 끄덕였다.

납득할 수 있다. 일반인이 아닌 귀족가의 아가씨들이다. 파티를 즐기고 집에 돌아가던 길이라 하면 저녁에 벌어지는 파티에 초대될 수 있을 정도로 신분이나 재력이 있는 집안의 아가씨라는 것이다.

그런 소녀들이 2주 동안 이틀에 한 명 꼴로 행방불명이 됐다는 뜻. 말은 쉽다. 하지만 생각해 봐라. 처음 한두 번이야 어쩌다 가끔 있는 몸값을 노린 유괴 정도로 생각하겠다만 이게 셋이 되고 넷이 되며, 그 이상이 되면 상황이 달라진다. 안 그래도 평소에 가문의 아가씨를 지키기 위한 경호가 있었겠지만 연달아 이어지는 사건으로 더더욱 철통같은 경비와 호위가 뒤따르기 마련이다. 그런데도 일곱이다.

왕국이 이 일로 떠들썩할 것은 자명한 것. 하필 지금 여자로 바뀌어 버려 괜히 도서관서 시간 죽이다 이런 대사건조차 모르고 지금까지 지내왔다는 것에 새삼 억울해졌다.

"아깝다. 처음부터 알았으면 진짜 재미있었을 텐데. 한 명 한 명 사라질 때마다 이슈였을 텐데."

나도 모르게 중얼거리자 순간 방 안의 분위기가 싸늘해졌다. 왠지 다들 나를 노려보는 느낌. 뭐, 뭐지? 나, 뭐 잘못한 거야? 뭐가 문제인 건데?!

"상황 파악이고 뭐고 일단 맞고 시작하자."

라고 말하며 내게 다가오는 카린. 뭐야, 왜 다들 구경만 하는 건데? 안 말려? 거기 아버지! 외면하지 말라고! 고개는 왜 돌려!!

그리고 그대로 난 오래간만에 밟혔다. 있는 힘껏. 다행히 마법은 안 날아왔다.

"도대체가 하루아침에 여자로 변해 버려도 그 성격은 여전하구나. 이런 게 재미있니? 당장에 딸 잃은 부모들이나 지금쯤 어딘가에 갇혀 떨고 있을 소녀들에 대한 안타까움이 전혀 느껴지질 않는 거야?"

"하물며 다른 곳도 아닌 왕국의 수도에서 귀족 아가씨들의 행방불명되는 사건이라면 국제 사회에서 우리 왕국의 치안에 대한 위신이 서질 않지."

이미 밟을 대로 밟아놓고, 바닥에 뭉개질 대로 뭉개진 내 위에 대고 차갑게 잔소리를 해대는 카린과 그 김에 꼽사리 껴서 덧붙이는 프리츠였다.

그리고 추가하자면 팔짱 끼고 구경하는 아버지와 뭐 재미있는 볼거리라고 입에 싱글거리는 미소까지 띠며 즐거워하는 콘스탄틴 외 2인, 덤으로 이런 상황에서까지 진지한 표정의 국왕 폐하.

내 편은 하나도 없다는 것을 절실히 깨닫는 순간이었다. 아, 이럴 때 루사인이라도 곁에 있었으면, 아니, 취소. 그놈이 있어봤자 분명 아버지랑 같이 팔짱 끼고 구경했을 것이다. 물론 '자업자득이지요' 라고 핀잔 한마디 추가하는 것도 잊지 않고. 무엇이 자업자득일지는 몰라도 하여튼 저 소리 할 게 뻔하다. 그래, 없는 게 다행이지.

"다 끝났으면 다시 본론으로 가도 될까?"

계속해서 이어지는 에페트리아 왕궁 배 키르라이안 잡기 스페셜 타임이 끝나갈 무렵 드디어 폐하께서 이 나를 불쌍하게 여기셨는지 말려주셨다. 이왕 말려주실 거 좀 더 일찍 말 좀 꺼내주시지. 뭐, 지금이라도 도와주시니 좋다. 역시 내겐 폐하뿐 아버지도 친구도 필요없다.

"아직 안 끝났어도 일단 용건은 끝내고 계속하거라. 내가 더 이상 시간이 나질 않거든."

인자하게 웃으며 카린을 향해 말하시는 폐하. 앞의 말 취소

다. 내 편 아니었다.

그래도 일단 분위기는 소강상태에 접어들고, 방 안에 있던 사람들은 다시 침묵하고 폐하의 이어질 말을 기다렸다.

"귀족만 노린다는 점이나 감쪽같이 사라진다는 점에서 아무래도 걸리는 게 있다."

에? 걸리는 거? 생각해 보면 많지 않나? 귀족에 원한을 가진 거대 세력이라거나, 간 큰 유괴범들, 아니, 아예 범인이 여럿일지도 모른다. 귀족가 영양의 실종 사건을 듣고는 기세에 편승하여 이 기회에 한탕 하자고 몰린 불특정 다수의 한량들일 수도 있고. 그런데 그중 무엇이 폐하의 심기를 건드리고 있을지가 궁금해졌다.

"아직 구체적으로 말하기는 어렵고… 일단 관련 부처에 사건에 대한 조사와 수도 경비에 더욱 철저할 것을 명령했지만, 일이 더 커지기 전에 이쪽은 이쪽대로 움직여 보는 게 좋을 듯싶다."

"폐하, 이쪽에서 움직인다 하면… 구체적으로 어떤 것을 원하시는 것입니까?"

과연 프리츠. 왕국 내 사대공작가 중 하나의 후계자이며 또한 방계이지만 왕족은 왕족. 폐하 앞에 전혀 주눅이 들지 않고 당당하게 질문한다.

"전혀 눈치 채지 못하게 그들의 정체를 조사하고자 하려면 직접 나서봐야지. 행방불명된 일곱 명의 공통된 조건이 있지 않느냐. 15~17세. 귀족가의 영양. 파티에서 돌아가던 중 실종."

그리고 폐하의 말이 끝나기도 전에 모두의 시선은 나와 카린에게로 모였다. 그리고 카린은 생긋 웃으며 당당하게 말했다.

"과연, 폐하. 알겠습니다. 함정 수사가 되는 것이군요."

"엉? 카린? 무슨 소리야?"

아무래도 다들 이해한 것 같은 분위긴데 혼자 멍하니 있자니 힘들다. 게다가 카린이 눈을 빛내며 나를 바라보고 있는 것 또한 불안했다.

"라이안, 너 밤마다 수도에서 열리는 크다 하는 파티는 다 들러줘야겠다."

"에엥? 무슨 소리?"

"딱 조건에 맞아떨어지잖아. 네가 나서서 표적이 되라는 거야. 직접 납치되어 봐야 적이 누구인지 알지."

아아, 그런 소리였군. 그래서 모두들 나와 카린을 바라본 것이었구나.

"잠깐, 그런데 왜 나만? 카린 넌?"

"난 안 되지. 함정 수사란 원래 위험이 도사리잖아. 설마 하니 약이라도 써서 차마 말로 못할 짓이라도 당해봐. 공작가 아가씨로서 최대의 수치야."

"나도 일단은 공작가 아가씨거든?"

뱁새눈을 뜨고 반론해 보지만 카린은 아랑곳하지 않고 대답했다.

"진짜 여자가 아니니까 괜찮아. 뭐, 혹시 이상한 짓이라도 당하면 그냥 개한테 물린 셈 쳐."

"그런 문제가 아니잖아."

"하지만 이 자리에 있는 사람 모두 만장일치일걸? 안 그래요, 모두들?"

고개를 끄덕이는 방 안의 모두들. 아버지만은 조금 불안한 표정으로 나를 봐줬지만 그래도 반대는 안 한다. 역시 나, 직장 내 왕따를 당하고 있는 게 분명하다.

내가 비록 마음은 소년일지라도 지금 일단 몸은 완벽하게 여자란 말이다. 이상한 짓을 개한테 물린 셈 치라니! 개한테 물리면 얼마나 아픈데!! 게다가 광견병의 위험도 도사리고 있다고!! 아, 지금 중요한 건 이게 아니었던가.

예상했던 대로 내 의견은 완전히 묵살된 채 저들은 착착 계획을 짜가고 있었다.

물론 내가 미끼. 프리츠와 카린은 가끔씩 파티에 같이 등장하며 엄호. 콘스탄틴 외 2인은 구역을 나눠가며 날 보호하기로 하는 등, 정작 미끼가 된 내 의견은 전혀 듣지 않고 나머지들끼리 사이좋게 대화를 진행시켜 나가고 있는 게 심히 불만스러워졌다.

"뭐야? 꼭 이렇게까지 해야 해? 그냥 행방불명된 소녀들을 찾거나 사건이 무마될 때까지 파티에 참석하지 않으면 되는 거잖아. 밤늦게 돌아다니니 그런 봉변을 당하지."

상황이 마음에 들지 않아 투덜대자 카린이 눈을 동그랗게 뜨며 다시 내게 다가와 손가락까지 들이대며 대 연설을 시작했다.

"라이안, 우리 또래의 귀족 소녀들한테 가장 중요한 게 뭔지 알아? 바로 괜찮은 신랑감 찾기라고. 집집마다 돌아가며 밤에 파티를 여는 것도 그런 목적이 다분히 포함돼 있는 거야. 문제는 자신을 어필하는 것. 안 그래도 파티에 참석하는 귀족들이 많아서 잊혀지기 십상인데 그나마 자주 얼굴이라도 보여야 좀 더 눈길이 가고 다른 사람들한테 익숙해지고 하지. 그래야만 괜찮은 신랑감을 건질 수 있다고."

"하아?"

"지금 몸이 힘들어도, 미래를 위해 피곤하더라도 꼬박꼬박 파티는 참가하는 소녀들한테 기약도 없이 파티를 중단하라니, 잔인한 소리야."

"하아아?"

도무지 이해할 수 없는 소녀들의 생태관이다. 진짜로 미래의 남편에 그렇게 목숨 걸고 있었단 말인가? 그냥 심심해서 놀러 나오는 게 아니라?

"그런 거라면 내가 아니라 카린이 더 적합한 거 아냐? 나, 여자가 되고는 한번도 파티에 참석한 적이 없는데, 이런 때 갑자기 나서면 너무 눈에 띄잖아."

"조금은 머리 굴린 거 같은데 애석하게도 반대야."

"응?"

"나로 말할 것 같으면 사대공작가 중 하나의 후계자. 게다가 보기 드문 쿼터 엘프지. 남들 앞에서 내 존재를 알리기 위해 노력하지 않아도 이미 모두들 나를 알고 있어. 그런데 이제 와서 갑자기 밤마다 열리는 파티에 출석한다면 그거야말로 너무 눈에 띄지."

뭐, 일리있는 말이다. 납득할 수 있다. 그렇지만 그런 이유이기 때문에 나는 더욱 억울해졌다.

"뭐야. 그런 거로 따지면 나 역시 공작가, 그것도 왕가의 피가 흐르는 아가씨라고."

"하지만 넌 한 달 전 갑자기 나타난 키르라이안의 쌍둥이 여동생으로 되어 있잖아. 귀족들 사이에선 그저 소문으로만 '페르나슈 공작가에 세라란 소녀가 있다더라' 라고 알려져 있으니 슬슬 자신의 존재를 알리기 위해서 파티에 참가한다 해도 의심하지 않지."

"그, 그치만……."

무언가 반론을 하고 싶지만 떠오르는 말이 없다. 그렇다고 '예, 그렇습니다' 하며 밤마다 거추장스러운 드레스를 입고 만인의 앞에 나서기는 죽어도 싫단 말이다.

하지만 내가 여자가 되어버린 날, 이미 세상은 내 편이 아니게 되었다. 뭐, 그 이전에도 내 편이었냐고 물으면 잠시 고민 좀 해야겠지만.

카린에게 반박할 수 있는 말을 찾기 위해 여러모로 머리 굴리는 동안, 어느새 각자의 자리 배치며 구역, 시간대까지 다 정해져 파장 분위기가 되어버렸다.

"자, 그럼 그쪽 두 꼬마는 옆에서 잘 지키라고."

"콘스탄틴님들이나 눈치 채지 못하게 잘 숨어 계세요."

콘스탄틴의 말을 자연스레 받아친 프리츠는 카린을 향해 웃으며 제안했다.

"그럼 슬슬 준비해 볼까."

"좋지. 그럼 오늘 저녁에 메델 후작 부인의 파티에서 봐."

벗어놓았던 외투를 걸치며 방을 나서는 저들에게 폐하가 미소 띤 얼굴로 입을 열었다.

"그럼 모두들 잘 부탁한다."

잘 부탁하긴 뭘 잘 부탁해! 이게 아냐! 내 의견은 완전히 묵살이란 말이냐!

"거기, 좀 서서 내 말 좀 들어봐!!"

"응? 라이안? 아직 집에 안 갔니? 예쁘게 치장하고 나오려면 시간 좀 걸릴 텐데."

새삼 내 존재를 깨달았다는 듯 놀란 눈으로 나를 바라보는 카린의 기세에 말문이 막힐 때 존재감조차 느껴지지 않던 아버지가 불쑥 앞으로 나섰다.

"그런 거라면 걱정 마라. 이미 집에 루사인을 보내 준비시키라고 했다."

"뭐, 뭔 소리야, 이 영감탱이야?!"

"드디어 오늘 밤, 최고로 아름다운 내 딸로 세상에 인사시키겠구나."

"누, 누가 그런 짓을 한다는 거야!"

당황하여 소리치지만 역시나 세상은 내 편이 아니다. 당사자인 내 의견은 완전히 무시. 아버지와 카린은 서로 마주 보며 웃으며 내 인생을 결정해 버렸다.

"그럼 라이안, 아니, 세라. 예쁘게 하고 와야 해?"

"저녁에 보자, 세에라."

남의 일이라며 즐거워하는 저 두 악마, 카린과 프리츠. 그리고 눈치껏 도망치려는 내 손을 꽉 잡고 상큼하게 미소 짓는 아버지.

"그럼 집에 가볼까, 어여쁜 내 딸아?"

정말 싫다. 이렇게는 못살아. 절대로 남자로 돌아가고야 말 테다!!

아니, 잠깐. 그러고 보니 나 지금 이러고 있을 때가 아니란 말이다. 드래곤, 드래곤에 대해 조사해야 한다고. 하루라도 빨리 조사해야 다시 남자로 돌아갈 희망이라도 보일 것 아닌가! 한시가 바쁜데 이런 나보고 밤마다 파티에 참석하라니 무리다, 무리라고! 이건 음모다, 음모라고! 그렇지 않고

서야 갑자기 이럴 수가 있나! 제발 나 좀 가만 내버려 두라고!

그리고 나의 마음속 처절한 외침은 당연하겠지만 깔끔히 무시당했다.

Chapter 9
위험한 밤 나들이, 목표는 미끼?

파티의 준비는 생각보다 빨랐다.

신세 한탄으로 멍해진 머리를 정리하고 있을 때 이미 마차는 집에 도착했고, 그와 동시에 기다렸다는 듯이 집안의 고용인들이 총출동하여 마차 안의 나를 모시고… 라기보다는 열심히 들쳐 메고 내 방을 향해 달렸다. 무언가 필사적인 게 분명 영감탱이가 사전에 언질을 넣은 것이 분명했다.

이런들 어떠하며 저런들 어떠하리. 어차피 몸은 여자. 학교도 여자 교복 입고 가는데 까짓 파티, 못 나갈 것도 없다. 이미 버린 몸. 있는 대로 망가져 주마라고 중얼거리며 체념하던 나는 방에 도착해 나를 기다리고 있는 저것을 본 순간 그대로 눈을 동그랗게 뜨고는 있는 힘껏 외쳤다.

"뭐, 뭐야, 저건?!"

경악하며 굳어 있는 내 앞에 세린을 중심으로 한 시녀들이 각자 물건들을 하나씩 들고 내 옆에 섰다.

"뭐긴요. 세라 아가씨를 위해 준비한 무도회용 드레스지요. 역시, 주인 어른답게 수준 높은 안목이셔요. 이렇게나 세라 아가씨와 어울리면서, 결코 남들이 범접할 수 없는 고급스러운 드레스라니. 자, 그럼 어서 갈아입고 준비해야죠?"

라고 말하는 것과 동시에, 양옆에서 각각 두 명씩의 시녀가 도망치지 못하게 내 몸을 굳게 잡고 옷을 벗기기 시작했다. 물론 내가 마음만 먹으면 이 정도 가드야 가볍게 넘기고 도망칠 수 있지만 그 뒤를 지키고 있는 것이 루사인, 그리고 그 뒤의 방문 앞에 버티고 있는 것이 최종 보스 아버지였다.

이런 철두철미한……. 진짜 작정했다. 이건 하루아침에 계획된 작전이 아니다! 이런 일사불란함은 고도로 훈련된, 수십 번을 반복해야만이 나올 수 있는 연계 플레이이란 말이다!

마음속의 외침은 여기서 이만. 도망치기를 포기한 난 정말 공포에 휩싸인 감정으로 시녀들이 내게 착용을 시작한 그것들을 바라보았다.

평상복으로 입던 드레스들은 보통 무릎을 살짝 덮는 길이로 나름대로 레이스도 달리고 화려하지만, 일상을 위한 옷인 만큼 생각보다는 심플하다. 하지만 지금 그녀들이 들고 있는 것은 일상의 그것과는 전혀 달랐다.

붉은 비단을 메인으로 한 드레스는 곳곳에 화려한 레이스를 박아 넣고, 그 위에 리본으로 마무리되어 고급스러우면서도 귀여워 보이는 디자인이었다. 평소 입는 것과는 달리 발등을 덮는 긴 드레스지만 파티를 위한 것이고, 그러니만큼 길이 따위 감당할 수 있었다. 드레스가 가슴이 좀 많이 파내 우윳빛 속살이 꽤 많이 드러나겠지만, 뭐 어떤가. 어울릴 텐데. 솔직히 내 미모만큼은 남자일 때부터 왕국의 자랑 아니었던가.

그러니까 드레스까지는 문제없었단 말이다.

이런 나를 당황하게 하는 것은 그 옆에 시녀들이 들고 있는 것. 긴 드레스가 넓게 퍼져 화려함을 연출하기 위해 준비된 것은 바로 드로워즈, 파니에, 그리고 페티코트.

"말도 안 돼. 저따위 걸 나보고 입으라고?!"

"주인 어른께서 직접 골라주신 거예요! 잔소리 말고 입으세요!"

와, 시녀들의 박력. 정말 무서울 정도다. 거칠 것 없이 날 끌고 들어가는구나.

하지만 말이다. 저걸 다 입고 그 위에 저 긴 드레스를 입으라니. 몸이 둔해질 게 분명하지 않나! 분명 파티에 참가하는 거긴 하다만 강조할 것은 소녀들의 실종 사건을 조사하기 위해 미끼가 되어 스스로 납치의 위기에 빠져 준다는 것인데, 저렇게 입으면 미끼고 뭐고 그냥 끌려갈 거란 말이다!!

애초의 목적을 망각하지 않고서야 저리도 철저한 준비를 할 수 있는 것인가?!

아니, 뭐, 그래, 다 좋다. 까짓 여차하면 옷을 찢기라도 하면 된다 치자. 저기까진 입어줄 수 있단 말이다. 그런데 세린, 네가 들고 있는 그 물건은 코르셋이 아니더냐? 지금 내게 그것까지 착용하라 하는 것이냐?

"잠깐, 잠깐! 다 입을게! 얌전히 입을 건데, 그것만은 좀 치워주면 안 될까?"

다급함에 소리치자 세린은 들고 있던 코르셋을 높이 들어 내 눈앞에 보이며 말했다.

"이것 말인가요? 말도 안 되지요. 옷맵시의 기본인 걸요. 걱정 마세요. 세라 아가씨는 애초에 몸의 선이 가늘어서 금세 익숙해지실 거예요. 다른 집안 아가씨들보다는 좀 늦었지만 그래도 지금부터라도 조금씩 조여가면 정말 멋진 허리 라인이 나올 거랍니다. 아, 기대돼라."

"기대는 무슨 기대야! 왜 내가 계집애들처럼 허리 사이즈 줄이기에 힘써야 하는데! 치워! 애초에 파티 같은 거 참석할 여유도 없다고! 안 가, 안 간다고!!"

이미 뒤의 루사인이나 그 뒤의 아버지는 기억에서 지웠다. 양옆에서 잡고 있는 시녀들을 거칠게 밀치며 어떻게든 저 여성 용품 풀세트에서 벗어나기 위해 안간힘을 쓰기 시작했을 때, 방문 앞에서 팔짱 끼고 구경하던 아버지가 입을 열었다.

"루사인, 네가 해라."

그리고 충실한 아버지의 심복 루사인은 내게 다가와 팔을 뻗어 내 상체를 벽에 붙이며 순식간에 제압했다. 물론 찰나의 방심으로 이루어진 행동에 당한 것이다. 이런 포박 따위, 조금만 힘쓰면 빠져나갈 수 있었다. 하지만 그 찰나가 문제였다. 루사인의 손아귀에서 벗어나기 위해 몸을 잠시 틀려던 그 순간, 루사인이 세린 등을 향해 외쳤다.

"지금이다! 어서 착용시켜!"

그리고 무섭게 달려드는 시녀들에 의해 내 몸엔 생전 처음 코르셋이란 물건이 자리 잡게 되었다. 그러한 사실에 정신적인 충격을 받아 멍해져 있던 것도 잠시, 난 곧 내 몸을 죄어오는 이 물건의 압박에 다시 몸부림쳐야 했다.

"그만 당겨! 착용했음 됐잖아! 내 몸이 원래 가늘어서 괜찮다며! 그만 해!"

"가만있어 보세요. 조금 더 가늘어질 수 있다고요. 드레스의 생명은 개미같이 가는 허리. 그건 곧 숙녀의 자존심이라고요."

"숙녀의 자존심이 나랑 무슨 상관인데!"

"아이 참! 그렇게 소리치시면 힘 조절이 어렵다고요!"

내게 지지 않고 소리치는 세린과 함께 양옆에서 코르셋의 끈을 무참하게 당기던 시녀들은 곧 포기했는지 한숨을 쉬었다.

"괜한 데 힘 빼지 말고 그만 하자. 응? 나 이미 이거 입은 것만으로 탈진이거든?"

"가만있어 봐요. 후, 안 되겠네. 아까워라. 조금 더 가능할 텐데. 어쩔 수 없나? 루사인님, 부탁 좀 드릴게요."

결국 포기한 세린의 한숨에 안도하던 나는 다시 한 번 기겁했다. 아니, 안 되면 안 되는 거지 루사인은 또 왜 끌어들이냔 말이다!!

그리고 바로 세린 등과는 비교도 할 수 없을 정도의 압박이 내 허리에서 느껴지기 시작했다.

"으… 헉! 하아… 흑!"

이상한 상상 하지 마라. 생리적으로 나오는 신음일 뿐이다. 물론 앞의 상황으로 알겠지만 무지막지하게 강한 힘으로 코르셋을 당기는 루사인의 힘에 숨이 차 나오는 소리였다.

"이상한 소리 내지 말고 숨 좀 내뱉어봐요. 좀 협조를 해야 빨리 끝나죠."

"혀, 협조고 뭐고… 헉! 네가 내 상황이… 헉! 되어봐! 야… 하아… 헉! 야야! 좀 그만 당겨!! 부러진다고!! 히이이익!!"

결국 나의 괴상한 비명을 끝으로 루사인의 코르셋 조이기는 끝이 났다. 정말, 인정사정 보지 않고 당겼다. 저거 혹시 평소에 쌓인 걸 여기다 풀어버린 거 아냐? 아, 진짜 숨 쉬기 힘들다. 산소 부족. 머리가 멍해지고 있다.

"아가씨, 가슴으로 숨을 쉬세요. 금방 익숙해지실 거예요."

내 상태를 눈치 챈 세린의 충고를 새겨들으며 오직 살기 위해 가슴으로 숨을 쉬는 것에 집중하는 사이 내 몸은 어느새 모든 단장을 하고 부지런히 오가는 손들에 의해 머리도 말끔히 정리를 끝냈다.

시녀들이 끌어와 보여주는 전신 거울에 비치는 소녀는 아름다웠다.

키는 160 초, 중반. 또래의 소녀들에 비해 평균, 혹은 조금 작은 편이지만 전체적으로 가늘고 쭉쭉 뻗은 체형이라 그리 작아 보이지도 않는다.

옅지만 노란빛이 꽤나 예쁜 실버블론드의 머리칼은 어깨를 살짝 덮는 정도로 짧지만 깔끔하게 틀어 올리고 리본과 보석으로 장식되어 단정하면서도 화려했다. 몸을 감싸는 붉은 비단의 드레스는 타이트하게 들러붙는 상체와 잘록한 허리 아래로 활짝 핀 꽃처럼 펼쳐져 눈길을 끌었다.

하지만 가장 눈길을 끄는 것은 그런 붉은 드레스로 감싸인 하얀 피부. 가슴을 많이 드러내지는 않지만 나름대로 파인 디자인이라 하얀 속살이 보이는데, 붉은색과 비교해 눈에 띌 정도로 하얀 피부 위에 이름있는 장인이 은으로 세공하고 수십 개의 작은 루비를 박아놓은 목걸이까지 장식하고 있어 누가 봐도 감탄할 수밖에 없을 정도의 조화를 이루고 있었다.

거기에 얼굴 생김새 또한 반할 정도로 아름답다. 역시나 하얀 피부, 커다란 눈과 긴 속눈썹, 그리고 머리칼과 같은 금색의 눈동자, 추가로 오뚝한 코와 작은 입술.

전에 누가 나를 향해 말했었다, 그린 것과 같은 아름다움이라고. 처음 보았을 때 신에게 감동했다고 한다. 상상만 하던 아름다운 얼굴을 직접 보게 해주어 정말로 감사하다고.

물론 내가 남자란 걸 알고 그대로 14박 15일 정도 석상이 되어 우리 집 대문 앞에 굳어 있었지만. 나중에 정신 차리고는 이 정도의 아름다움이라면 성별도 필요없다며 청혼했다가 아버지한테 쫓겨났었던가.

뭐, 그런 과거를 치우더라도 확실히 나 스스로는 그동안 생김새가 예쁘다고는 알고 있었어도 그렇게 뚜렷하게 느낀 적은 없었지만 이렇게 꾸미고 나니 새삼 알 것 같았다.

"나… 정말 예뻤구나."

나도 모르게 중얼거렸고, 그것에 대해 핀잔이나 비웃음을 주는 사람 또한 없었다.

"다 끝났나."

여전히 방문 앞을 지키고 서서 구경하던 아버지가 드디어 방에 들어서며 내 모습을 위아래로 찬찬히 훑어보았다.

"영감탱이, 자기 자식한테 그렇게 무슨 물건 가치 재듯 가격 매기는 눈길을 주고 싶어?"

"그냥 감상했을 뿐이야. 합격이군."

"엥? 무슨 합격?"

고개를 끄덕이며 만족한 표정으로 말하는 것을 이해하지

못해 되물었다. 그러자 아버지는 상큼하게 미소 지으며 대답했다.

"그 드레스가 어울리지 않으면 다른 것을 입혀보려고 했었거든."

"다른 거라니? 이거 말고도 무도회용 드레스가 더 있었단 말이야?!"

"물론, 당연한 것을. 우리 집안이 어디더냐? 방계이긴 하지만 왕족. 사대공작가 중 하나, 그리고 또한 전국과 해외 곳곳에 상회를 가진 대부호의 집안이 아니더냐? 그런 집안의 아가씨가 설마 드레스가 그거 하나일까."

아, 물론 맞는 소리다. 우리 집안 정도 되는 가문의 아가씨라면 파티 드레스를 매일매일 바꾸며 일 년은 입을 수 있고, 또한 그 일 년이 지난 뒤에도 같은 옷 두 번 안 입어도 될 정도의 사치를 누려도 문제없겠지.

내가 하는 소리는, 난 파티 드레스를 맞춘 적이 없는데 지금 이 드레스가 있다는 것도 신기한 와중에 무슨 드레스가 또 있다는 것이다. 게다가 파티 따위, 나갈 생각도 하지 않고 있었다. 이 드레스조차 존재하는 것이 신기할 따름인데 다른 드레스가 더 있다고?

물론 이런 내 마음을 이해하는지 아버지는 다시 한 번 싱긋 웃으며 손가락을 들어 세린에게 무언가를 지시하고는 나를 향해 미소 지으며,

"네 신체 사이즈를 재단사들에게 넘겼지. 요 한 달간 수도에 있는 거의 모든 재단사들이 우리 집 전속이 되어 열심히 노력해 주었다."

라는 도무지 상상도 못할 무서운 소리를 하며 아버지가 가리키는 곳엔 세린이 활짝 열어놓은 옷장이 있었다. 그리고 그 속에 빽빽이 들어차 있는 파티용 드레스들.

내가 알기로 파티용은 일상용과는 다르게 손이 더 간다고 들었다. 게다가 우리 집 같은 사회적 신분이 높은 집안은 따로 전용으로 떠주는 디자인만으로도 시간을 더 활용해야 하며 또한 재료도 이것저것 하나하나 수제로 만들어야 한다고 알고 있는데, 그런 것을 저게 고작 한 달간 모인 드레스라고? 감히 그 숫자를 세기가 겁이 날 정도로 쌓여 있는 저것들이?

이놈의 영감탱이, 내가 남자였을 때는 대충 용돈만 쥐어주고 옷이니 뭐니, 내가 뭘 하든 전혀 신경도 쓰지 않더니! 아, 학교 안 가면 용돈 끊어버린다는 협박은 해댔지.

뭐냐, 내가 여자가 되고 나서 한 달 동안 쓴 돈이 지금까지 남자로 있었을 때 쓴 돈보다 절대적으로 더 많을 것 같은 이 느낌은.

무언가 많은 생각이 내 머릿속을 오가고 있을 때 아버지는 다시 한 번 결정타를 날렸다.

"아직 좀 부족한 것 같지? 그래도 국내에서 구하는 건 저 정도가 한계인 것 같으니 조만간에 외국으로 한번 나가 볼까?

바쁘지 않으면 지금이라도 당장 갈 텐데 말이다."

"……."

물론 질려 버린 나는 아무런 대답도 하지 못했다. 아버지, 나중에 유산 물려받을 때까지 설마 파산하진 않겠지? 이 속도면 아무리 우리 집이라도 조금 위험할지도 몰라.

설마 하니 이거 글의 중간쯤 가면 나랑 루사인이 망한 집안을 다시 일으킨다거나 하는 일대기로 빠져 버리는 것은 아니겠지? 가능성이 있을 것 같아 무서운데. 아니, 그럼 장르가 바뀐다고, 장르가.

한참을 아버지의 사치성에 대해 고민하고 있을 무렵, 어느새 다가온 아버지가 내 손을 잡아끌었다.

"늦기 전에 가자."

"에? 아버지도 같이 가는 거야?"

그냥 구경만 할 줄 알았는데 너무나도 적극적으로 끌어당긴다. 설마 하니 아버지랑 사이좋게 입장하는 건 아니겠지라고 생각하고 있을 때, 여전히 '설마'는 사람 잡는다는 것을 절실히 느끼게 하는 대답이 이어졌다.

"내가 에스코트를 하지."

"게헥? 내가 왜 영감탱이의 에스코트를 받아야 하는데? 혼자서도 충분하다고."

입을 삐죽 내밀고 있는 힘껏 투덜거리자 아버지는 여유있는 미소를 보이며 설명했다.

"공작씩이나 되는 집안의 아가씨가 옆에서 에스코트해 주는 사람도 없이 혼자 입장하겠다는 소린가? 그것도 명목상으론 사교계 첫 인사인데?"

"윽!"

물론 반론의 여지가 없었다. 고귀한 혈통일수록 귀한 대접을 받는 법. 당연하게 여겨지는 것을 거부하면 그만큼 자신과 그 가문을 깎아내 버린다는 게 사교계의 상식이다. 일반적인 귀족 아가씨라면 당연히 신분과 지위가 높은 집안의 에스코트를 받고 싶어하고, 그것이 높을수록 자랑이 되는 것 또한 당연하다.

아버지라면 신분도 지위도 높은 데다 현재 솔로다. 여기저기서 미망인, 이혼녀는 물론이요, 나랑 나이 비슷한 새파란 처녀까지도 아버지한테 눈독 들이고 있다는 것 또한 알고 있다. 아버지의 에스코트를 받는 여자는 그야말로 그날 파티의 주인공이 되어버릴 게 자명한 일. 이런 쪽에 목숨 건 여자라면 최상의 목표겠지.

하지만 말이다, 난 그런 거에 전혀 관심이 없단 말이다. 애초에 아가씨는커녕 남자였고, 게다가 이미 나 스스로가 공작가의 공녀이다. 무엇보다 친자식이란 말이다. 딱히 아버지 말고 다른 사람과 함께 입장한다 하더라도 그 상대가 왕자 정도의 신분이 되지 않는 이상 거기서 거기란 말이다. 그래서 난 투덜거렸다.

"왜 하필 아버지랑 같이 들어가는데? 다른 사람이래도 상관없잖아."

"일단은 딸의 첫 사교계 인사이니만큼 가족이 함께하는 게 좋잖아?"

"뭐, 그렇다지만 내가 다른 집 아가씨처럼 무슨 일이 있을까 겁먹고는 가까운 누군가가 필요할 정도로 두근두근하면서 떨 일도 없는데 다 늙은 아저씨랑 들어가 봤자 별로……."

"물론, 정 내가 싫다면… 프리츠와 함께 들어가야 할 텐데. 그나마 비슷한 수준의 가문이고, 나이도 그렇고. 프리츠를 부를까?"

"허어어억!"

나도 모르게 신음 소리가 튀어나왔다.

저 아버지를 보아라. 걱정하는 척, 위해주는 척하지만 눈이 웃고 있다. 프리츠라니? 프리츠의 에스코트라니? 영감탱이보다 싫은 게 당연하잖아!!

생각을 해봐라! 소꿉친구에다 이미 모를 게 없는 녀석이다. 한 달 전만 해도 동성의 친구였단 말이다! 뭐, 물론 지금도 동성의 친구이긴 하다. 내가 겉의 성별이 바뀌긴 했다만 정신은 그대로니까. 그런데 이 말짱한 정신으로 친구의 에스코트를 받으라니?

당연히 거절할 것을 알고 있기에 저 능글맞은 미소를 띠는 것이 아닌가, 이놈의 영감탱이가!!

"…아버지, 그냥 같이 가자."

"잘 생각했다."

행복하디행복한 미소. 이 사람, 정말 즐거워한다. 너무나 기뻐한다. 저 행복함을 확 깨버리고 싶다만, 아쉽게도 방법이 없는 난 그저 쓸쓸히 행복의 오오라를 풍기는 아버지의 뒤를 음울한 오오라로 누르며 걸을 수밖에 없었다.

메델 후작 부인이 주선하는 파티는 예상했던 대로 꽤나 큰 규모를 자랑하고 있었다. 상대가 후작 부인이니만큼 초대받은 사람은 어지간한 급한 일이 아니면 다들 참석하는 쪽으로 결정하는 게 당연한 일. 그런 이유로 후작 부인의 저택으로 들어가는 골목은 이미 귀족과 상류층의 마차로 줄을 이어가고 있었다.

그렇게 많은 사람들이 메델 후작가 저택의 홀에 모여 서로 인사하며 인맥을 넓히며 사교계에서의 자신의 위치를 정하고 있을 때, 그 많은 사람들의 관심을 한번에 몰아 받을 대사건이 등장했다. 물론 그 중심은 바로 나.

홀의 입구에서 후작 부인으로부터 받은 초대장을 건네며 아버지와 나를 소개한 아버지 시종의 말에 초대장을 받으며 방명록에 체크하던 메델 후작가의 시종은 눈을 동그랗게 뜨고 아버지와 나를 번갈아 보았다.

상당히 무례하지만 뭐, 이해할 수 있다. 예기치 못한 복병이란 거겠지. 후작가에서 파티의 시중을 들 정도라면 꽤 귀족 사회에 대해 아는 사람일 테고, 그런 만큼 웬만한 귀족들의 이름과 얼굴은 외웠을 터. 페르나슈 공작에게 딸이 있다는 사실만으로 이미 패닉이겠지. 하지만 자신이 놀란 것을 저렇게 티내다니, 아직 수련이 부족한 시종임에 분명하다.

그 증거로, 고참 시종은 이미 저쪽으로 달려가 메델 후작 부인을 찾아 귓속말을 하고 있지 않는가.

"페, 페르나슈 공작 전하와 공녀십니다!"

여전히 어찌할 바를 몰라 당황하며 떨리는 목소리로 입장을 알리는 시종을 뒤에 두고 나와 아버지는 홀에 들어섰다.

기대했던 대로 떠들썩한 분위기. 여기저기서 모인 사람들끼리 작은 목소리로 대화한다지만 그게 전체가 되면 상당한 소음이다. 물론 잔잔한 음악 소리에 묻혀 어느 정도는 커버가 되지만, 그래도 홀 전체가 웅성거리는 분위기까지 감추기는 어렵다. 그리고 그 웅성거림을 만들어내는 화제가 나에 대한 것임은 간간이 들리는 우리 가문의 이름이나 키르라이안이란 단어로 짐작할 수 있었다.

"공작 전하, 오셨습니까."

어느새 달려온 메델 후작 부인이 미소 지으며 나와 아버지의 곁으로 다가왔다.

초대한 사람이 자신보다 작위가 높을 때 인사를 나오는 것은 당연하다. 하지만 홀에 들어서자마자 급하게 달려올 정도로 서두르는 것은 역시나 나 때문이겠지. 50대 초반의 나이로 정숙한 분위기와 함께 짙은 금발이 매력적이라는 후작 부인의 표정이 조금 곤혹스러워 보이는 것이 그 증거이다.

"좋은 밤이군요, 부인. 후작은 외국에 나가 있다던데 별일은 없는지요."

"네, 마침 하던 일도 잘되셨다며 혼자 남아 있는 저를 위해 파티를 허락해 주셨답니다. 저 그런데… 이쪽 아가씨는……?"

괜히 이쪽에 관심없는 척 이야기하지만 결국 결론은 이쪽으로 향한다. 뭐, 어차피 예상했다. 아버지가 알아서 하겠지.

"키르라이안의 쌍둥이로 어릴 때 몸이 약해 계속 요양을 시키고 있었지요."

이… 무슨 엄청난 변명이란 말인가. 설마 하니 이 정도로 비약시킬 줄이야……!

몸이 약해 요양이라니? 아는 사람이 들으면 기가 차서 숨이 막힐 거다. 저런 거짓말을 너무나도 능숙하게 하는 아버지. 혹시 지금 우리 집 재산 늘려놓은 거 사기로 벌어들였다거나 하는 건 아니겠지?

뭐, 어쨌든 내가 속으로 뭐라 빈정거리던 간에 대화는 계속 흐른다.

"어머나, 저런. 몸이 약하시다면 사람이 많은 이런 큰 파티는 힘들지 않을까요?"

"괜찮습니다. 이젠 건강해져서 수도로 다시 데려온 지 한참 되었는데, 사교계에 나와 소개를 시키려고 해도 요즘 너무 분위기가 안 좋아서요."

"아, 예. 그 소문……."

"그래서 계속 미뤘지만… 너무 미룰 수도 없고, 저도 예. 쁜. 딸.을 자랑하고 싶어지지 않습니까. 그래서 오늘 특별히 데리고 나왔지요. 앞으로는 자주 볼 수 있을 겁니다."

특히 저 부분. '예쁜 딸'에 특별히 강조를 하며 자주 볼 거라는 복선까지 깔아뒀다. 뭐, 이 정도면 앞으로 매일 내가 파티에 나온다 해도 전혀 어색하지 않는 변명이 되겠지.

"정말… 키르라이안님과 너무도 닮았군요."

"쌍둥이니까요. 둘 다 제 엄마를 닮아서 제 눈도 즐겁습니다."

자신이 딸 좋아하는 팔불출이란 점까지 스스로 내세우다니, 여러모로 강적이다. 누가 보더라도 알 수 있을 것이다, 아버지가 나한테 푹 빠져 있다는 것을. 그나마 내가 남자였으니 망정이지 진짜 딸이거나 했으면 정말 위험했을지도.

"그런데 키르라이안님은? 요 며칠 안 보이시는 것 같던데요."

"폐하의 명령으로 다른 대륙으로 출장 나갔습니다. 사실은 가서 공부를 좀 하고 오라는 것이지요. 몇 년은 걸릴 겁니다."

물론 폐하의 명령이란 것은 사전에 짠 스토리. 이미 폐하와 이야기를 끝내고 그럴듯하게 꾸며놓은 변명이다. 다른 대륙은 개뿔, 여기 이렇게 드레스 입고 서 있구만.

어쨌든 저런 이유로 당분간은 키르라이안이란 존재가 보이지 않더라도 몇 년은 버틸 수 있게 되었다. 나로선 그 안에 내가 다시 남자로 돌아오길 바라고 있다.

후작 부인과 인사를 끝낸 아버지는 파티 곳곳에 퍼져 있는 아는 사람들과 인사를 나눈다며 다른 곳으로 갔고, 홀로 남은 나는 파티에 출석한 모든 사람들의 관심을 받는 것도 꽤나 피곤한 일이기에 적당히 구석을 찾아 그곳에 놓인 소파에 앉았다.

그러자 기다렸다는 듯이 어딘가에 있던 프리츠와 카린이 다가왔다.

"제법이다, 라이안. 누가 보면 얼굴만 똑같이 생긴 완전히 다른 사람으로 보겠다?"

무엇이 그리 즐거운지 능글맞게 웃으며 소파의 옆에 서서 놀리는 프리츠를 뒤로하고 카린은 자연스레 내가 앉아 있는 소파에 앉았다.

"하아, 다리 아파. 힐을 조금 높은 거로 골랐더니 바로 티가 나네."

"야, 야, 카린. 다리 아픈 건 좋은데 왜 하필 내 옆에 앉는 거야? 누가 보면 어쩌려고."

이렇게 가까이 붙어본 거라곤 어렸을 때 성별의 구분 없이 놀았을 때가 마지막인지라 상당히 당황하며 작게 외치자 카린은 오히려 의외란 얼굴로 나를 빤히 바라보았다.

"어차피 지금은 같은 여자잖아. 서로 상관없이 떨어져 있을 거면 몰라도 같이 이야기하는데 내가 서 있거나 한다면 그게 도리어 이상한 의심을 받을걸."

듣고 보니 그렇다. 보통 여자들은 자기들끼리 짝지어 다니기를 좋아하고, 이렇게 소파 같은 긴 의자라면 당연히 사이좋게 옆에 앉으니까. 한 명이 서 있거나 한다면 어색하겠지.

고개를 끄덕이며 납득하고 있을 때, 카린은 손을 들어 내 얼굴에 대고 고개의 방향을 바꿔 자신과 마주 보게 만들었다.

"엑? 뭐 해?"

"흐음, 뭐, 그냥. 진짜 예쁜 얼굴이긴 하네. 특히 그렇게 꾸며놓으니 남들이 너 남자였을 때 '아깝다, 아깝다' 하던 걸 알 것 같아."

갑자기 몸에 소름이 돋았다. 생각해 보니 카린은 남자, 그것도 엘프인 자신보다 예쁜 얼굴을 가진 나를 매우 싫어했었다. 그래서 나란히 있는 것을 늘 피해왔는데… 이렇게 옆에 붙어 앉아 있으면, 게다가 나름대로 한껏 예쁘게 꾸며져 버렸는데…….

"저, 저기, 카린. 기분 나쁘지 않아?"

"응? 뭐가?"

아무렇지도 않은 얼굴로 가볍게 묻는 카린이 더욱 무서워진다.

"아니, 저기… 남자인 주제에 예쁘게 생긴 얼굴이라고 평소에 엄청 싫어했잖아."

"지금은 여자니까 상관없잖아?"

"에?"

생각지도 못한 대답에 그야말로 넋이 나가 다시 한 번 물어버렸다.

"남자면서 여자보다 예쁜 건 용서할 수 없었지만 같은 여자라면 뭐, 나 예쁜 거 좋아하거든. 눈이 행복해지면 좋잖아? 너, 여자가 되니까 내 옆에 끼고 두고두고 매일 봤으면 좋겠다. 내용물이 라이안인 건 상당히 비극이지만 외모만은 최상품이니까."

이라고 가볍게 대답하지만 내가 납득 못하겠다!! 대체 같은 얼굴인데 남자는 최악, 여자는 다 좋다고? 뭐냐, 이 논리는!! 카린 넌 여자 판 우리 집 영감탱이라도 되는 거냐?

어떻게든 내 마음의 동요에 대해 동의라도 얻기 위해 프리츠를 올려다보자 그 역시 어쩔 수 없다는 얼굴로 나를 향해 어깨를 들어올렸다.

"어쩌겠어. 카린이 저렇게 말하는데. 좋다는데 싫어하랄 수도 없잖아?"

라고 힘없이 대답하는 프리츠. 그래, 카린이 저리 말하면 그대로 받아들여야지. 우리들 사이의 여왕님이 아닌가라고 스스로 납득하려 노력해 보지만 역시 뭔가 이해가 안 간다.

하아~ 안 되는 머리로 고민해서 그런가, 슬슬 피곤해진다.

아니, 잠깐. 피곤한 게 당연하잖아? 도서관에서 책 보다 성으로 가고, 거기서 바로 집으로 끌려가 있는 대로 몸치장 당한 뒤 파티에까지 왔다. 여기저기서 보내오는 호기심의 눈길을 한눈에 받으며 익숙하지 않은 힐까지 신고는 이제야 겨우 앉아 쉬는 거다. 게다가 루사인이 인정사정 보지 않고 당겨 버린 코르셋 덕분에 숨 쉬기도 버겁다.

시각은 이미 밤 11시를 가리키고 있다. 내 나이 16세. 아직은 미성년. 이건 시간 외 근무 아닌가!! 하루 적정 노동 시간은 이미 끝났단 말이다!!

여자가 되어버린 정신적 충격이 차마 가시기도 전에 이런 육체 노동이라니. 솔직히 객관적으로 생각해 봐서 너무 불쌍한 것 아니냐! 그래, 이게 다 여자가 되었기 때문이다. 남자였다면 애초에 이런 파티에 이런 차림으로 오지도 않았다. 그 이전에 낮에 도서관에서 책 본다고 고생하지도 않았다고!!

그렇게 난 다시금 남자로 돌아갈 필요성에 대해 절실히, 뼈저리게 느낄 수밖에 없었다. 내 몸의 안위를 위해서라도 빠른 시일 내에 돌아가야 한다.

그전에 우선은 역시 드래곤인가? 다시 또 막막해진다.

그리하여 밤마다 벌어지는 파티며 무도회에 나선 지 오늘로 사흘째. 정말이지, 뭔가 일이 벌어지려면 뜸들이지 말고 당장 시작하든가. 어떻게 된 게 기대하고 고대하는 납치의 마수는 전혀 낌새도 없는 반면, 날이 갈수록 파티의 참가자는 늘어만 간다.

당연하겠지만 그 이유 또한 역시 나. 어느 날 갑자기 존재를 밝힌 공작가의 아가씨. 게다가 여러 가지로 유명하던 키르라이안의 쌍둥이면서 외모 또한 판박이라는 소문이 동네방네 다 퍼지자 나를 보기 위해 내가 참석하는 파티를 수소문까지 해가며 구경 온 사람들이 적어도 전체 인원의 2/3는 차지할 거라 자신할 수 있다.

감히 내게 다가올 생각은 못하고, 자기들끼리 속삭이지만 다 들린다. '세라, 키르라이안, 페르나슈 공작' 이 세 단어가 주축이 되어 내 귀로 파고들어 오니 여간 신경 쓰이는 게 아니다.

거기에 더욱 내 신경을 긁고 있는 것은, 여기저기 곳곳에 눈에 띄는 무언가 알 수 없는 오오라를 풍기는 청년들. 아, 글쎄, 그렇게 관심이 가면 차라리 와서 말이라도 걸란 말이다! 물론 5초 만에 오만가지 정이 싹 떨어지도록 만들어줄 자신이 있어서 하는 말이다.

도대체가 상대가 공작가의 아가씨이다 보니 신분 상승을 노리는 총각들이 분명하건대… 아, 물론 내 외모도 한몫하고 있고. 야심에 찬 눈빛을 멀리 떨어진 나까지 느끼게 한다면 그냥 다가올 것이지, 그런 용기도 없이 무엇을 노리는 거냐.

하긴, 좋은 목표일 거다. 이곳 에페트리아에 있는 공작가는 단 넷. 그중 미혼의 아가씨가 있는 가문은 그동안은 카린네뿐이었다. 그러나 비록 쿼터라지만 일단은 엘프 처녀이다 보니 애초에 포기해야 했고, 그런 환경이고 보니 어느 날 갑자기 나타난 나란 존재에 희망을 느꼈겠지.

하지만 이 몸은 원래 저들이 감히 다가서지도 못했던—행패 부릴까 봐—바로 그 키르라이안. 카린보다 더욱더 먼 존재란 것을 미리 깨달았으면 하는 마음도 있다.

뭐, 어쨌든 저들의 사정은 저들의 몫. 내가 따로 신경 쓸 필요조차 없는 일이다. 지금 내게 중요한 것은 어떻게든 이 상황을 벗어나야 한다는 사실이다.

한시라도 빨리 남자로 돌아갈 방법을 찾기 위해 일단 드래곤부터 찾아가는 것을 목적으로 그 방면에 대해 조사해야 하건만, 아직 1단계 사전 드래곤 조사라는 작업도 채 못 끝내놓고는 이렇게 밤마다 체력 소모, 정신력 낭비가 극심한 파티나 들러야 하는 내 팔자가 서러워진다. 제발 의문의 납치범들아, 뭘 그렇게 꿈지럭대고 있냐. 여기 이렇게 대놓고 나돌아 다니는 양갓집 규수가 있지 않느냐. 빨리빨리 납치하러 오라고. 물론 그 규수는 바로 나.

처음 입장할 때 에스코트는 아버지가 해준다지만 일단 들어서고 나면 아버지는 아버지대로 이런저런 사람들과 인사하며 사교에 바쁘다는 이유로 딸은 팽개쳐 버린다. 그리고 나 역시 나름대로 파티를 즐기다가 밤이 깊어질 무렵, 잠이 온다는 핑계를 대며 아버지와는 따로 집에 돌아간다.

경비는 시종 루사인과 집안의 호위무사 네다섯 정도. 요즘 시기가 뒤숭숭해서 각 가문에서 자신의 아가씨에게 붙이는 경호가 열댓 명이라는 수에 비하면 한참이나 적지 않은가.

그리고 당연하게 이것은 모두 짜여진 각본. 내가 직접 납치를 당하기 위해 던져진 미끼이니 저쪽이 나를 목표로 결정하는 데 전혀 불편함이 없게 아주 그냥 차려진 밥상인데 어째서 망설이는 것이냐. 우리 좋게 좋게 후딱 끝내자. 제발.

그리고 문득 내 머리를 스치고 지나가는 게 있었다.

"혹시 설마… 호위가 너무 적어서 혹시 의심하는 건가? 역시 다른 사람들과 차별을 두지 말았어야 하나."

완벽한 계획이 어쩌면 처음부터 잘못된 것은 아닌가 의문이 들기 시작하며 나도 모르게 중얼거릴 때였다. 갑자기 가까이에서 낯선 인기척이 느껴졌다.

"무슨 차별 말입니까?"

"으, 으헤에엑?!"

물론 난 기괴한 비명을 지르며 놀랐다.

"아, 저… 놀라셨습니까? 죄송합니다. 나름대로 신경 쓰지 않게 조용히 다가온다는 것이 오히려 역효과가 되었군요."

굉장히 미안해하며 쓴웃음을 지으며 사과하는 녀석은 문제의 그놈. 카린이 러브러브하여 졸지에 날 발끈하게 만든 바로 그 녀석이었다.

그런데 이놈, 사과한다는 게 도무지 사과 같질 않다. 이, 이 자식아, 놀라는 게 당연하잖아, 혼자 무언가를 골똘히 생각하는데 슬금슬금 다가와서 놀래기 놀이하는 것도 아니고!

아니, 가만. 평소에 난 아무리 무언가에 집중했다 하더라도 주의를 소홀히 하지 않는데. 실버 나이트의 일원으로 언제 다가올지 모를 위험에 대비하기 위해 늘 긴장된 생활을 해왔단 말이다. 이런 내가 눈치 채지 못할 정도로 기척을 죽이고 다가오다니. 이놈 완전히 프로가 아닌가? 이 자식, 대체 뭐지?

"그러니까… 거스틴 남작의 둘째 아들?"

"플루토입니다."

아, 그래. 그런 이름이었지.

그런데 이놈이 왜 이곳에 있는 거지? 오늘 이 파티는 뮬레이드 백작이 여는 연회이다. 내가 알기로 백작은 심각할 정도로 신분과 실력에 집착하는 자로 어디인지도 모를 시골 변방의 거스틴 남작, 그것도 둘째 아들인 플루토를 초대할 리가 없다는 사실이다.

"어떻게 여기에?"

나도 모르게 호기심에 못 이겨 묻자 내 질문의 의도를 눈치 챘는지 녀석은 쓴웃음을 지으며 대답했다.

"집안보다는 저 자신 때문에 초대된 것 같습니다. 왕립 루베르크 학원의 학생이니까요."

"아!"

그리고 나는 고개를 끄덕였다.

왕립 루베르크 학원이라면 한마디로 설명할 수 있다. 엘리트 코스.

왕국 최고의 교육 기관으로 학년당 정원은 보통 150명 내외. 각 분야에서 두각을 나타내는 천재들과 신분이 높은 집안의 자제들만이 입학의 자격을 얻는 이곳은 대학까지 모든 과정을 수료하고 사회에 나가게 되면 그 학교 출신이란 것만으로 높은 평가를 받게 된다. 이미 왕궁에서 일하는 수많은 공직자들이 이곳 출신이며 사회 곳곳의 요직 역시 이들이 독식하고 있다.

비록 신분이 낮은 자라 하더라도 졸업장을 받는 것과 동시에 종신 귀족의 지위까지도 얻을 수 있게 되는 곳이 바로 루베르크 학원이다. 루베르크의 학생이란 신분만으로 사교계에서 인정받는다. 그 정도로 영향력을 가진 학교이다. 그러니 녀석이 지금 이곳에 있는 것은 이해할 수 있었다.

그리고 그렇게 고개를 끄덕이다 문득 녀석의 존재가 다시 한 번 거슬리는 것을 느꼈다.

한 달 전 녀석을 처음 봤던 그때, 국왕 폐하의 후계자 이야기가 나왔다. 카린의 증언에 따르면 참으로 천재적인 재능을 가진 녀석이라 들었다.

무언가 시기가 너무도 잘 들어맞았다. 폐하의 후계자 선언과 그때 마침 왕립 학원에 편입해 온 천재라…….

녀석을 위아래로 훑어보았다. 검은 머리카락, 그리고 살짝 째진 눈매. 그러고 보니 왕족의 외모와 비슷하기도 하다. 설마 이 녀석이? 하지만 곧 난 고개를 저었다. 너무 잘 들어맞고 있다. 그렇기에 더욱 의심을 풀어버릴 수밖에 없었다.

전에도 말했지만 왕가는 참으로 교활하단 말이다. 이렇게 쉽게 눈에 띌 거라면 국왕이 그리도 자신있게 찾아보라고 제안하지도 않았을 것이다.

그러니 녀석은 절대 아니다. 그리고 무엇보다 녀석이 왕자라는 것을 이 내가 용납할 수 없었다. 이딴 녀석이 다음 대 왕이라면 참으로 실망이지. 암, 암, 그렇고말고. 겨우 마법에 좀 소질있고, 그걸로 왕립학교에 들어왔다는 것밖에 내세울 게 없잖아.

그러니까 카린이 녀석에게 반해 있어서 싫은 게 아니다. 절대로 아니다. 설마 그런 이유로 싫어할까. 설마…….

가만, 강한 부정은 긍정이라 했는데…….

에라, 모르겠다. 뭐, 어쨌든 그러니까 결론은 녀석이 왕립학교 학생이란 것만으로 이런 파티의 초대권을 손에 넣을 수 있다는 게 왕립학교 학생증의 힘이 대단하다는 것을 보여주는 것이다.

그리고 거기까지 생각했을 때, 문득 내 머리를 스치고 지나가는 의문이 하나 생겼다.

"그러고 보니 괜히 아버지한테 에스코트하라고 할 것 없이 루사인하고 와도 됐잖아, 그럼. 그 녀석도 루베르크 학생이니까."

그렇다. 저런 녀석도 올 수 있는 파티이다. 천재들이 모였다는 왕립학교에서도 늘 주목받는, 이미 국왕의 실버 나이트 입단 권유를 세 번이나 받은 루사인이라면 자격이 넘치고도 남는단 말이다.

갑자기 지금까지 아버지의 에스코트를 받기 위해 영감탱이의 취향에 맞춰 몇 번이고 드레스를 갈아입었던 기억이 떠올라 분노가 치밀기 시작했다. 아버지가 아니면 프리츠와 입장해야 한다는 협박 아닌 협박에 어쩔 수 없이 맞춰줬다지만, 루사인과 입장해도 되는 거면 더 이상 망설일 게 없지 않은가.

솔직히 루사인이야 어차피 내 옆에서 이런저런 시중 다 들어주는 녀석이니 에스코트를 받는다 해도 전혀 신경 쓰이지 않는다. 이 점이 프리츠와는 다른 점이랄까.

"루사인이라면… 키르라이안님과 함께 다니던 그 시종 말인가요. 요즘은 세라님의 시중을 들어주는 것 같던데."

나의 혼잣말에 플루토가 아는 척하며 나섰다. 하지만 내 눈치가 백단이다. 녀석이 저렇게 시치미 떼고 나선다 해서 나한테 통할 게 아니다.

"뭐야. 내가 그 키르라이안이란 거, 이미 알고 있을 거 아냐? 학교에 공공연한 비밀이잖아. 물론 그걸 학교 밖으로 퍼뜨렸다간 무슨 일이 벌어질지 각오하라고 해놨으니 감히 소문 낼 사람은 없겠지만."

"뭐… 정말 무섭도록 지켜지고 있더라고. 성밖의 사람들은 진짜 아무도 모르던걸, 키르라이안과 세라의 관계를."

인상 쓰고 낮은 목소리로 묻자 플루토는 여전히 능글맞은 웃음을 지으며 역시나 낮은 목소리로 대답했다. 물론 내 질문에 한순간에 태도가 바뀌어 어느새 깎듯이 쓰던 경어까지 말끔히 사라졌다는 것은 따로 설명하지 않아도 알 것이다.

"알면서 모른 척 다가온 이유가 뭐야?"

"그냥 호기심이랄까. 어느 날 갑자기 여자가 되어 학교에 등교하더니, 갑자기 느껴지는 그 마법의 기운. 마법사로서 상당히 연구하고 싶어지잖아?"

아주 그냥 뻔뻔하게 말하고 있다. 대놓고 사람을 무슨 실험용 샘플 정도로 취급하다니. 그러면서도 계속되는 저 능글맞은 웃음. 네가 그렇게 웃고 있어도 진짜 웃는 게 아니란 것 이미 눈치 챘는데도 계속 웃고 있는 거냐?

하지만 지금 아무리 녀석이 이렇게 접근해 온다 해도 나는 녀석에게 신경 쓸 여유가 없다. 지금 당장이라도 할 일이 많단 말이다.

"연구고 뭐고 사람 귀찮게 하지 마. 알다시피 내가 원래는 키르라이안이라서 말이야, 내 원래의 몸으로 돌아가기 위해서라도 드래곤에 대해 조사하느라 바쁘다고."

"드래곤? 드래곤이 무슨 상관인데, 갑자기?"

"몰라. 설명하자면 길고, 설명할 생각도 없어."

귀찮은 장사꾼 몰아내듯 손을 저으며 '훠이 훠이' 소리도 내며 녀석을 몰아내려 할 때 플루토는 무언가 생각하더니 바로 내게 물었다.

"흐음, 드래곤이라……. 혹시 남부 지방은 조사해 본 거야?"

"엥? 남부?"

"아, 그쪽은 이미 끝냈으려나? 하긴, 건국왕 전기와도 관련된 곳이니 워낙에 유명해서 따로 언급할 필요도 없지. 흠… 드래곤이라……."

혼자 묻고 혼자 대답하고는 다시 무언가 깊이 생각에 잠긴 모습이었다. 그리고 나 역시 녀석만큼이나 생각에 잠겨 버렸다.

남부… 남부라……. 건국왕 전기? 워낙에 유명? 가만, 그러고 보니 건국왕과 드래곤이 뭔가 관련이 있었던 것 같기도 하고… 에… 그러니까… 내가 워낙에 역사엔 관심이 없어서 전혀 신경을 쓰질 않았는데… 역시… 그런 건가.

모르겠다.

"그러니까… 건국왕 폐하가 드래곤하고 뭔가 맹약을 했다 그거지? 그런데 그게 남부? 남부 지방이었던 건가……."

문득 조각조각이지만 조금씩 기억나는 게 있어 플루토를 향해 묻자, 녀석의 얼굴이 점차로 기가 막혀 말도 안 나온다는 표정으로 변해갔다.

"저기, 설마 그 질문은 지금까지… 건국신화도 제대로 모르고 살았다고 말하는 건가, 지금?"

"뭐, 어때. 그런 거 모른다고 먹고살기 어려운 것도 아니잖아?"

"아니, 너, 일단은 왕족으로……."

"아, 몰라. 사소한 건 넘어가. 그래… 남부. 남부란 말이지? 뭐, 자세한 건 집에 가서 알아봐야겠네."

그래, 건국왕 전설의 드래곤이라……. 솔직히 지금까지 제대로 된 드래곤의 정보를 구할 수가 없었는데 역사에 기록된 정도라면 믿을 만하겠지. 거기서부터 알아보면 된다 이거로군.

어이가 없어 허탈한 표정으로 나를 바라보는 플루토를 뒤로하고 나는 오늘도 역시나 화려한 드레스를 펄럭이며 홀을 가로질렀다.

"루사인, 돌아가자. 중요한 단서를 찾아냈어."

어느새 밖으로 나온 나를 발견하고 곁으로 다가온 루사인을 향해 명령하자 녀석은 조금 놀란 표정을 지으면서도 침착하게 물었다.

"납치 사건에 대해서 말입니까?"

"전혀. 드래곤에 대해서."

그럴 줄 알았다며 한숨을 쉬는 녀석을 뒤로하고 내가 나오는 것과 동시에 문 앞에 대기한 마차에 올라탔다. 그리고 마차는 어두운 밤 골목을 가로지르며 우리 집을 향했다.

히히히힝!!

"캑!!"

데구루루! 데굴데굴!

한참을 달리던 중, 갑자기 마차가 덜컹거리며 급정거를 했다. 사륜마차를 가볍게 끌던 말들의 괴로운 울음소리가 밤의 정적을 갈랐다. 난 갑작스런 급정차로 마차 바닥에 그대로 엎어졌던 자세를 바로잡기 위해 안간힘을 쓰며—드레스에 휩싸여 도무지 어려웠다—짜증을 섞어 투덜거렸다.

"아, 뭐야, 진짜? 바빠 죽겠는데 무슨 일이야? 바퀴라도 나간 건가?"

별생각없이 중얼거리는 나완 달리 루사인은 긴장이 가득한 눈으로 마차의 창문을 살짝 열어 밖의 상황을 살폈다. 그리고 그런 루사인의 기척을 느낀 밖의 호위무사가 차가운 목소리로 설명했다.

"소문의… 납치범들이 등장한 것 같습니다."

그리고 나 역시 호위무사의 말이 끝나기 전부터 느껴지는 낯선 기척에 몸을 긴장시켰다. 그래, 그렇게 기다리게 만들더니 드디어 등장이라 이거구나.

그런데 왜 하필 지금이니? 어제 그제 그렇게 한가하고 널널할 땐 제발 와달라고 염불을 해도 무시하더니 왜 하필 이 바쁜 와중에 등장이냐고!! 나 집에 가야 한다고! 한시라도 빨리 남부 전설에 대해 알아봐야 한단 말이다!!

너네, 자수해라. 짰지? 내가 남자로 되돌아가지 못하게 하는 암묵적인 집단하고 손이라도 잡은 거냐?! 물론 그 악의 총수가 아버지라 해도 충분히 납득하겠다만 어쨌든!!

타이밍이 너무 딱이잖아!! 뭐야! 지금까지 탄탄대로를 달리던 나 키르라이안의 인생이 언제부터 이렇게 세상에 버림받게 된 거냐!!

라고 절규해 봤자 지금은 어쨌든, 그러니까 위기?!

납치범들에 대해 짜여진 계획은 간단하다. 미끼가 될 정도로 허술해 보이는 호위와 함께, 적이 속아 넘어오면 그때부터 본격적으로 나간다.

물론 공격이 아니라 도주다. 조금 맞서다가 눈치 봐서 도망치는 척하면 놈들은 따라오게 된다. 그렇게 되면 우리 집으로 가는 길목 중 콘스탄틴들이 각자 퍼져 있는 포인트를 골라 가장 가까운 곳까지 도망친 뒤 적당히 몸을 숨기면 된다.

녀석들은 우리를 찾아 조금 주변을 뒤지다 헤맬 것이고, 너무 오랜 시간을 쓸 수야 없을 테니 각자 어딘가로 돌아갈 거다. 그리고 절반 이상의 확률로 그들이 가는 곳은 놈들의 소굴일 거다. 물론 그들이 돌아갈 때 콘스탄틴들이 미행하는 것은 기본.

그렇게 해서 납치된 소녀들을 구출하고 놈들의 정체에 대해 알아내는 것이 일단의 목표다.

이쪽에야 나와 루사인이 있고, 비록 수는 적다만 호위무사들 역시 집안에서 특별히 키워놓은 아버지의 심복들이니 딱히 도주가 아니라 추격도 가능할 멤버이다. 하지만 완벽한 마무리를 위해서라면 발톱을 숨겨야겠지. 그것이 내가 이놈의 본인 의사 완전 무시한 계획에서 가장 손쉽게 빠져나갈 수 있는 길이니까.

"하나, 둘… 열 명쯤? 생각보다 적은데?"

마차 안에서 조용히 신경을 세우며 밖에서 느껴지는 기척의 수를 세던 난 고개를 갸웃거렸다. 솔직히 귀족 집안의 소녀들이 납치되었다는 점과 그녀들의 호위무사의 수가 상당했다는 것을 들었을 때, 적어도 녀석들이 스무 명 이상은 될 거라 생각했었다. 물론 그 정도의 큰 숫자가 밤에 돌아다닌다면 꽤 눈에 띄겠지만 파티에서 돌아가는 사람들 사이에 은근슬쩍 끼어든다면 그렇게 문제될 것도 아니기에 적은 숫자는 아닐 거라 예상한 것이다.

예상을 한참이나 미치지 못하는 절반 정도의 숫자라는 것은, 즉 저들 하나하나가 수준 이상의 실력을 가지고 있다는 것이다. 뭐, 그렇지 않고서야 감히 일곱이나 되는 귀족 아가씨들을 납치할 수도 없었겠지.

“대체 어떻게 생겼는지 얼굴이나 보자.”

문득 궁금함에 창밖을 주시하는 루사인을 밀어내고 슬쩍 밖의 상황을 보았다.

예상했던 대로 많지 않은 숫자지만 마차를 둘러싸고 조금씩 다가오는 녀석들은 모두 하나같이 똑같은 모양의 검은색 망토를 둘러쓰고 있었다. 물론 후두까지 깊게 뒤집어쓴 모습이 뭐랄까, 한마디로 말하자면 무슨 이상 마법 종교 집단의 비밀결사대 같은 분위기? 그냥 보기만 해도 음산한 분위기가 풀풀 풍기는 것이 아무래도 그쪽 같은데…….

게다가 황당한 건 모두 허리춤에 손을 대고 있는 것이, 더 설명할 것도 없는 검을 잡은 자세이다. 저렇게 전신을 깊게 감싸는 망토와 후두를 뒤집어쓰고 감히 일당백, 백전노장의 정예 부대인 우리 집 호위들과 맞서겠다는 것인가? 보통 저런 망토 두르면 마법사 종류 아니었나?

검을 쓰는 자가 할 복장은 심히 아니라지만…….

좋지 않은 예감이 든다. 당연하겠지만서도 마음에 걸리는 것은 역시나 분위기. 아무리 봐도 무슨 비밀결사대다, 그것도 상당히 마이너한 종교나 주술 집단. 그렇다는 것은 설마 지금까지 납치해 간 소녀들이 떳떳하지 못할 비밀 의식 같은 거에 산 제물로 바쳐졌다거나 하는 것은 아니겠지? 진짜 설마다.

생각해 보니 귀족 소녀 하면 딱 떠오르는 이미지가 있다. 더 말할 것도 없는 고귀한 피가 흐르는 순결한 처녀. 산 제물의 최적의 조건이 아닌가. 그리고 덧붙이자면 공작가의 아가씨이며 왕가의 피가 흐르는 나는 그야말로 그 방면에 있어 최상등품?

"루사인, 콘스탄틴들이 대기하고 있는 가장 가까운 포인트가 어디지?"

"저쪽 대로로 나가 마차로 쭉 3분쯤 달리면 나오는 골목 지점입니다."

"그럼 최대한 전속력으로 달리라고 전해. 왠지 느낌이 엄청나게 안 좋아."

머리가 나쁜 만큼 본능으로 움직이는 나다. 느낌이 좋지 않을 땐 피하는 게 상책. 그것이 지금까지 내가 살아온 길이고, 루사인도 나의 본능적인 점만은 크게 인정하고 있다.

루사인은 내 말이 끝나는 것과 동시에 밖의 호위무사들에게 전했고, 무사들은 시키는 대로 얌전히 마차를 달렸다. 아니, 달리려 했다. 문제는 분명히 달려야 할 마차는 가만 서 있고, 갑자기 검과 검이 부딪치는 소리가 내 귀에 들려왔다는 사실이다.

휘익! 퍽!

"크악!!"

"제길, 저 자식들이!!"

퍼억! 푹! 서걱서걱!

"으, 으악!!"

호기심은 고양이를 죽인다 했다. 본능은 이 자리를 떠야 한다고 외치지만 너무나도 궁금한 나머지 루사인이 보고 있는 창의 반대쪽을 살짝 열어 밖의 상황을 주시했다.

예상했던 대로 검은 망토들과 우리 집 호위무사들의 전투가 시작됐다. 바닥에 피를 흘리며 쓰러진 마부가 보이는 것으로 보아 우리가 다시 마차를 움직일 기세를 보이자 마부부터 친 모양이다. 움찔거리며 피를 흘리는 가슴에 단검이 박혀 있는 것을 보니 한 번에 당한 것 같았다.

역시 보통이 아닌 놈들이었다. 마차를 출발하려 할 때 저들과의 거리가 그리 가깝지 않았다는 것을 생각하면 저 단검은 던진 것이 분명하다. 즉 그 한순간에 심장에 정확히 날렸다는 소리겠지.

서걱! 휙! 챙! 챙!

푹! 챙! 챙! 푸악!

놈들은 둘씩 나뉘어져 호위무사들을 공격하고 있었다. 장담하건대 우리 집 호위들의 실력은 용병으로 치자면 1급, 아니, 어쩌면 그 이상이다. 왕족이자 공작인 아버지를 곁에서 지키는 자들인 것이다. 이번에야 계획 때문에 내 호위로 왔다지만 결코 어디서도 지고 돌아오지 않을 실력을 가지고 있는 사람들이다.

그럼에도 우리 집 호위무사들이 망토들에게 눈에 띄게 밀리고 있었다. 물론 저들이 둘이고 이쪽이 하나라는 수적 열세가 있다지만, 그 점을 감안하더라도 막상막하이다. 일개 용병이나 범죄 집단의 실력이 아니었다. 하물며 이상한 주술을 쓰는 단체의 실력도 아닐 것이다. 그렇다는 것은, 즉 그 뒤에 커다란 세력이 버티고 있다는 것이겠지.

그러고 보니 폐하께서 처음에 말했었다. 짐작이 가는 곳이 있다고. 폐하의 심기를 거스르며 실버 나이트까지 나선다는 것은, 설마 이거 국제 문제로 넘어가는 것인가? 저들이 모두 타국의 기사라거나 한다면 정말 위험하다.

"제가 나가 마차를 몰겠습니다. 안에 계세요."

이미 나와 같은 결론을 내렸는지 루사인의 표정이 다급해졌다.

"조심해. 보통이 아니야."

"도련님이나 혹시 모를 상황에 대비해 긴장하고 있으세요."

끝까지 한마디도 지지 않고 꼬박꼬박 대답하며 마차의 문을 열고 나간 루사인은 가볍게 몸을 날려 마부석에 앉았다. 루사인이 말의 고삐를 잡는 것을 확인한 난 마차의 의자 속에 밀어 넣었던 검을 꺼내 들었다. 혹시 모를 일을 대비해 비상용으로 준비해 둔 검이 오늘따라 듬직해 보였다.

챙! 챙! 챙! 차앙!

카앙! 휙!

주변의 칼부림 속에서 루사인은 가차없이 말의 고삐를 당겼고, 네 마리의 말이 끄는 마차는 말울음 소리와 함께 달리기 시작했다. 이대로 콘스탄틴들이 있는 포인트까지만 가면 어떻게든 우리의 일은 끝난다고 생각할 때였다.

이히히히히힝!! 푸르륵!

찢어지는 말들의 비명 소리와 함께 다시 한 번 마차가 급정거했다.

"으아악!"

데굴데굴, 쿵!!

"아야야! 아으!"

방심하고 있던 만큼 그대로 마차 바닥에 내동댕이쳐진 난 급히 무슨 일이 벌어졌는지에 대해 알기 위해 마차 밖에 신경을 집중했다. 마차의 벽을 기대고 안과 밖에서 서로 등을 맞대고 있는 루사인의 숨소리가 느껴질 정도로 긴장하자 주변의 칼부림과는 다르게 마차의 정면에 홀로 서 있는 자의 인기척을 느낄 수 있었다.

내 본능이 단언하건대, 그자가 우두머리였다. 풍겨지는 위험한 느낌의 정도가 그만큼 달랐다.

"과연 공작가. 지금까지의 가문들은 이쯤 되면 호위들을 모두 송장으로 치우고 여유있게 아가씨를 훔쳐 갈 수 있었을 텐데. 수는 적더라도 최정예로군.”

음성 변조 마법이라도 사용한 듯 기괴할 정도로 낮은 목소리에서 확실히 느낄 수 있는 남부의 억양. 남부라 하면 생각할 수 있는 게 하나 있다. 남부의 산맥을 국경으로 하는 국가, 크라노. 국민의 90%가 민간 주술의 혈통을 이어가고 있는 곳이니 저런 옷차림을 감안해도 역시 그곳밖에 없다.

스르릉!

맑은 소리를 내며 루사인이 검을 꺼내 들었다. 분명 음산한 목소리의 그놈과 한판 벌이려는 거겠지. 녀석의 존재감이 상당히 강한 것이 결코 만만치 않은 놈이란 걸 못 느끼진 않았을 테니 그건 아마도 내가 도망치기 위해 시간을 벌려는 수작일 것이고.

하지만 말이다, 루사인이 저렇게 나서지 않더라도 누차 말하지만 이 몸은 실버 나이트다. 이런 상황에서 도망치는 것은 내 자존심이 용납하지 않는단 말이다!! 조금 계획이 어긋나겠지만 내가 나서주는 게 좋을 상황이다. 나와 루사인이 각각 몇 명씩 맡는다 치면 나머지가 조금 수월해질 테니까. 그리고 나서 도망치는 놈들을 추격하면 처음 계획한 것과 크게 달라질 것도 없다.

“어라? 뭐지?”

검을 들고 마차 밖으로 나서려던 난 조금 이상한 느낌에 멈칫했다. 이상하게 몸이 움직이는 게 부자연스러웠다. 뻑뻑하고 영 불편한 것이 드레스 탓만은 아니었다. 그리고 그건 루사인도 마찬가지였던 듯 검을 빼어 든 후 미적거리며 눈앞의 녀석을 향해 달려들질 않고 있었다. 평소의 루사인 이라면 검을 빼어 들고 동시에 끝을 냈을 텐데. 아무래도 이상했다.

"큭큭큭, 과연. 이제야 약 기운이 도는 것인가."

적어도 나는 마차 안에 있으니 내가 무엇을 하는지 모를 테고, 그렇다면 저 말은 움직이기를 고민하는 루사인을 향한 것.

그런데 약 기운? 지금 몸을 움직이는 게 거치적거리는 이 느낌이 약에 의한 거라고? 뭔가 그런 유를 먹은 기억이 없는데? 먹은 거라곤 음식이 엄중히 걸러져 나오는 파티장 안에서 주워 먹은 몇 가지뿐. 파티엔 들어오지도 않은 루사인까지 약 기운이 돈다면 다른 때… 라는 소리인데?

털썩! 털썩!

나의 의문에 답이라도 하듯 갑자기 우리 집안의 호위무사들이 하나둘 거리에 쓰러졌다. 그냥 정신을 잃고 쓰러지는 게 아니라 눈 멀쩡히 뜨고 다리부터 힘이 풀려 주저앉아 버리는 모습을 보니 장담할 수 있었다.

마비 효과. 온몸이 마비되어 버리는 이 현상은 이해할 수 있었다. 그렇다면 이제 남은 의문은 대체 언제, 어떻게 마비제가 우리들의 몸에 들어왔냐 이거다.

그리고 대답은 승세가 기울어 의기양양해진 저쪽의 음산한 망토 놈이 해줬다.

"큭큭큭, 설마 하니 칼을 쓰며 움직여야 할 판에 이 불편한 망토를 쓰고 있는 게 무슨 다른 의미가 있었을 거라 생각했나? 이 주변엔 이미 엄청난 양의 마취제가 뿌려져 있고, 그것은 맨살을 통해 흡수된다. 전신을 망토로 감싸고, 그 안에도 긴 옷들로 무장한 우리에게만 통하지 않는 강력한 무기지."

하아? 뭐야. 그럼 저 망토들의 정체가 무슨 주술 집단의 비밀결사대 같은 게 아니었단 말이야? 아, 실망. 대실망… 을 하고 있을 때가 아니잖아. 지금?!

위기도 대위기다. 보통 위기가 아닌 것이다. 설마 하니 그런 정체불명의 약품까지 쓸 줄은 전혀 몰랐단 말이다. 하아! 그러니 지금까지 귀족가의 호위들이 그렇게 쉽게들 당한 거였군. 예상치 못한 복병이다, 진짜.

"하? 이쪽 꼬마는 여전히 서 있군 그래? 과연 공작가의 심복이다 이건가?"

이건 장담컨대 루사인을 향해 하는 말이다. 뭐, 보통 녀석이 아니긴 하지. 폐하가 침 흘릴 정도의 인재니까. 물론 나 역시 아직까지는 움직일 만하다. 저기 쓰러져 있는 호위 녀석들과 동급으로 보는 것은 실례란 말이다.

하지만 나의 여유는 순식간에 사라졌다. 몸이 마비가 되어버리는 이 상황에서 둘러싸고 있는 건 적들뿐. 어떻게 해야 잘 빠져나갈까 고민하던 난 저들이 갑자기 쓰러지는 우리 집 호위무사들을 향해 무참히 검을 찔러대는 모습을 보고야 말았다.

푹! 푹!

"으… 윽!"

"크아아악!"

푸칵! 푹! 서걱서걱!

그냥 마비 약만 쓰는 게 아니다. 저들은 착실히 지금의 상황을 증언할 자들을 죽이고 있는 것이다. 그렇지 않고선 다음에 같은 수법을 쓸 수 없으니까!!

나는 급한 마음에 마차 문을 열고 있는 힘껏 외쳤다. 스스로가 미끼가 되기 위해 검은 포기했다.

"루사인, 도망가!!"

그리고 마차에서 뛰어내려 둘러싸고 있는 녀석들 중 가장 허술한 곳을 찾아 달렸다. 나의 갑작스런 행동에 녀석들은 당황했는지 급히 내 쪽으로 몰려들기 시작했다.

펄럭펄럭! 나풀나풀!

아, 정말 이 드레스, 너무 불편하다. 안 그래도 몸이 말을 듣지 않는데, 한번 움직일 때마다 폭이 넓게 퍼진 드레스와 속에 받쳐 입은 페티코트, 속치마 등이 원심력을 이용해 가속도까지 붙이며 펄럭이고 있으니 여간 힘든 게 아니다.

"잡아!"

"놓치지 마!"

휙! 휙!

휘리릭! 쉭!

양갓집 아가씨답지 않게 날렵한 움직임으로 망토 집단들의 손아귀에 잡히지 않고 요리조리 피하는 내 모습에 녀석들은 짜증을 내며 계속 포위망을 좁히고 있었다. 물론 바라던 바다. 이렇게 내 쪽으로 다가올수록 루사인의 도주가 쉬워질 테니까.

치마를 펄럭대며 다가오는 녀석들을 피하던 난 내 명령이 내려졌음에도 불구하고 여전히 망설이는 루사인을 향해 다시 한 번 외쳤다.

"어서 도망가란 말이야!! 이 상황에서 뭘 더 생각하는데!!"

귀족가 아가씨들이 납치된 자리엔 언제나 호위들의 시체가 즐비했다 한다. 납치를 한다는 것은 필요하니까 어딘가로 데려가는 것이겠지. 그런 고로 지금 이 자리에서 위험한 건 내가 아니라 루사인이다. 나는 나중에 어찌 될지 모르더라도 일단 지금 이 자리에선 살아남겠지만 루사인은 당장 죽이려 할 테니까.

지금에 있어 가장 최선은 루사인이 도망쳐 콘스탄틴들에게 이 사실을 알리는 것이다. 머리 좋은 저 녀석이 그걸 모를 리가 없다.

"으아~!! 제기랄! 뭐 하다 일이 이렇게 꼬이는 거야!! 재수

옴 붙었어, 진짜!!"

도무지 예쁘게 차려입은 귀족 아가씨—그것도 지체 높은 공작가의 공녀님—의 입에서 나오기엔 무리가 있는 언어를 구사하며 외치자 망토들 주제에 당황했는지 멈칫했다.

퍽! 휙!!

그 순간을 놓칠 리 없는 난 바로 가까이의 녀석에게 있는 힘껏 일격을 가하며 녀석의 검을 빼앗았다.

"훗, 후훗, 검 하나 겟~ 너네 다 죽었어!"

마차에서 나올 땐 녀석들의 시선을 뺏고 방심시키기 위해 검을 두고 나왔다지만 이젠 칼도 들었겠다, 겁날 게 없다. 아니, 뭐, 옷도 좀 불편하고 무엇보다 점차로 움직임이 둔해져 가는 게 심하게 거슬리긴 하다만 아직은 움직일 만하다.

내가 칼까지 챙겨 쥔 것을 본 루사인은 드디어 결심했는지 뽑아 들고 있던 검을 제대로 고쳐 쥐며 앞을 향해 달렸다. 마차의 앞에 서 있던 음산한 놈이 갑작스러운 루사인의 움직임에 당황하며 급히 칼을 뽑았다.

스릉! 차앙! 챙! 챙! 챙!

카앙! 챙! 챙!

집안의 호위무사들이 모두 쓰러진 와중에 아직까지 저리 움직이는 루사인을 보며 보통이 아니란 것쯤은 이미 눈치 챘을 것이다. 하지만 아무리 몸이 말을 듣지 않는다 해도 작정하고 달려드는 루사인의 움직임을 따라잡을 수 있는 자는 장담컨대 몇 손가락 안에 든다. 루사인은 녀석들의 실력으로 막을 수 있는 상대가 아니다.

녀석이 긴장하며 자신에게 달려드는 루사인을 향해 검을 세워 방어 자세를 취했지만 애석하게도—어쩌면 녀석에겐 목숨을 건져 다행일지 모른지만—무시당했다. 루사인은 갑자기 방향을 틀어 그 음산한 놈을 가볍게 제치고 달리기 시작했고, 순식간에 저 멀리까지 달려 사라졌다.

"쳇, 제길."

그리고 루사인의 기습에 당황하던 녀석은 멍하니 루사인의 뒷모습만 바라보다 나를 둘러싸고 있던 망토들을 향해 소리쳤다.

"4번, 5번! 쫓아라!! 그리고 나머지는 그 계집이나 어서 붙잡아!!"

번호로 부르는 건가. 참 간단하면서도 성의없는 작명이다. 뭐, 사소한 건 치운다 하고, 지금 짚고 넘어갈 것이… 그러니까… 뭐라 했냐. 그 계집이나? 지금 감히 내게 대고 '계집이나' 라고 했겠다?

다시 강조하지만 나로 말할 것 같으면 사대공작가 중 하나인 페르나슈 공작가의 유일한 후계자이며 또한 왕족이다. 전쟁 중에 적군에게 사로잡힌다 해도 몸값 때문에라도 충분히 대우를 받을 수 있는 신분이란 말이다! 그런 나를, 아무리 정체가 불분명한 적이라지만 저렇게 함부로 말한다?

"감히 누구한테 함부로 말하는 거야! 아주 예의라곤 찾아볼 수도 없는 놈들이네!"

있는 대로 성질을 부리며 소리치긴 했지만 상황이 좋지 않았다.

솔직히 말해 몸이 점차로 움직이기가 어려워졌다. 마비 효과가 제대로 나기 시작한 모양이었다. 루사인이 도망치기 편하게 하려면 조금이라도 이들을 더 붙잡아야 하는데 이런 상태라면 상당히 위험하다.

조금 긴 심호흡을 하고 우선 가장 허술해 보이는 녀석을 향해 있는 힘껏 땅을 차며 한걸음에 달려들었다. 계속 피하기만 하던 내가 가까이 올 거라곤 차마 생각 못했는지 당황하는 모습이 역력했다. 그리고 녀석의 방심을 놓칠 내가 아니었다.

쉭! 서걱!

그대로 녀석을 향해 칼을 휘두르고 뒤돌아서서 급히 내 뒤를 따라 뛰던 다른 망토 녀석들을 향해 검을 세우며 집중했다.

이미 칼질을 끝낸 녀석에게 등을 보이는 꼴이 되었지만 신경 쓰지 않았다. 칼끝을 통해 손으로 전해진 감촉. 베었다. 그것도 녀석이 더는 일어날 수 없을 거라 확신할 수 있을 정도로 완벽하게 베었다.

털썩! 쿵!

아니나 다를까, 등 뒤에서 둔탁한 소리를 내며 바닥에 쓰러지는 소리가 들렸다.

"뭐, 뭐야!!"

기대했던 대로 녀석들이 당황하며 소리치는 외침이 귓가를 울렸다. 하긴 이렇게 치렁치렁한 드레스 입은 양갓집 규수가 온몸이 마비되는 약인지 뭔지 알 수 없는 것에까지 노출되어 버린 상황에서 이렇게 칼 들고 설치는데, 그것도 기가 막힐 정도로 빠르게 움직이며 자기 편 하나가 죽어나간 상황이 되었으니 나라도 몰랐다면 매우 놀랐을 거다.

"이 동네는 귀한 집 아가씨도 검을 배우는 사람이 있다더니 그쪽이 그런 거였나?

여전히 마차 근처에서 떠날 줄 모르던 그 음산한 목소리의 주인이 분한 듯 이를 갈며 중얼거렸다.

그가 말하는 대로 검을 배우는 아가씨들이 상당수 있으니 부정은 않겠다. 그 아가씨들이 나 정도로 검을 다룰 수 있느냐에 대해선 부정적인 답변이 나오겠다만. 저런 식으로 말을 하는 걸 봐선 역시 예상하던 대로 국내의 인물은 아니다. 그렇다면 역시 크라노 쪽일까? 하지만 왜? 왜 갑자기 이런 식으로 일을 벌이는 거지?

뭐, 의문에 대한 답은 나중에. 나는 몸으로 때우는 타입이다. 이런 식으로 단서들을 찾아가면 그걸 종합해서 정리하는 건 머리 굴리는 쪽에서 알아서 해줄 텐데 괜히 머리 아프게 사서 고민할 필요 없다.

"말로만 떠들지 말고 막아보시지? 그렇게 서서 멀뚱히 바라본다고 내가 얌전히 잡힐 것… 어, 어라? 어라라?"

풀썩!

의기양양하게 녀석들을 향해 비아냥거리던 난 갑자기 다리에 힘이 빠지며 그대로 주저앉아 버렸다. 아, 잊고 있었다. 녀석들의 이상한 약. 그러고 보니 몸이 계속 마비되어 가고 있었지, 참. 오래 버티기 힘들 것 같았는데 역시 완전히 마비되어 버렸나 보네.

…라고 멍하니 중얼거릴 때가 아니다!!

스릉! 척!

그대로 긴장하며 고개를 들자 어느새 망토 녀석들은 내게 칼을 겨누며 다가와 포위했다.

"얌전히 잡혀 버리는군 그래, 페르나슈 공녀님."

목소리만으로 '재수없음'으로 찍혀 버린 음산한 그놈은 풀썩 주저앉은 나를 향해 비웃었다. 그리고 손짓하자 주변의 망토들이 나를 가볍게 들어올렸다.

"가자."

라는 한마디에 신속히 어두운 골목으로 들어서는 녀석들. 그리고 그들에게 덥석 끌려가는 나. 이거 그러니까… 지금이 바로 납치의 현장 바로 그것이지? 내가 바로 납치의 대상이 된 것이고?

이건 계획이 아니다. 내가 진짜로 납치가 되는 일에 대해선 전혀 생각지 못했단 말이다. 완전히 어긋나 버렸다. 뭐냐? 대체 뭐 하다 일이 이렇게 된 거냐!!

아니, 잠깐. 그러고 보니 내 곁에서 눈치 보며 호위하기로 한 카린하고 프리츠는 어딜 간 거야? 날 사지에 몰아놓고 설마 발 뻗고 자고 있다는 건 아니겠지, 지금?!

누구라도 좋다. 어서 구하러 오란 말이다!!

Chapter 10

절체절명의 위기, 탈출하라!!

"이거 놔! 말로 할 때 내려놓지 못해?!"

망토 녀석들에게 짐짝처럼 들린 채 난 있는 힘껏 발버둥치며 소리쳤다. 예상했던 대로 녀석들은 내게 위해를 가하지 않았다. 혹시라도 뭔 짓을 하려 했다면 처음 자신들의 동료가 내가 휘두른 단칼에 베였을 때 뭔가 저질렀겠지만 그 뒤로 몸이 완전히 마비돼 쓰러진 나를 그냥 어깨에 메고 달리기만 하는 걸 봐선 일단은 안심이다. 그런 이유로 나는 거리낄 것 없이 절대 눈치 안 보고 계속해서 소리쳤다.

"감히 누구 몸에 함부로 손을 대는 거야!! 이렇게 짐짝 취급당하고 가만있을 것 같아?!"

이왕 소리치는 거, 충분히 아가씨 모드에 몰입해서 최대한 고음으로 빽빽거리기로 작정하고 미친 듯이 외쳐 댔다. 몸이 움직이지 않으니 이런 방법밖에 할 것이 없지 않은가. 그러자 음산한 목소리의 녀석이 결국 치를 떨며 고개를 저었다.

"대체 무슨 아가씨가 이렇게 막 나가? 다른 계집들은 마차에서 끌어내자마자 얼어서 비명도 못 지르던데."

낮고 음산한 목소리에 떨림이 있는 게 지긋지긋해하는 감정이 이미 목소리에 담겨 있었다.

"그렇게 싫으면 내버려 두고 가던가! 왜 집에 잘 가는 사람 붙잡고 그러냐고! 이건 불가항력이야! 그러니까 내려놔!! 집에 갈래!! 이 손 놓지 못해!!"

다시 한 번 소리 지르기 2차전. 이쯤 되면 슬슬 깊은 잠에 들어 있는 동네 사람들이 깰 수도 있는 수위다. 그리고 물론 망토 녀석들이 그걸 모를 리 없다.

"안 되겠다. 재갈 물려!!"

"뭐, 뭐?! 야!! 아무리 그래도 그렇지, 곱게 모시지는 못할망정 재갈이라니!! 야, 야!! 우, 웁!! 우으우우우웁!!"

"하아, 이제야 조용하군. 대체 몸도 다 마비된 상태로 이 힘은 어디서 나오는 거야!!"

"우우우우우웁!!"

제길, 잘못 생각했다. 화풀이에 열중하다 보니 어느새 내 입엔 정체를 알 수 없는 천이 들어와 자리 잡아버렸다. 아, 이럴 줄 알았으면 그냥 얌전히 갈걸. 괜히 사서 고생하게 생겼네. 내 입을 막아놓고 정말 행복해하는 저놈, 두고 보자. 나중에 진짜 뒤통수 한 대라도 날리지 않으면 내가 키르라이안이 아니다.

그런데 참 구석구석 골목길을 잘도 뚫고 다닌다. 그러기를 한참. 이곳 토박이인 나도 잘못하면 헤맬 정도로 어두운 뒷골목을 달리던 녀석들은 드디어 목적지에 다다랐는지 달리는 속도를 늦췄다.

난 입에 재갈까지 물리고 마비 효과에 완전히 몸이 굳어버려 조금은 얌전해진 모습으로 고개를 들어보았다. 골목의 끝. 밤이라 어둡지만 대로로 나가는 길이 보였다.

그리고 그곳에서 나는 내 눈을 의심했다. 골목의 앞에는 커다란 사륜마차가 하나 서 있었다. 누가 봐도 알 수 있는 귀족의 마차. 뭐, 밤이고 파티가 있었으니 집에 돌아가던 귀족이 잠시 마차를 세웠다거나 그 외 여러 가지로 생각할 수 있다. 하지만 녀석들은 전혀 망설이지 않고 마차의 문을 열고 나를 그 안에 밀어 넣었다.

여기서 생각할 수 있는 것은 두 가지다. 이 귀족의 마차는 그저 범행의 도구로만 쓰인 것. 그게 아니라면 이 마차의 주인이 이들과 한통속. 가능하면 전자로 결론을 내고 싶지만 내 기억에 마차의 분실 신고를 한 귀족은 최근 들어 한 명도 없었다. 혹시 이 정도 마차는 잊어버려도 상관없다고 생각하고 신고를 안 한 것은 아닐까 생각하고도 싶지만 마차 안으로 던져진 난 어쩔 수 없이 후자를 선택해야 했다.

들어오기 전에 얼핏 본 사륜마차에 새겨진 가문의 문장은 바아레른 백작가의 것. 그리고 마차의 안에 들어와 본 것은 마차 안에서 계속 기다리고 있었던 것이 분명한 저 녀석. 한 달 전까지만 해도 익숙하게 볼 수 있던 얼굴.

바로 내가 여자가 되기 전까지 어울리던 다른 학교의 친구, 바아레른 백작의 둘째 아들이 아닌가!! 그러니까 이름이 헤디슨? 에디슨이었던가? 귀찮아서 작위 명으로만 불러 버릇해서 헷갈린다.

"우… 우웁! 우우우우!"

네가 어째서 이런 짓을… 이라고 말하고 싶지만 재갈이 물린 채론 전혀 전달되질 않았다.

그리고 녀석은 몸이 마비되어 축 늘어져선 재갈 문 입으로 무언가 소리를 내는 나 따윈 전혀 관심도 없는 듯 나와 함께 들어온 음산한 목소리의 망토 녀석에게 짜증을 부렸다.

"뭐야! 늦었잖아!! 그사이 마차가 몇 대나 지나갔는지 알아? 무슨 일이 있어도 내가 위험하게 하진 않는다며. 더 늦었으면 그냥 가버리려고 했다!"

"죄송합니다, 도련님. 이쪽이 좀 반항이 드세서 예상보다 힘이 들었습니다."

이 음산한 망토 자식. 나를 대할 때와는 전혀 다른 공손함으로 사과하는 게 참으로 아니꼬웠다. 바아레른 백작가의 저 머리 나쁜 놈은 속였을지 몰라도 내 눈은 못 속인다. 정중한 척하지만 깔보고 있는 그 눈길. 아주 온몸으로 자기가 악당이라고 광고하고 다니는구나.

"어느 집안이기에 그렇게 애먹은 거야?"

바아레른 녀석이 그제야 내가 궁금해졌는지 고개를 돌렸다.

"아주 고귀한 혈통의 아가씨지요. 페르나슈 공작가의 공녀입니다."

음산한 놈이 대답하는 것과 동시에 나와 바아레른 녀석의 눈이 마주쳤다. 녀석은 눈을 동그랗게 뜨고 한참을 위아래로 나를 훑어보더니 곧 재수없는 미소를 띠었다.

"뭐야. 요새 돌아다닌다던 키라의 쌍둥이 여동생? 히야! 생긴 거, 진짜 빼다 박았네."

"키라라면?"

바아레른이 아는 척을 하자 음산한 망토 놈은 살짝 호기심을 섞어 물었다.

"키르라이안. 저 여자의 쌍둥이 오빠. 다음 대 페르나슈 공작이지. 뭐, 일단은 내 친구야."

하아! 그래도 나… 아니, 대외적으로 내 오빠와 친구란 사실을 숨기지는 않는구나. 그럼 그 친구의 정을 봐서 친구의 동생은 풀어주는 게 좋지 않겠니, 바아레른 백작가의 망나니 도련님? 그럼 그간의 정을 봐서라도 너는 좀 봐줄 테니.

하지만 나의 이 간절한 소망이 담긴 눈길에도 아랑곳하지 않고 녀석은 씨익 웃으며 말을 이었다.

"큭큭큭, 이거 참 재미있게 됐네. 전부터 키라 녀석 생긴 게 정말 아까워서 계집애였다면 한 번쯤 덮쳐 보고 싶다고 생각했는데, 똑같이 생긴 여동생이라니. 이봐, 레키아. 이거 나 주면 안 돼?"

난 잠시 내 귀를 의심했다. 내가 계집애였다면 덮쳐 보고 싶었다고? 친구의 여동생인 날 달라고? '뭐에 쓰게?' 라고 묻는다면 내가 바보일 테고, 이 자식이 지금 잊은 게 있나 본데, 힘으론 단체로 달려들어도 안 된다는 거 오래전에 깨달았으면서, 그런 키르라이안의 여동생이라고 알고 있으면서 감히 내게 저딴 생각을 품는단 말인가?

하지만 뒤에 들려온 대답은 더 가관이었다.

"어차피 처녀성 같은 건 따지지 않으니 지금까지대로 마음껏 하시지요. 하지만 아예 줄 수는 없습니다. 저희도 필요하니 납치한 거니까요."

"뭐, 앞으로 한 달이던가? 그 정도면 충분히 놀 수 있으니 상관없지."

"그래서 도련님을 위해 특별히 몸에 흠집 내지 않고 데려왔지요. 그게 여러모로 우리를 돕는 도련님들에 대한 보상이니까요."

"알면 됐어."

그리고 즐거운 듯 웃는 바아레른. 달리는 마차 안에서 녀석은 기대에 한 얼굴로 나를 한참 동안이나 바라보며 특유의 지저분한 미소를 띠고 있었다.

슬슬 화가 나기 시작했다.

비록 저 바아레른 패거리들과 내가 아주 어릴 때부터 친하게 지내온 사이는 아니라지만, 그래도 3년 전부터 나름대로 여러 번 어울리며 함께 놀아온 관계다. 물론 그 놀았다는 것은 프리츠나 카린과 같이 놀 때처럼 귀족적인 것이 아니라 정말 범죄까지도 스스럼없이 저질렀다는 점이 다르지만.

하지만 아무리 막 나가는 우리라지만 암묵적인 룰이란 게 있었다.

그건 바로 서로의 가족은 건드리지 않기, 그리고 범죄를 저지르더라도 귀족 가문의 아가씨는 최대한 피하기. 이 두 가지였다.

서로가 가문의 이름으로 마음대로 노는 이상 가문에 폐를 끼칠 수 없는 게 첫 번째 이유이고, 그런 이유이기 때문에 가문에서 막기 어려운 다른 귀족 역시 피해왔다. 그리고 또 하나의 이유는 여러모로 지저분하게 놀며 어울리지만 적어도 그런 사이에서도 유대감이라거나 연대감이란 게 생기게 마련이고, 그렇기에 서로를 존중하는 입장에서라도 가문까지 건드리지는 않아왔다.

그런데 저 자식은 지금 그 룰을 둘 다 깨고 있었다. 감히 친구의 가족인 나를 노리는 것도 모자라 지금 오간 대화로 봐선 분명 그동안 납치된 다른 소녀들도 건드린 게 분명했다. 이 일이 세상에 알려지면 녀석은 파멸이다. 녀석만으로 끝나면 차라리 가볍다. 가문까지도 평생 사교계에 얼굴 들고 나타나지 못할 정도의 치명타다.

한둘도 아니고 일곱이다. 나까지 포함하면 여덟이다. 게다가 가문을 봐라. 공작가의 아가씨인 나를 필두로 후작, 백작가의 아가씨가 여럿 있었다. 녀석은 지금 자신의 파멸은 물론이고 가족까지도 위험에 끌고 들어가는 짓을 하고 있다.

아주 뿌리 속까지 썩은 녀석이다. 집에서 내놓고 키운 동네 망나니라는 내가 고개를 저을 정도로 막돼먹은 녀석인 것이다.

아니, 그래, 다른 건 다 치우겠다. 지금 감히 누구를 건드리겠다고? 할 줄 아는 거라곤 부모 힘만 믿고 까부는 녀석이 감히 날 어떻게 하겠다고? 가문도 능력도 한참이나 떨어지는 놈이 헛꿈을 꾸는구나. 그래, 어디 한 번 시도해 봐라. 내가 순순히 당하나 보자.

내 몸을 징그러운 눈빛으로 훑는 녀석만큼이나 나 역시 눈을 떼지 않고 노려보았다. 분노로 불타오르는 내 눈길을 받으며 녀석은 웃었다. 그래, 웃어라. 너 오늘 아주 잘못 걸린 거다. 두고 봐라.

마차는 계속 달려 도시의 외곽을 지나 수도를 빠져나갔다. 그렇게 달리기를 세 시간여. 시간은 밤을 지나 새벽으로 향하고 있었다. 계속 음흉한 눈길로 날 쓸어보는 바아레른을 노려보며 슬슬 인내심에 한계가 느껴질 때 드디어 마차가 멈춰 섰다.

여전히 마비가 풀리지 않은 상태로 몸에 힘이 들어가지 않아 축 늘어져 기대던 채로 살짝 보이는 창밖의 모습을 보니 어딘가 알 수 없는 성의 문 앞. 마차는 성문이 열리기를 기다리고 있었다. 수도에서 마차로 세 시간 거리에 이런 고성, 그리고 마주 보고 있는 바아레른 놈. 성의 정체는 따로 추리하지 않아도 바아레른 백작령의 성, 즉 녀석의 본가가 분명했다.

보통 귀족들은 지방에 자신들의 영지가 있고, 그중 오래된 전통을 가진 귀족들은 그 영지에 성도 있다. 하지만 평소엔 사교니 뭐니 수도에서 생활하게 되고, 그런 이유로 지방 영지의 본가는 영지 관리인이나 사교에 관심이 없는 일가친척이 관리를 하게 된다.

바아레른 백작가는 그러니까… 영지 관리인이 관리하고 집안 식구들은 아예 수도에 정착해서 살고 있다고 들었지, 아마?

녀석에게 있어 최적의 조건이다. 집안에서 내놓은 자식이니 녀석이 무슨 짓을 하든 평소에 신경 쓰지도 않고, 그런 녀석이 사교계의 눈이 모인 수도를 떠나 지방 본가에 있겠다고 하면 집에서도 얼씨구나 하고 좋아했겠지. 녀석이 어떤 사람들을 끌어들이든 영지 관리인은 참견할 수 없고, 고성이라 이런저런 숨겨진 방들도 많다. 그야말로 사고 치기엔 최적의 장소.

수도를 나오기 전 녀석들의 대화를 떠올려 보면 한 달의 여유니 뭐니 하는 것으로 보아 납치된 소녀들은 아직 어딘가로 빼돌리지 않았을 거고, 그렇다면 지금 내가 끌려들어 가고 있는 이 성에 갇혀 있을 가능성이 매우 컸다. 일단 소녀들의 행방은 찾을 수 있다는 건가? 뭐, 그 소녀들을 걱정하기 이전에 나 자신의 안전부터 확보해야 하지만.

어둠을 틈타 마차가 성안으로 들어가자 성문은 육중한 소리를 다시 닫혔다. 그리고도 마차는 계속 달려 성에서도 구석진 곳으로 향했다. 본 성에서 떨어진 별채 같은 느낌이 드는 건물 앞에 마차가 멈추자 갑자기 마차 문이 열리고 예의 그 망토 집단이 나를 끌어냈다.

"일단 그 방에 데려다 놔라."

바아레른 녀석과의 대화로 보건대 이름이 레키아일 확률이 100%인 저 음산한 녀석이 다른 망토들을 향해 명령했다. 그리고 난 다시 한 번 가볍게 들려선 건물 안으로 옮겨졌다. 약 기운으로 몸은 축 늘어지고, 입에 재갈을 물려 소리칠 수도 없는 상황이었다. 그저 시키면 시키는 대로 적당히 매달려 있을 뿐.

얼마 걷지 않아 녀석들은 복도 끝의 벽 앞에 멈춰 섰다. 그리고 벽면을 더듬더듬. 예상했던 대로 고성이니만큼 숨겨진 수많은 방 중 하나로 옮겨지려는 것 같았다.

수도 한복판에서 버젓이 납치에 성공하고는 파티에 들렀다 집에 가는 것마냥 꾸민 백작가의 마차에 태워 성까지 데려오고, 거기서 또다시 숨겨진 방으로 옮기는 루트인가? 정말 내가 직접 납치되지 않았으면 찾는 데 한참 걸릴 뻔했다. 시간이 지연될수록 귀족을 의심하긴 하겠지만 그 많은 귀족을 다 뒤지자면 까마득했을 테니 말이다.

잠깐 생각하는 사이 벽면이 스르륵 소리를 내며 열리고 곧 눈앞에 컴컴한 공간이 나타났다. 아래로 나 있는 계단으로 보아 지하로 내려가는 구조인가 보다.

다시 한 번 녀석들에게 끌려 계단 끝까지 내려간 난 계단 끝에 있는 방으로 그야말로 내동댕이쳐졌다.

휙! 털썩! 쿵!

철컥철컥!

그대로 문을 닫고 자물쇠를 거는 소리까지 완벽하게 마무리하고는 이 방에서 멀어져 갔다.

"으… 으으으으! 우우우우우웁!!"

바닥에 부딪친 부분이 아프다. 그런데 이놈들아, 재갈은 풀어야 할 거 아냐, 재갈은!!

억울함에 외치고 싶지만 소리 지를 수 없는 현 상황이 애석할 뿐이었다.

주변은 어두웠다. 하긴, 지하인 데다가 유일하게 밖이랑 연결되는 문마저 굳게 닫혀 버렸으니 어두운 게 당연한가.

버둥버둥!

"끄응……!"

버둥버둥! 이리 뒤척, 저리 뒤척!

그 어두움 속에서 난 눈만 말똥말똥 뜨고 전혀 힘이 들어가지 않는 몸을 어떻게든 뒤척여가며 입에 물린 재갈을 빼기 위해 버둥대고 있었다. 대체 무슨 약이 이리도 독한지 시간이 꽤 오래 지났음에도 풀리기는커녕 오히려 몸에 힘이 계속 빠져나가고 있었다.

버둥버둥, 버둥버둥!

고개도 움직이질 않아 안간힘을 쓰고 있던 때, 어둠 속에서 갑자기 느껴지는 인기척이 있었다. 물론 방심하고 있던 난 흠칫 놀라며 온몸을 긴장시켰다. 뭐, 긴장시킨다 해도 마비되어서 움직이지 않는 몸, 어떻게 할 수 있는 것도 아니지만.

"저……."

가느다란 소녀의 목소리. 소리가 들린 곳으로 시선을 옮겼다. 차츰 어둠에 익숙해지며 사물의 분간이 가능하게 된 내 눈에 보이는 것은 몇몇 인영. 그러니까 대충 대여섯? 아마 납치된 소녀들이 이 방에 같이 있었나 보다.

아니, 잠깐. 쟤들 그럼 이 속에서 나 끌려 들어와서 재갈 풀려고 버둥대는 거 그냥 보고만 있었단 거야? 뭔가 상당히 민망스러우면서도 기분이 나빠지려고 하는데?

"저… 입에 그거 풀어드려요?"

나만큼이나 화려한 파티 드레스를 입고 있던 붉은 머리의 소녀가 다가오며 물었다. 뭐, 파티가 끝나고 도중에 납치된 것이니만큼 이런 차림새는 당연한가? 그러고 보니 저쪽에 모여 있는 소녀들도 모두 화려한 차림이군.

그런데 자기들도 겪어봤으면 알겠지만 몸이 마비돼서 꼼짝도 못하는 데다가 재갈까지 물려 말도 못하는데 거기다 대고 물어보는 건 또 무슨 심보냐. 풀어달라고 고개라도 끄덕이고 싶어도 머리카락 하나 까딱할 힘도 없단 말이다. 아, 머리카락을 움직이는 건 그것 나름대로 보통이 아니던가.

뭐, 이런 내 심정을 원망스러워하는 눈빛을 보고 알아챘는지 붉은 머리 소녀는 조심스레 손을 뻗어 입에 물린 재갈을 풀어주었다.

"으아, 살겠다! 아, 진짜 저 재수없는 놈들! 풀어주는 걸 잊은 게 아니라 분명 일부러 이 꼴로 만들어놓고 나간 거다. 분명해. 다시 만나기만 해봐라. 아주 그냥 뒤통수를 날려 버리지 않으면 내가 성을 간다!"

드디어 재갈이 풀리고, 말을 할 수 있게 되자 나오는 것은 당연히 놈들을 향한 불평불만이었다. 아, 정말, 내 인생이 어디서부터 꼬였기에 이런 일까지 당해야 하는지.

한참 동안 투덜거리며 놈들을 향해 나 홀로 훗날을 기약하고 있을 때, 재갈을 풀어준 붉은 머리 소녀가 호기심 어린 눈으로 내게 다가왔다.

"저… 괜찮으세요?"

뭐가 괜찮으냐고 묻는 건지 모르겠다만 몸에 대해서라면 전혀 아니다. 마비돼서 움직일 수가 없다. 아니면 설마 귀족집 아가씨답지 않게 뭔가 거친 말투로 투덜거리는 것에 머리라도 다친 건 아닌가 걱정하는 것인가? 그런데 아까부터 행동하는 게 모두 하나같이 조심조심. 대체 어느 집 곱게 키운 아가씨기에 이렇게 답답하게 구나 얼굴이라도 보기 위해 처음으로 유심히 붉은 머리 소녀를 바라보았다.

아, 이 얼굴, 아는 얼굴이다. 파티에서 자주 마주치던 가문의 아가씨.

"그러니까… 미삭 자작의 큰딸?"

"에? 이 얼굴은… 키르라이안님? 에? 어째서? 뭐예요, 그 드레스는?"

"아, 아니, 그러니까… 아하하! 호호호호호!"

저쪽 역시 가까이서 날 보더니 알아보는 모양이다. 그러니까, 소문 못 들었냐? 쌍둥이 여동생이 어느 날 등장했는데, 아, 그전에 납치당해서 모르려나? 아니, 뭐, 물론 키르라이안도 나요, 쌍둥이 여동생도 나지만 그래도 대외적으론 다른 사람으로 알려져서, 뭐랄까, 나 스스로가 쌍둥이라 설명하기도 뻘쭘하고, 그렇다고 말 안 하고 있자니 뭔가 오해를 받을 것 같아 곤란해졌다.

그리고 그러한 때 구원의 손길은 다른 쪽에서 뻗어왔다.

"에? 키르라이안님이라고요?"

이쪽엔 거의 신경을 쓰지 않던 다른 아가씨가 퍼뜩 놀라며 이쪽으로 다가왔다. 한참이나 내 얼굴을 확인하고는 그녀는 어색하게 웃으며 다른 소녀들에게 설명했다.

"아, 저, 그러니까… 에… 이분은 세라님이라고, 키르라이안님의 쌍둥이 여동생이셔요. 키르라이안님하고는 저언~혀 다른 분이세요. 에… 그러니까……."

뭔가 나 대신 설명하느라 꽤나 애먹고 있는 저 소녀, 루운 남작의 외동딸이다. 덧붙여 말하자면 왕립 루베르크 학원의 동급생. 그리고 마지막으로 추가하자면 같은 학교인 만큼 내가 여자로 변해 있지도 않는 세라란 쌍둥이 동생 행세를 하고 있다는 것도 알고 있을 것이다.

내 정체를 알면서도 저렇게 열심히 설명하며 얼버무리는 것이 키르라이안=세라라는 사실이 학교 밖으로 퍼지면 동반자살도 불사하겠다고 눈빛으로 선언—남들은 협박이라 보는 듯하다—한 것에 쫄아 있는 것이 분명하다.

"키르라이안님한테 여동생이 있었어요? 어머? 그런데 정말 너무 똑같이 생기셨네요."

"어머? 어디? 저도 좀 봐요."

소녀들이 하나둘 다가오며 호기심 어린 눈빛으로 나를 향해 물었다.

저기… 이봐들, 우리 여기 납치되어 온 거거든? 특히 그쪽들은 여기 온 지 며칠 지났잖아? 막 납치당해 온 나보다 좀 더… 심리적 부담감과 불안함으로 떨고 있어야 하는 거 아냐? 아무리 집단이라지만 이건 좀 심하지 않아?

"아… 저……."

고만고만한 또래의 여자 아이들에게 둘러싸여 화제의 중심이 되자 아무리 나라 해도 제대로 버틸 수가 없었다. 무언가 말을 해야 하는데 머릿속부터 하얗게 소각되어 버리는 느낌. 참으로 곤란함이 극에 달해갈 때, 소녀들이 있던 곳에서 갑자기 비명이 들렸다.

"시, 싫어! 놔!! 아… 아… 놔… 싫어… 흑… 싫어… 싫어!!"

그리고 동시에 소녀들이 표정이 어두워졌다. 순식간에 들떴던 분위기가 가라앉아 버렸다. 조금 전까지 호기심에 가득 차 내게 다가왔던 것이 거짓말로 느껴질 정도로 정적이 흘렀다. 서로의 얼굴에 두려운 표정이 깃들기 시작했고, 모두들 눈치를 보며 비명이 들렸던 곳을 힐끔힐끔 조심스레 바라보았다.

"깨, 깨어났나 봐요."

누군가 입을 열자 소녀들은 모두 누구라 할 것 없이 모두

방의 구석으로 향했다. 모두 말도 없이 저렇게 움직이니 무언가 사건이 있긴 한가 보다. 그리고 일단 맡은 임무가 임무인지라 그런 것에 내가 빠질 리 없다. 당연히 무슨 일인지 소녀들이 있는 곳으로 가야겠지만 몸은 여전히 마비 상태. 움직이질 않는다.

그러니까, 이렇게 방 한가운데 아무렇게나 던져 놓지 말고 좀 어딘가 구석으로 앉혀주기라도 하면 안 될까, 거기 아가씨들? 정말 간절하게 소녀들을 바라보는 나. 다시 한 번 신세 한탄의 시간이 주어지는구나.

"또 잠들었어요."

"아무래도 정신적으로 힘드실 테니……."

소녀들이 구석에서 서로들 작은 목소리로 소곤거리며 대화하는 것을 듣던 난 결국 투덜거리기 시작했다.

"뭐야? 다 똑같이 이렇게 납치되어 왔으면 몸이 마비되어 있을 때 얼마나 힘든지도 알 거 아냐. 그런데 이렇게 바닥에 팽개치고 자기들끼리만 이야기하고 있으면 이제 막 납치된 난 상황도 모르고, 진짜 무슨 분위기가……."

계속해서 중얼거리자 그제야 바닥에 허우적대는 내 존재를 깨달은 소녀 몇 명이 다가와 나를 구석까지 끌어가 벽에 기대앉혀 줬다.

"불편해도 벽에 기대고 그냥 참으세요. 의자도 침대도 없는 완전히 창고예요."

한숨을 쉬며 충고하는 것이 아무래도 본인이 처음 이곳에 끌려와서 아무것도 없었다는 것에 쇼크 좀 먹었나 보다. 특별히 강조해서 남에게 말하는 모양새를 보니 확실하다. 뭐, 지금까지 모자란 것 없이 편히 지내온 귀족 아가씨들이니 이런 휑한 창고에 며칠이나 있게 되어서야 기가 막히기도 하겠지.

벽에 기대앉혀지게 되고 나서야 주변을 살펴볼 여유가 생겼다. 아무래도 바닥에 널브러져 있는 것보다는 정신적으로나 겉모양으로나 그나마 안정적이기 때문인가 보다. 비록 몸은 움직이지 않지만 조금씩 고개에 힘을 줄 정도로 마비가 풀리는 기운이 도는 것도 마음에 여유를 가지게 한 이유 중 하나일 것이다.

그러한 이유로 조금 전 비명 소리의 진원지 쪽에 신경이 갔다. 소녀들이 모여 있는 사이로 무언가가 보였다. 그리고 그것이 무엇인지 깨달았을 때, 싸아하니 머리가 식어가는 것을 느낄 수 있었다.

한 소녀가 누워 있었다. 정신을 잃은 듯 눈을 감고 있지만 간간이 들려오는 거친 호흡 소리와 어둠에 익숙해졌다지만 조금 떨어져 있는 내 눈에까지 비치는 식은땀이 보통 상태가 아닌 것을 보여주고 있었다.

아니, 그 이전에 소녀의 차림새가 가관이었다. 어떻게 여기저기서 소녀들이 벗어준 패티코트나 속치마 등으로 덮여 있지만 그 속은 분명 전라였다. 헝클어진 머리와 발가벗은 몸,

그리고 몸 구석구석에 보이는 맞은 멍 자국과는 다른 붉은 자국들. 소녀가 무슨 짓을 당했는지 따로 말하지 않아도 한눈에 알 수 있었다.

그리고 저 소녀 역시 내가 아는 아이였다. 칼베르네 백작가의 둘째 딸 알리시아. 이름까지 언급한 것은 그만큼 친분이 있다는 소리다. 역시나 루베르크의 학생으로 나와 3년이나 같은 반이었고, 카린의 단짝 중 하나였다. 평소의 그녀를 잘 알고 있기에 더욱 지금 알리시아의 모습이 눈에 걸렸다.

그리고 난 문득 떠오른 의문에 멈칫했다. 물어도 뻔한 대답이 나올 게 분명하지만 짚고 넘어가야 할 일이었다.

"지금… 나 빼고 여섯이지? 이곳에 있는 사람, 내가 알기론 내가 납치되기 전에 일곱이었는데?"

그리고 역시나 생각했던 대로의 대답이 루운 가의 외동딸에게서 나왔다.

"아넬리아님이… 그러니까 알베로 후작가의 아넬리아님께서 납치되어 오시고 바로 끌려 나가셨어요. 그리고 그 뒤에야 먼저 끌려 나가신 알리시아님이 저렇게 되어서… 흑, 흑흑……."

"흑흑, 흐으윽……."

차마 끝까지 말을 잇지 못하고 소녀들은 흐느꼈다. 안 그래도 어둡고 음산한 지하에 높은 소프라노의 소녀들의 흑흑대는 흐느낌이 울리니 여름에 괴담을 할 때 효과음으로 들리는 소리 같기도 하지만 역시 상황이 상황이니만큼 이 말, 대놓고 하면 몰매 맞겠지?

역시 곱게 자란 나이 어린 소녀들이었다. 하나가 울기 시작하니 다 같이 어찌할 바를 몰라 하며 겁에 질려 울음바다를 만들어갔다. 이제야 납치 분위기가 나긴 하다만 이런 상황에 혼자 가만히 앉아 있자니 왠지 모르게 소외감도 들었다.

여전히 소녀들이 흐느끼고 있을 때 루운 남작의 외동딸이 주위의 눈치를 보며 슬쩍 다가와 다른 소녀들에겐 들리지 않을 작은 목소리로 속삭여 물었다.

"저… 세라님이 여기 있다는 건 뭔가, 계획이 있다거나 하는 거겠죠?"

"응?"

"실버 나이트시니까 그쪽에서 계획을 짜서 미끼로라도 오신 거 아닌가요? 그렇지 않고서야 세라님이 이런 무도회 드레스를 입으실 리가 없잖아요?"

역시 여자들이 눈치가 빠르다더니 거의 정곡을 찔렀다. 아무래도 내 정체를 알고 있는 만큼 다른 애들보다는 안심하는 것 같은데, 미안. 미끼긴 미낀데, 그러니까 미끼가 맞긴 한데 어쩌다 보니 진짜로 납치되어 버렸어… 라고 말하면 절망하려나? 괜히 사실대로 말하면 울음바다가 되어버린 이곳이 다시 한 번 통곡의 장으로 업그레이드되어 버릴 것 같은 두려움에 일단은 침묵했다.

그리고 또 하나, 저 소녀가 내게 기대를 걸고 있는 것만큼 나 역시 희망을 걸고 있는 게 있다. 어느 순간 변태 드레스 마니아가 되어버린 아버지나 집에서 아무래도 집에서 발 뻗고 자고 있을 카린, 프리츠 등에게선 결코 느낄 수 없는 믿음. 내게 그것은 루사인이다.

녀석이 무사히 도망친 이상 나는 구출받을 수 있다. 그렇게 믿고 있다. 늘 투덜거리면서도 내가 위험에 처하면 귀신같이 알아채고는 구하러 온다. 그 투덜거림마저도 나한테만 보이는 거다. 다른 사람들 앞에선 꼭 필요한 말 몇 마디 외엔 입을 열지도 않는다. 그런 녀석이니까 무슨 수를 써서라도 구하러 올 것이다.

그동안 난 기도나 해볼까. 그러니까… 에… 하나님, 부처님, 알라신님 등등등이시여…….

일단 벽에 기대고 자리도 잡았겠다, 본격적으로 국적 불명 신이란 신은 모두 불러대며 기도란 걸 시작하려 할 때였다. 굳게 닫혀 있던 문이 벌컥 열렸다.

당연하게 모두의 시선이 그곳을 향했다. 들어온 것은 두 명의 망토 남자. 그리고 그들에게 끌려온 것을 보며 모두들 경악했다.

털썩!

녀석들이 바닥에 던진 소녀의 흐트러진 금발이 한눈에 보였다. 그리고 역시나 전라. 정신을 잃은 듯 축 늘어져 있는 소녀의 정체는 따로 밝히지 않아도 모두 눈치 챘을 것이다. 알리시아가 들어왔을 때 끌려 나갔다던 후작가의 아넬리아. 모두들 겁에 질려 처참해진 아넬리아의 모습을 바라보다 하나 둘 내게로 시선을 옮기기 시작했다.

그러고 보니 당할 대로 당한 알리시아가 들어오며 아넬리아가 끌려 나갔다 했다. 그렇다면 아넬리아가 들어왔는데 새로 교체할 대상이란 바로 나?

흠칫 놀라 주위를 둘러보았다. 하지만 역시 모두의 시선은 나에게 꽂혀 있었고, 아니나 다를까, 망토 놈들은 아넬리아를 그대로 바닥에 던져 버리고 내게 다가와 아직 마비가 풀리지 않아 겨우 벽에 기대고 있는 날 다시 들쳐 업고 나섰다.

"뭐, 뭐야?! 어디로 데려가려는 게냐! 이거 놓지 못하느냐!"

당황하여 나도 모르게 소리쳤다. 그러니까 지금 나도 저 꼴로 만들려고 데려가는 거지? 내가 전엔 남자였고, 물론 지금도 정신은 남자라지만 몸은 여자가 분명한데 몸도 마비돼서 잘 움직이지도 않고, 아, 정리 안 돼. 그러니까 어쨌든 이대로 끌려 나가면 그 망나니한테 설마 당하는 건가? 진짜로 설마?

그리고 다시 머릿속에 떠오르는 문장은 바로 그것. 설마가 사람 여럿 잡는다… 였던가? 그러니까 진짜로… 설마아……!

그래도 얼굴에서 핏기가 가시는 것을 느꼈다. 이건 아니다. 진짜 아니라고!!

설마 하는 마음과 불안함 속에 끌려… 라기보다는 들쳐져 도착한 곳은 2층의 구석에 있는 커다란 방이었다. 중간에 놓인 침대가 장정 다섯이 올라가 굴러도 좋을 정도의 크기라는 점만 빼면 익히 볼 수 있는 손님용 방의 환경이었다. 물론 그 침대에 누워 있는 것은 바로 나.

그러니까 유독 이 크고 넓은 침대가 심히 거슬렸다.

아무도 없는 방의 침대에 덩그러니 누워 점차로 초조해진 난 조심스레 손가락과 발가락 끝에 힘을 줘보았다. 하지만 여전히 마음대로 움직여지지 않았다. 그래도 조금 상황이 나아졌다면 아까보단 꼼지락거릴 수 있는 범위가 넓어졌다는 것이다.

슬슬 마비가 풀리는 느낌이었다. 이대로라면 날이 밝을 무렵엔 평상시대로는 무리더라도 꽤 움직일 수 있을 것 같았다. 하지만 그 날이 밝을 무렵까지 버티는 것이 문제였다. 지금 내가 여기 옮겨져 있는 게 그걸 무시할 녀석이 아니란 것. 3년간 보아온 성격으로 짐작할 수 있었다.

달칵, 끼이이익!

예상했던 대로 얼마 지나지 않아 문이 열리는 소리와 함께 녀석이 들어왔다. 게다가 혼자가 아니었다. 줄줄이 들어오는 세 명이나 되는 녀석의 친구들. 그리고 물론 나의 친구들이기도 하다. 세라인 지금의 몸이 되어선 한 번도 만나본 적 없지만 어쨌든 그 이전엔 곧잘 몰려 놀던 녀석들이고 하다못해 세라가 된 문제의 바로 그날 밤까지도 같이 어울렸던 녀석들이었다.

내가 키르라이안이었을 때는 작위도 힘도 있어서 내키는 대로 마음껏 행동했는데 지금에 와선 몸은 여자요, 게다가 마비까지 되어 있는 상태에 화려한 드레스로 곱게 포장되어 침대에 누워 있으니 저 녀석들의 성격상 내가 키르라이안이란 것을 알게 된다 해도 몸이 여자니 달려들고 볼 것이다. 같이 지내봐서 안다.

"이번엔 공작가라고?"

"키라의 쌍둥이라더라? 아주 빼다 박았던데?"

빼다 밖은 게 아니라 내 얼굴이다. 성별만 바뀌고 몸이 좀 더 작고 호리호리하고 말랑말랑하게 변했을 뿐이란 말이다. 그런데 저 자식들, 말하는 걸 보니 이미 다들 한통속인가 보구나.

"그 얼굴의 계집애 버전? 이야, 최상품이네! 다른 귀족 애들은 명함도 못 내밀 것 아냐?"

"게다가 공작 집안이면… 이거 먹다 체하는 거 아냐?"

"하하하하!"

지금 웃을 때냐? 그렇게 웃고 싶냐? 사람을 앞에다 두고? 성질이 나기 시작했다. 뭐라 한마디 쏘아붙이지 않으면 내 속이 답답해질 것 같았다.

"웃지들 마. 다른 사람도 아니고 귀족가의 소녀들을 건드리고 너희가 무사할 것 같아?"

그리고 녀석들의 시선은 순식간에 내게 집중됐다. 아, 괜히 나섰나? 그냥 자기들끼리 놀다 시간 좀 가게 버티는 건데. 하지만 후회는 잠시. 이왕 시작한 거 끝장을 보는 게 내 성격이다. 당할 땐 당하더라도 말 나온 김에 할 말은 해야겠다.

"아주 화려하게 건드렸더라? 백작가, 후작가, 그리고 이젠 공작가인 날 어떻게 해보겠다고? 아무리 막 나간다 해도 정도란 게 있지. 게다가 너희들 키르라이안하고 친구 아니었어? 감히 친구의 동생까지 건드리겠다고? 그 정도 기본도 없단 말이야?"

물론 통하지 않을 걸 알고 있지만 한번 말이 나오기 시작하니 끝이 없었다. 아무리 녀석들이라 해도 쥐꼬리만 한 양심이라도 있으면 좀 찔려보라는 생각이었지만, 역시 그런 것이 통할 놈들이 아니었다. 녀석들은 도리어 재미있다는 얼굴로 웃으며 슬슬 내게 다가왔다.

"귀족 계집애치고 상당히 말 또박또박 하네. '안 돼요! 이러지 마세요! 제발 그만 하세요!' 따위나 말하면서 흐느끼는 애들하곤 질적으로 다른데?"

"과연 키라의 동생. 역시 공작에 왕족으로까지 올라가면 이렇게 다른 건가?"

징그럽게 웃으며 다가오는 녀석들 중 바아레른이 특히 가까이 다가오며 거의 얼굴을 마주하고 아주 즐겁다는 듯 입을 열었다.

"이봐, 너. 같은 여자면서 그러면 안 되지. 네 쌍둥이 오라비도 우리랑 같이 어울리면서 계집 몇 울렸다고. 평민이나 귀족이나 어차피 당하면 똑같은데 차별하면 쓰나."

차별이니 그런 거 모른다. 난 그냥 녀석들과 어울리면서 재미있다는 일에 끼어들은 것이고, 솔직히 같은 귀족은 우리의 못된 장난질에 그 대상으로조차 포함시키지 않았다. 그저 뒤처리가 쉽고, 자주 마주치지 않는 평민들이 쉬웠다. 거의 한 울타리 안에 있는 것과 같은 귀족을 건드리는 건 뭐랄까, 동족 의식 같은 게 있어서 감히 생각도 할 수 없었단 말이다.

"그래서 어쩌려는 거야? 똑같으면 길거리에 나가 거리의 애들이나 건드리라고. 귀족까지 손 뻗을 필요 없었잖아."

울컥하는 마음에 눈앞의 녀석을 노려보며 쏘아주자 녀석은 더욱 비열하게 미소 지으며 즐거워했다.

"격이 다르잖아, 격이. 그냥 나가서 아무나 건드리는 건 슬슬 질리잖아? 똑같은 계집인 주제에 신분이란 것 때문에 손대지 못하던 귀족가의 영양들이라면 그야말로 특식이지. 작위가 높으면 높을수록 더욱 정복욕이 솟구친달까?"

그리고 그 말로 난 완전히 폭발했다. 그러니까, 그런 이유로 저 알지 못할 망토 녀석들과 손을 잡고 이렇게 나까지 동원하게 만든 거란 말이냐? 앞뒤 가리지도 못하고 정체 모를 놈들한테 이용당하고 있었다고? 아니, 뭐, 본인들 나름대론 손잡고 있다고 생각하겠지만 이건 명백한 이용이다.

겨우 이용이나 당하는 주제에 일을 이렇게 크게 벌려 결국 실버 나이트까지 움직이게 만들다니. 그것 때문에 지금 내가 며칠을 손해봤는지 알기나 하는 거냐!! 원래 몸으로 돌아가기 위해 한시가 바쁜 때에 네놈들의 철없는 장난 짓거리 때문에 드레스니 파티니 이게 무슨 민폐냐고!!

그러니까 내게 있어 요점은 내 시간 뺏긴 것. 이게 용서가 안 된다는 거다. 원래 몸으로 돌아가기만 하자. 키르라이안으로 돌아가서 아주 그냥 떡이 되도록 흠씬 두들겨 패줄 테다. 어차피 같이 놀면 지루하지 않아 어울렸던 녀석들이다. 이런 일까지 겪고 다시 아무 일도 없었다는 듯 함께 지낼 정도로 마음이 너그럽지 않다.

남자로 돌아가 녀석들을 날려 버리는 상상을 하고 있을 때, 바아레른 놈이 갑자기 안 그래도 가까이에 들이댔던 얼굴을 뜨거운 입김이 그대로 느껴질 정도로 더욱 가까이 밀어붙이고 정말 재미있다는 표정을 지었다.

"뭐야? 성별은 달라도 역시 키라랑 혈육이란 거야? 이런 상황에서도 여유있네? 아니면 우리가 정말 같잖아 보이는 건가?"

조금 발끈하는 분위기. 그리고 녀석의 말에 뒤에 있던 다른 녀석들도 침대위로 올라왔다.

"슬슬 시작하자. 생긴 건 진짜 예쁘네."

"저 얼굴로 우는 표정 보고 싶어 미치겠다."

그리고 내게 다가오는 소년들의 손 여럿. 움찔하며 몸에 힘을 주지만 여전히 마비는 아직 풀리지 않은 상태였다. 그나마 손가락 정도는 움직일 수 있게 된 것에 위안을 삼고 싶지만 상황이 이렇게 되어서야 전혀 도움이 되질 않았다.

"저, 저리 가!! 손 치우지 못해!!"

실제 상황이 되어서야 당황하며 소리쳤지만 녀석들에게 통할 리 없다는 것은 나부터 잘 알고 있었다. 이미 이런 일에 익숙해졌는지 녀석들은 서로가 위치를 나누며 분담해서 하나는 내 팔목을 잡고 다른 하나는 발목을 잡았다. 그리고 그대로 내 가슴에 손을 대려는 녀석이 하나, 웃으며 당황하는 내 모습을 구경하는 녀석이 둘.

"놔아!!"

"이제 좀 당황하는 모양이네."

"역시 그래도 여자라 이건가?"

다르다. 여자라서 문제가 아니라 하고 많은 사람 중에 네놈들하고 얽히는 게 더 싫은 거다!! 정말이지, 내가 어쩌자고 되도 않는 마법 따위에 오기를 부려서 이런 신세가 되었는지 모르겠다. 그냥 다들 말리는 대로 검이나 팠으면 이런 일을 당하기는커녕 지금쯤 녀석들과 함께 어울리며 골목을 헤매고 다닐…….

가만, 마법? 아, 그러고 보니 나 여자로 변한 게 마법을 쓰게 되어서였지? 그러니까 칼은 몸이 움직이질 않아서 못 쓰지만 마법은 일단 내가 노리는 부분은 펑펑 터지고 있으니…….

몸이 움직이질 않아도 마법은 쓸 수 있다는 거잖아?

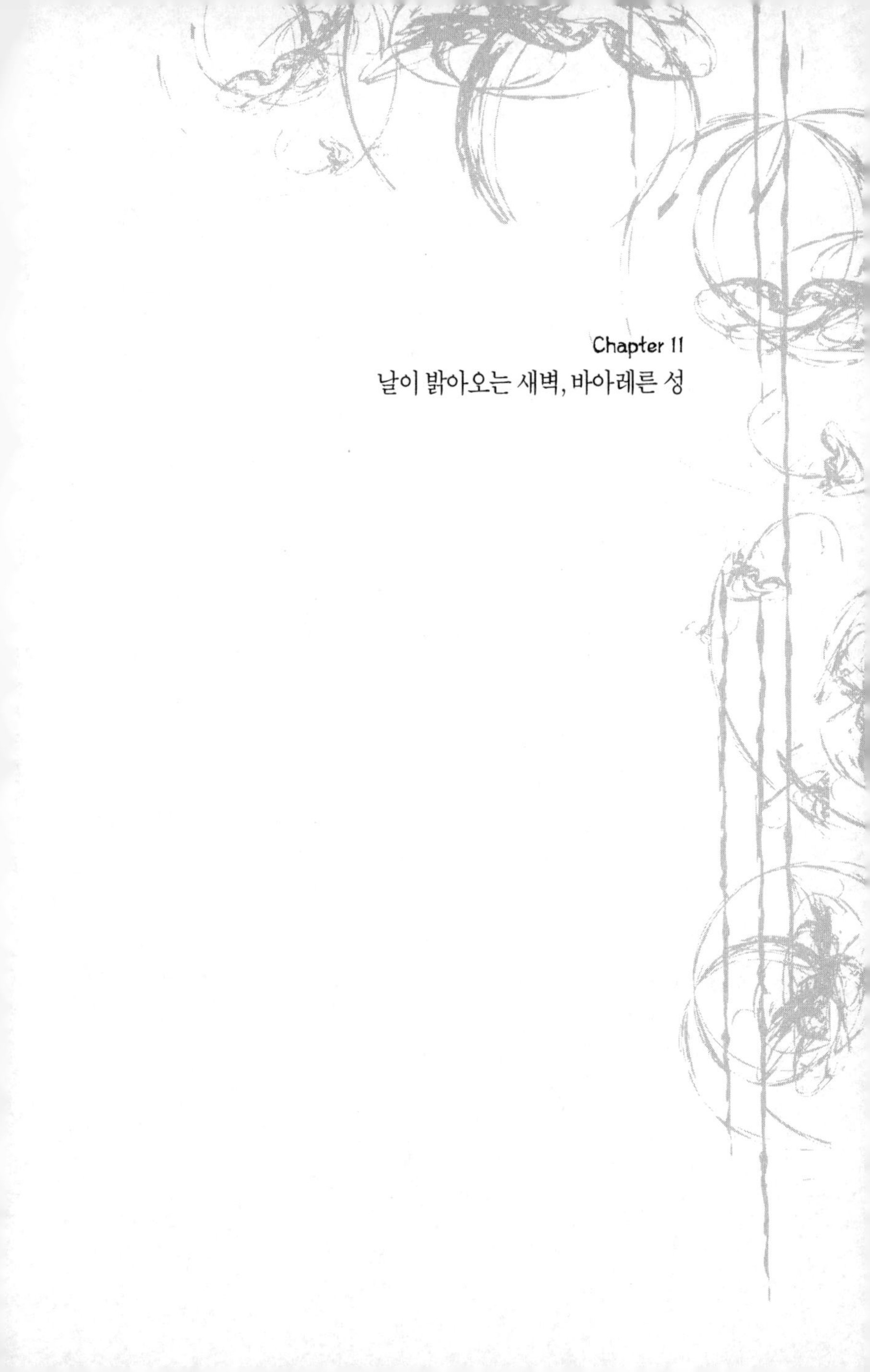

Chapter 11
날이 밝아오는 새벽, 바아레른 성

아버지가 늘 내게 말하길, 왕국 역사상 머리 나쁜 쪽으로 세 손가락 안에 들 왕족이라더니 확실히 인정해야 할 것 같다. 또한 머리가 나쁘면 몸이 고생이라고 놀려대던 루사인의 말도 이해할 수 있었다.

뭐, 그러니까 결론은 내가 지금 여기서 이렇게 속수무책으로 당할 필요가 없다는 말씀. 그리하여 나는 슬금슬금 내 가슴속으로 열심히 파고드는 손의 주인을 노려보며 낮은 목소리로 중얼거렸다.

"너네 다 죽었어."

"뭐?"

기대하던 애처로운 비명 대신 음산한 기운을 풍기는 낮은 목소리의 협박이 가소로운 듯 비웃는 얼굴로 나를 바라보는 녀석을 향해 나는 최대한 화사하게 생긋 웃어줬다. 그리고 녀석의 뒤, 침대의 모서리에 폭발 한 번.

콰앙!!

하는 소리가 울리고 소년들은 모두 깜짝 놀라 요란하게 폭발하여 파편만 남은 침대 모서리를 장식하던 나뭇조각의 흔적을 바라보았다.

"뭐, 뭐지?"

"갑자기 터졌어!"

아직 무슨 영문일지 몰라 어리둥절한 얼굴로 두리번거리는 녀석들을 보며 난 다시 한 번 미소 지었다.

"놀랐어? 그럼 말로 할 때 알아서들 물러나."

여유를 가지고 충고 아닌 충고를 하자 녀석들의 시선이 다시 내게 집중됐다.

"설마 네가 한 짓이라고?"

바아레른이 두려움 반 의혹 반을 섞어 물었고, 난 상큼하게 웃으며 대답했다.

"키르라이안이 검이라면 이쪽은 마법이거든."

물론 키르라이안하고는 동일 인물에 몸이 여자인 이쪽은 마법뿐 아니라 검도 사용할 수 있지만 그런 사소한 것까지 말해줄 필요는 없었다. 말한다 하더라도 저놈들이라면 우습게

알며 무시할 테고.

"무슨 말도 안 되는! 주문도 외우지 않은 데다 저렇게 갑작스레 터지는 마법 따위, 들어본 적도 없어!"

녀석들 중 하나가 인상을 쓰며 소리쳤다. 그러니까 저 녀석은 카하롯 자작가였던가. 머리는 조금 좋은지 그나마 이 망나니 녀석들 중 유일하게 학교 성적을 그럭저럭 유지하고 있었다고 기억한다. 그리고 아마 특기 분야가 마법.

썩어도 준치라고 마법을 하는 녀석이니만큼 뭔가 조금 아는 게 있겠지. 나야 마법의 마 자도 몰라서 그냥 넘어갔다지만 카린조차도 믿을 수 없다며 놀란 힘이었다. 그러니 저쪽이라면 더욱 기가 막힐 노릇이겠지.

"내가 누구라고 생각하는 거야? 공작가의 공녀, 키르라이안의 쌍둥이, 키르라이안의 친구라면 키르라이안의 힘을 알 거 아냐? 그냥 일반 남매도 아닌 쌍둥이 남매인 나한테 그만큼의 힘이 없을 거라 생각했어?"

"웃기지 마. 어쩌다 생긴 우연에 갖다 붙이려 하는데, 미안하게도 네가 주문 한마디 외우지 않은 걸 똑똑히 기억하고 있어."

"그, 그러게. 어쩌다 생긴 우연으로 우릴 속이려고!"

카하롯이 확신하자 조금 주춤하던 다른 녀석들이 다시 자신감을 갖고 외치며 내게 다가왔다. 다시 한 번 손을 뻗어 내 몸에 대려 할 때 이번엔 침대의 천장을 노려보고 폭발시켰다.

콰앙! 콰아앙!

후둑후둑! 우르르르!

"뭐, 뭐야?! 또 터졌어?!"

여전히 위압적인 폭발음과 함께 녀석들의 머리 위로 파편이 떨어져 내렸다. 녀석들은 침대 천장에서 쏟아지는 나무 부스러기에 드디어 내 말의 진위성에 대해 조금은 관심을 가지게 되었는지 하나둘 내게서 떨어지기 시작했다.

후다닥! 샤샤샥!

"너, 너, 뭐야?"

방의 구석까지 달려가 벽에 붙어 겁에 질려 묻는 녀석을 향해 대답 대신 녀석의 바로 옆을 폭발시켰다. 다시 한 번 울리는, 그것도 바로 옆 귓가를 울리는 폭발음에 녀석은 비명도 지르지 못하고 눈만 동그랗게 뜨고 굳어버렸다.

"자, 다음은 어딜 폭발시켜 줄까? 나 아직 마비가 풀리질 않아서 누워 있는 상태론 조준이 힘들거든? 이번에 잘못하면 너희들을 폭사시킬지도 몰라."

"히이익!!"

비명을 삼키는 소리와 긴장해서 마른침이 넘어가는 소리가 들렸다. 하지만 난 전혀 아랑곳하지 않고 계속해서 협박했다.

"사실 사람한테 대고 폭발을 일으켜 본 적은 없지만, 벽이나 침대 날아가는 거로 봐선 위력이 상당할 것 같지 않아? 실험해 보고 싶어지네?"

물론 대놓고 협박하는 것이 아니라 무심코 중얼거리는 느낌으로 정말 궁금한 듯 뉘앙스도 풍겨보자 녀석들은 패닉에 빠져 외쳤다.

"나, 난 빠질래! 역시 이런 일은 위험했다고!"

"키, 키라의 동생이야! 키라라면 이런 상황까지 오면 절대로 우리 몸에 대고 폭발시켜! 쌍둥이면 성격도 비슷할 거 아냐!"

"이봐, 너희들! 여기까지 와서 너네만 빠지겠다는 거냐?!"

"이렇게 위험할 거라고 말하지 않았잖아! 바아레른, 그동안 잘 지냈다! 뒤는 부탁한다!!"

후닥닥! 우당탕탕! 우다다다다!

기권하고 방을 빠져나가선 저 멀리 복도를 달리기 시작한 서너 명의 소년들. 과연 평소 비열하게 노는 녀석들인 만큼 일이 잘 안 풀리자 파투 내기도 수준급이다. 지금까지 즐길 거 다 즐겼으면서 이제 와서 발 빼겠다고 나가 봤자 이미 얼굴 다 기억했다, 이놈들아! 두고 보자. 내가 이렇게까지 당했는데 겨우 간단하게 폭사 정도로 끝낼 것 같으냐? 일단 이 성에서 나가고 보자고.

녀석들이 허둥지둥 뛰쳐나가고 방에 남은 건 바아레른 녀석과 카하롯 단둘뿐이었다. 바아레른이야 이곳이 자기네 집안의 성이니 도망가 봤자 어찌할 도리가 없다는 것을 알고 있는 것 같았지만 저 카하롯은 평소에 배짱도 없는 놈이 뭐 하러 남아 있는지 도무지 알 길이 없었다.

"마, 맙소사! 이런 건 처음이야. 그냥 터져……. 주문이 필요없어. 뭐지? 그래도 마법 수업은 열심히 들었는데. 이런 일, 보도 듣도 못했다고."

내 궁금증에 답이라도 하듯 멍하니 내 힘에 폭발해 무너진 벽과 침대를 번갈아 보며 중얼거리는 것으로 보아 짐작할 수 있었다. 저놈, 얼었다. 얼이 빠져 버린 거다. 자, 그럼 저런 녀석은 치워두고 바아에른 놈부터 처리를 하고 마비가 풀릴 때까지 기다려 볼까?

"넌 안 나가? 원한다면 다시 한 번 벽 하나 정도는 폭발시켜 줄 수 있는데."

살짝 고개를 들어 녀석을 향해 비아냥거렸다. 앗, 그러고 보니 이제 고개도 움직인다. 조금만 더 참자. 홀로 감격하고 있을 때, 바아레른은 한참 침묵하더니 물어본 나도 잊은 질문에 대답했다.

"저 녀석들하고 같이 도망쳐 봤자 어차피 내가 누군지는 알 거 아냐? 네가 마비가 풀려 이 성을 빠져나가면 지금 도망치나 나중에 알려져서 잡히나 그게 그거지."

일단 내 능력은 인정했는지 결코 가까이 다가오지는 않지만 그래도 어딘가 여유가 있는 모습이었다. 하지만 아직 깔보고 있는 느낌. 평소의 녀석을 아는 나로선 저 자신감이 왠지

의심스러워졌다.

"상관없어. 도망친 놈들도 누군지 다 알아놨으니까. 그런데 뭘 노리고 있는 거지?"

"과연 눈치가 빠르네. 말로만 쌍둥이가 아니군. 가끔 키라랑 말하는 건 아닌가 착각할 정도야."

"그러니까 꿍꿍이가 있다는 걸 인정하는 거네."

"글쎄……."

거슬릴 정도의 여유에 녀석을 노려보았다. 그리고 녀석 역시 나를 빤히 바라보았다. 얼마간을 그렇게 마주 보고 있던 난 드디어 울컥했다. 역시 뭔가 생각하고 하는 건 나랑 맞지 않는다. 저놈이 노리는 게 뭐든 간에 몇 번 폭발 좀 시키고 혼비백산하게 만들어서 내쫓아버리면 끝나는 일이었다.

"귀찮다. 꺼져 버려."

저벅저벅저벅!

"응? 뭐야? 또 누가 오는 거야?"

녀석을 노려보며 녀석의 근처를 폭발시키려던 난 갑자기 들려오는 복도를 울리는 몇 명의 발걸음 소리에 눈길을 돌렸다. 그리고 그 순간 바아레른의 입가가 살짝 올라가는 것을 보았다.

"아무래도 내가 이긴 것 같네."

"뭐?"

달칵!

다시 인상을 쓰며 바아레른을 노려볼 때, 방문이 벌컥 열리며 예의 그 망토 놈들이 뛰어들어 왔다.

들어온 녀석은 총 세 명. 그중 뒤쪽에 있는 녀석의 존재감으로 보아 녀석들의 우두머리 같던 음산한 목소리의 그놈, 레키아가 분명했다.

"늦었어. 호출한 지 한참이 지났잖아!"

문을 박차고 들어온 녀석들을 향해 바아레른은 의기양양하게 외쳤다. 과연 믿을 구석이 있었던 모양이다. 하지만 망토 놈들이라……. 아까는 멋모르고 당했다지만 마법을 생각해 낸 내가 또 당할 리가 없지 않은가.

"애석하구나, 바아레른! 헛된 기대는 애초에 버리는 게 좋아!"

녀석을 향해 외치고 그대로 망토 놈들의 바로 위 천장을 향해 폭발을 일으켰다.

콰아아아앙!

작정을 하고 크게 일으킨 덕분인지 폭발음은 지금까지와는 비교도 안 될 정도로 크게 울렸고, 절반은 날아간 천장 아래는 자욱한 먼지구름으로 뒤덮였다.

내 힘에 대해 전혀 짐작도 하지 못한 녀석들이니만큼 천장에서 떨어진 돌무더기에 깔려 있을 거라 생각하던 난 먼지구름 사이로 느껴지는 인기척에 놀라 몸을 긴장시켰다.

스으윽!

이 느낌, 이 기척. 내가 잘못 느낀 게 아니라면 그놈이다. 레키아. 과연 괜히 두목이 아니다. 저 갑작스런 공격 사이에서 유유하게 움직이는 이 기척. 그리고 녀석은 먼지구름 사이에서 침대 앞까지 이동하고는 불쑥 모습을 드러냈다.

"마법인가? 이상한 힘이군. 하지만 저 정도의 폭발로 나를 어찌할 수는 없지."

"웃기지 마!"

이번엔 정확하게 녀석의 몸뚱이를 향해 폭발을 날렸다. 그리고 난 당황할 수밖에 없었다.

잠잠했다. 사람에게 폭발을 일으키긴 처음이지만 적어도 이건 아니라고 자각할 정도의 분별력은 있었다. 폭발을 일으키는 내 힘은 녀석의 가슴팍을 향해 날아갔고, 녀석의 몸은 살짝 뒤로 밀렸다. 분명히 맞은 흔적이 있었다. 그럼에도 폭발음은커녕 주변은 잠잠했고, 방 안을 둘러싸던 먼지구름은 서서히 걷혀갔다.

"뭐, 뭐야!!"

다시 한 번, 이번엔 두세 번 연타로 해서 날려댔지만 여전히 녀석은 조금씩 뒤로 주춤할 뿐 계속해서 나와의 거리를 좁혀왔다.

"주문도 없이 나가는 마법의 힘이라……. 신기하군. 제물로 쓰기엔 아까운 능력이지만 그 몸에 이 나라 왕가와 귀족의 피가 흐르는 한 어쩔 수 없지."

“너, 노리는 게 뭐야? 왕가와 귀족의 피? 제물? 어느 나라지? 무엇을 하려는 거야?!”

비명이라도 지르듯 외치며 계속해서 녀석의 몸을 향해 폭발을 날렸다. 하지만 레키아는 그런 것에 전혀 아랑곳하지 않고 완전히 내 곁으로 나가와 누워 있는 내 팔을 움켜쥐고 상체를 일으켰다.

“그만 해라. 이 망토는 드래곤의 가죽으로 만들어진 물건. 내게 마법은 통하지 않아.”

아직 몸의 마비가 풀리지 않은 내 몸은 가볍게 녀석의 손아귀에 들어갔고, 이젠 완전히 걷혀진 먼지구름 속에서 바아레른이 의기양양하게 외쳤다.

“좋아, 레키아! 그대로 붙잡고 있어! 계집 주제에 지금까지 까불었던 것, 완전히 다 갚아주겠어. 몇 날이고 울게 만들어 주지!!”

완전히 맛이 갈 대로 가서 충혈된 눈으로 입고 있던 블라우스의 단추까지 몇 개 풀어대며 침대로 다가오는 바아레른을 보며 나는 이를 갈았다. 정말 재수없는 일이지만 지금으로선 이 상황을 빠져나갈 길이 없었다. 이대로 녀석에게 당할 생각을 하니 석 달 전 해장용으로 먹은 북어국까지 올라올 것 같은 느낌에 절망할 때 나는 그대로 끌어 올려져 레키아의 등짝에 업혀 버렸다.

“캑! 또 뭐야!”

"실례. 시간이 없어서 도련님의 소원을 이뤄줄 수가 없군요."

"뭐, 뭐?! 지금 날 거역하겠다는 건가!!"

갑작스럽게 벌어지는 지금 상황에 나는 물론이고 바아레른까지 놀라 소리쳤다. 하지만 레키아는 녀석의 질문에 대해 대답하지 않고 간단한 충고만 한마디 했다.

"성에서 이곳을 눈치 챘나 봅니다. 실버 나이트들이 난입해서 제 부하들이 모두 내려가 있는 상태지요. 과연 공녀십니다. 다른 귀족 아가씨 때와는 비교도 할 수 없을 정도로 빠른 속도로 추격당했더군요."

그리고 바아레른은 그대로 굳어버렸다. 이제 닥치고 보니 현실이 눈앞에 보였나 보다.

"시, 실버 나이트? 이곳까지 왔다고? 서, 성을 들켰단 말이야?!"

"지하에 가둬놓은 귀족 아가씨들을 먼저 빼돌리려 했지만 중간에 방해를 받았습니다. 그나마 이곳에 공녀가 끌려와 있어 이쪽이라도 챙겨가려고 올라왔지요. 귀족가 소녀들 여럿보다야 최고 귀족이며 왕족의 피가 흐르는 이쪽이 더욱 가치 있으니까."

덥석! 질질질질!

바아레른은 필사적으로 레키아의 다리를 붙잡고 늘어졌다.

"아, 안 돼! 못 가! 내가 위험할 일은 없을 거라고 했잖아! 그냥 장소만 제공해 주면 마음대로 귀족 계집들이나 가지고 놀면서 즐기면 된다고 했잖아! 이대로 나만 버리겠다고? 못 가! 네놈 마음대로 하게 둘 줄 알아?!"

이제야 자기가 한 짓이 머릿속에 들어왔는지 겁먹은 얼굴로 눈을 부릅뜨고 매달리지만 소용없었다.

퍽! 털썩!

레키아는 가볍게 녀석을 차내며 날 들쳐 업고 방을 빠져나갔다.

"으아아아! 안 돼! 놔두고 가지 마! 이대로 난 파멸이란 말이다! 으아아아아아!"

레키아에게 업힌 채로 난 등 뒤로 울리는 녀석의 절망에 가득 찬 비명을 들었다.

애초에 예상했던 일이다. 그저 이용만 당할 뿐이란 것, 눈치 채지 못한 바아레른이 잘못이다. 그리고 또한 녀석이 잘한 것도 없으니 말 그대로 자업자득이었다. 하지만 지금은 조금 전까지 날 화나게 만들었던 바아레른이 아니라 날 업고 있는 레키아 쪽이 더욱 내 성질을 건드리고 있었다.

"악당의 전철은 모두 다 밟고 있군 그래? 납치에 감금에 배신까지. 그런데 어쩌지? 네놈의 정체를 알 것 같은데."

"호오?"

"남부 사투리 억양에 네가 직접 말했잖아, 드래곤의 가죽으로 만든 망토라고. 마침 운 좋게도 요즘 내가 드래곤에 대해 조사하고 있었거든. 300년 전 발칸대륙에서 드래곤이 잡혔다지? 그걸 사들인 건 크라노라고 기록되어 있더라고. 이쪽 할센 대륙엔 그것 말고 다른 드래곤의 기록은 없더라?"

녀석의 몸이 미세하게 움찔거리는 것을 느낄 수 있었다. 녀석이야 눈치 채지 못하게 감췄다지만 내 감각은 정확했다. 하지만 조금은 의심이 가는 부분이 있었다. 나는 그 부분을 그대로 녀석에게 물었다.

"자기 나라의 이름이 나오니 자신도 모르게 반응이 오는 거야? 어차피 드래곤이니 망토니 말을 꺼냈을 때부터 정체 따위, 밝혀도 상관없다고 생각한 거 아냐?"

"그거야 저쪽 바보 도령이 그런 걸 알아들을 리가 없었고, 또한 한낱 귀족 아가씨가 드래곤에 대해 알고 있을 거라고도 생각 못했으니까. 조금 의외이긴 하군."

인정했다. 바아레른이야 말해봤자 소 귀에 경을 읽다 못해 염불을 하는 것이고, 그런 거로 치면 나 역시 내 사정만 아니었다면 드래곤 망토니 뭐니 귀신 씻나락 까먹는 소리라며 전혀 못 알아들었을 테니 그럴듯한 변명이었다.

"어쩌나, 들켜 버렸으니. 이대로 내가 구출되면 다 알려지겠네."

비웃음을 담아 녀석을 조롱하자 갑자기 날 업고 있는 등에서부터 살기가 피어올랐다. 그리고 녀석은 특유의 낮은 목소리로 물었다.

"네가 지금 처지에서 돌아갈 수 있을 것 같나?"

"물론이지. 여기까지 와서 네놈에게 그대로 끌려갈 리 없잖아."

난 자신있게 대답했다. 전혀 꿀릴 게 없었다. 녀석에게 매달린 채로 복도로 나와 바아레른 가의 성을 달리며 밖으로 빠져나갈수록 아래층에서부터 들려오는 칼과 칼이 마주치는 소리가 점차로 가까워졌다. 녀석은 분명 실버 나이트들이 이 성에 투입됐다고 했다. '들' 이라 함은 하나가 아닌 복수형이다.

나야 드레스라는 행동 제약도 있는 데다 녀석들이 마비 약을 쓰는지 몰라 당했다지만, 저들은 루사인을 통해 들었을 것이다. 피부만 밖에 내놓지 않으면 몸이 마비될 턱이 없다. 적들의 무기가 무엇인지 알게 된 터에 당하고 있을 실버 나이트가 아니었다.

명색이 최강 기사단이 아닌가. 이번 작전에 투입된 실버 나이트만 해도 나까지 일곱. 적어도 나를 제외한 여섯 이상이 이 성에 도착해 있을 것이고, 아래에서부터 울려오는 칼부림 소리의 주인공 역시 그들일 것이다.

레키아 이놈이 날개라도 달리지 않은 이상 성을 나가려면 아래층으로 내려가야 한다. 워낙에 넓은 성이니 여기저기 숨어서 빠져나갈 수야 있겠지만 나를 업고 있는 상태에선 절대로 불가능한 일이다. 그리고 시간을 끌면 끌수록 내 몸의 마비는 점차로 풀려 버리니 결코 녀석의 뜻대로 될 리 없다. 그야말로 독 안에 든 쥐란 말이다.

"…할 수 없군."

드디어 녀석도 포기했는지 업고 있던 나를 복도의 창틀에 내려놓았다.

휘이이잉!

새벽바람이 성을 타고 올라와 창가에 걸터앉은 내 몸을 휘감았다. 아직 몸의 마비가 풀리지 않아 녀석의 손길에만 의지해 높은 곳에 매달리자 아찔해졌다. 그나마 고성인 만큼 창이 뚫린 벽면이 넓어 이 상태로 누워도 상체의 절반 이상이 걸쳐져 심각하게 위험하진 않을 거라는 사실이 마지막 위안이었다.

"으, 으……."

비틀비틀! 휘청!

아직 힘이 들어가지 않는 몸을 안간힘을 써서 균형을 잡으려 노력할 때, 녀석이 갑자기 내 목을 졸랐다.

"헉!!"

결과적으로 몸은 그대로 뒤로 밀려 상체의 절반이 창밖으로 나가 아슬아슬하게 버티는 상황이 되어버렸다. 오히려 내 목을 조르는 녀석의 손에 의지하는 꼴이 되어버렸다. 물론 숨이 막히게 조르지는 않았다. 그저 붙잡고 있는 정도?

"무, 무슨 짓이야!"

아직 여유는 있지만 그래도 당황해서 눈을 동그랗게 뜨고 외쳤다. 하지만 녀석은 내 가는 목을 쥐고 있는 손에 더욱 힘을 줬다. 그리고 그 순간 녀석이 망토 속에서 꺼내 드는 날이 선 단검이 내 눈을 스쳐 지나갔다.

"으… 너, 너, 그거 뭐 하려고?"

긴장한 목소리로 묻자 녀석은 그제야 나를 바라보며 싱긋 웃었다.

"사람 하나를 등에 업고 도망친다는 건 좀 어렵지. 그럼 필요없는 몸뚱이는 버릴 수밖에."

"웃기지 마! 내가 귀족이면서 왕가라고 가치있다고 하지 않았어? 이렇게 버리기엔 좀 아깝지 않아?"

녀석이 눈이 진심이었다. 그걸 눈치 챈 난 어떻게든 시간을 끌기 위해 소리쳤다. 조금이라도 버티면 점차로 가까워지는 실버 나이트들이 나를 발견할 확률이 컸다. 그때까지만 버티면 되는 것이었다. 여기서, 이런 상태로 이런 놈에게 죽는 건 절대로 사절이다.

"가치라고 하면 그 몸뚱이가 아니라 네 안에서 피를 뿜어대는 심장 정도지. 심장 하나만 뽑아간다면 짐도 줄고 훨씬 수월해진다."

"야, 너! 지금 감히 이런 미녀의 심장을 뽑겠다는 거야? 아직 열여섯 살인데 죄책감도 없냐?! 그리고 심장만 뽑아서 가봤자 피가 마른다고!! 그냥 살려서 데려가는 게 좋잖아?!"

씨알도 안 먹힐 녀석한테 대고 소리치지만 역시 통할 사람이 아니었다. 녀석은 품에서 꺼낸 날이 선 비수를 높이 들고, 그것을 쥐고 있던 손에 더욱 힘을 주었다.

"시간을 끌려 하는 것 같지만 통하지 않는다. 어린 나이에 이런 꼴을 당하게 해 참으로 미안하지만 이번엔 포기하고 다음 세상에 태어난다면 조금은 낮은 신분으로 태어나라."

그리고 내 심장을 향해 내려오는 단검. 나는 차마 끝까지 보지 못하고 그대로 눈을 꽉 감아버렸다.

쉬이이익! 퍽!!

그 순간, 날카로운 것이 허공을 가르는 소리가 귓가에 울렸다. 그리고 살점을 파고들어 깊게 박히는 소리가 이어졌다.

"으… 어라?"

각오하고 있던 난 아무리 기다려도 몸을 관통하는 아픔이 느껴지지 않는 것을 깨닫고는 천천히 눈을 떴다. 칼날이 박힌 것은 내가 아닌 레키아 놈의 왼쪽 팔뚝이었다.

"큭!"

드래곤의 가죽으로 만들었다는 망토는 보기 좋게 갈라져서 단검에 깊이 박혀 있었다. 박혀 있는 단검이 일단은 상처를 막고 있는 중에도 팔뚝 사이로 흐르는 피의 양이 보통이 아닌 것이 꽤나 치명상으로 보였다.

"제길, 한발 늦었나?"

녀석은 이미 내게 관심이 없는 듯 칼이 날아온 곳을 바라보고 있었고, 결국 무언가 알 수 없는 욕지거리를 하며 내 목을 조르던 손을 놓고 성 복도의 어두운 곳으로 망토를 휘날리며 달렸다.

휘이이잉! 휘청!

"어, 어라? 어라라라?"

그대로 남은 나는 녀석이 손을 떼는 것과 동시에 몸의 균형이 완전히 머리로 쏠려 그대로 휘청거렸다. 이미 반쯤을 밖에 내놓던 상체는 더욱 바깥을 향해 기울기 시작했다. 머리 쪽으로 기울기 시작한 몸은 힘이 들어가지 않는 다리까지 들리며 속치마니 속바지니 그 외 등등 치렁거리는 드레스의 무게까지 더해져 그대로 창밖으로 넘어갔다.

스르륵, 펄럭!

"아!!"

당황하며 버티려 했지만 아직 제대로 풀리지 않은 몸으론 어려웠다. 꼼짝도 못하고 몸이 추락하는 것을 속수무책으로 지켜봐야만 했다. 그리고 몸이 완전히 넘어가고 드디어 나 자신도 포기하기에 이르렀다. 눈앞에 아버지와 루사인 등등의 인물들이 한순간에 지나가고 있을 때, 추락하던 몸이 허리째 들어올려졌다.

덥석!

"어라라?"

전혀 의외의 상황에 나는 이게 꿈인지 현실인지 분간도 가지 않아 멍하니 내 허리를 낚아챈 인물을 바라보았다.

"하아, 하아, 하아, 하아……!"

급하게 달렸는지 숨을 헐떡거리느라 정신이 없는 루사인이 여전히 내 허리를 세게 쥐고 있었다. 심하게 숨이 차는지 허리도 못 펴고 땅만 바라보며 계속 거칠게 심호흡했지만 날 쥐고 있는 손은 놓지 않았다.

그런 녀석을 향해 할 말이라곤 단지 이 정도뿐.

"와, 나이스 타이밍! 완전히 포기했는데 제법이네?"

그리고 기대했던 대로 녀석의 잔소리가 시작되었다.

"헉, 헉! 하아! 지금 그런 소리가 입으로 나와요? 사람을 걱정하게 만들어도 정도껏이어야지요! 지금까지 자랑하던 그 오기는 어디 가고, 아주 그냥 체념이 온몸을 덮었네!"

"오기도 오기 나름이지. 몸은 안 움직이지, 저놈은 칼 들었지, 방법이 없잖아, 방법이. 여기서 뭘 더 하라고."

"오기로 성별도 바꾸신 분이 겨우 목숨이 걸린 일에 꼬리를 내려요?"

"아니, 그건 좀 아니잖아. 내가 일부러 여자가 된 것도 아니고… 그러니까……."

아주 그냥 작정을 하고 몇 달분의 잔소리를 한번에 하는 것 같은 녀석의 기세에 주춤했다. 하지만 녀석에서 느껴지는 안도한 듯 편안해진 분위기에 나 역시 마음이 놓였다. 정말 포기하고 있을 때 있는 힘껏 달려와 준 녀석이라 더욱 의지가 됐다. 이 녀석만큼은 끝까지 곁에 있어줄 거란 확신이 생겼다.

“어라? 너 그런데 어떻게 그렇게 잘 달려? 마비는?”

문득 녀석의 상태가 궁금해져 물었다. 똑같이 약에 당해놓고는 나는 전혀 못 움직이는 상황인데 녀석은 팔팔하게 달리는 게 마음에 안 들었다. 그러자 녀석은 무언가 작은 물약 병을 내게 보였다.

“아, 이거 드세요. 몸의 마비를 푸는 약입니다. 왕국 마법사단에서 공급한 거예요.”

“그런 약도 있었어?”

“제 상태를 보고 급히 만든 거랍니다. 당연히 도련님도 필요할 것 같아 여유 분으로 몇 개 챙겨왔고요.”

루사인이 조심스레 뚜껑을 열어 내 입에 대주는 물약을 마시자 서서히 몸에 열이 도는 것이 느껴졌다. 슬슬 몸이 움직이기 시작했고, 얼마 지나지 않아 스스로 설 수 있을 정도로 몸에 힘이 들어갔다.

여기저기 팔다리를 움직여 보고 드디어 마비가 풀리는 것을 확인하자 난 팔을 쭉 뻗어 기지개를 켰다. 아, 정말 시원했다. 이렇게 움직일 수 있는 것을 꼼짝도 못하고 여기저기로 끌려 다녔으니 쌓인 욕구불만의 양이 보통이 아니었다.

“후, 이제 좀 살겠네. 그런데 아까부터 시끄럽던데, 몇 명이나 온 거야?”

"예상하시던 대로일 겁니다. 프리츠님과 카린님이 성에 들어와 있고, 콘스탄틴님들은 망토들과 전투 중입니다. 주인 어른과 제가 갈라져서 도련님을 찾고 있었고요."

"지하는? 비밀 통로로 들어가는 지하실에 여자애들이 있었는데."

문득 생각나서 묻자 루사인의 표정이 조금 굳었다. 좋지 않은 예감이 들었다.

"그쪽도 가보긴 했지만… 실버 나이트들과는 상대가 되질 않는다고 생각한 망토들이 먼저 내려가서……."

"먼저 내려가서?"

"도련님께 하던 짓을 그대로 하고 있었습니다."

그러니까 내게 하던 짓이란 게… 설마 심장? 레키아 놈이 분명 통채로 들고 튀긴 어려우니 심장만 뽑아가도 된다며 내게 칼을 꽂으려던 게 생각났다. 정말 상상하고 싶지 않은 장면이 머릿속을 스쳐 지나갔다. 그대로 의문을 품고 루사인을 바라보자 언제나 내가 무슨 생각을 하고 있는지 들여다보고 있는 녀석은 고개를 끄덕였다.

"이곳에 오기 전, 바아레른 성의 자료를 보고 제일 먼저 그 지하로 향했지만 조금 늦어버렸습니다. 세 분이 당하시고… 가까스로 구출한 남은 분들도 정신적인 충격이 커서 일단 따로 모시긴 했지만 좀 위험하다는군요."

"…그래."

생각보다 일이 커졌다. 귀족 셋이 당해 버렸다. 귀족가에서 결코 가만있지 않을 것이다. 저 망토들의 정체가 정확히 밝혀지지 않는 한 귀족들의 살기 어린 화살은 이곳 바아레른 백작가를 비롯한 이 일에 연루된 저 망나니들의 가문에게로 몰릴 것이다.

이용당할 대로 이용당하고 완전히 뒤집어쓰는 것이다. 그렇다고 전혀 결백하다거나 누명을 쓴 것도 아니니 변명은 못할 거다. 불쌍하다면 저런 망나니 하나 건사하지 못해 집안이 쫄딱 망하게 생긴 가족들 정도?

"망토들 말고 나머진? 평소 나랑 어울리던 그 망나니들 대여섯 명쯤 이 성에 숨어 있을 텐데."

"아직은 망토들 쪽을 어떻게 하는 게 시급하기에 신경 쓰지 않았습니다. 어차피 도련님이 얼굴을 외웠을 테니 서두를 필요도 없으니까요."

"저쪽으로 쭉 가다 보면 벽이랑 문이 너덜너덜한 방이 있어. 거기 바아레른이랑 카하롯이 있을 거야. 붙잡아둬."

루사인에게 가볍게 지시한 난 바닥에 떨어진 단검을 주웠다. 그리고 속에 치렁거리는 속치마와 페티코트를 일단 벗고 속바지만 입은 채로 날이 선 단검으로 드레스의 무릎 위쪽을 가르기 시작했다.

서걱서걱, 찌이이익!

"도련님?"

"불편해서. 움직이려면 이 정도 길이가 딱 좋아."

"그게 아니라 그 옷, 주인 어른께서 특히 마음에 들어하던 드레스인데……."

"그게 무슨 상관이야!!"

정말로 안타까워하는 모습에 성질이 버럭 났다. 아니, 영감탱이가 맘에 들어하는 걸 가지고 왜 저 녀석이 아쉬워하느냔 말이다! 아주 그냥 둘이 죽이 착착 맞는다, 착착. 아예 루사인을 아들 시키지 왜 양자 이야기까지 거론되었다가 말았느냐고!

치마를 마저 다 가르고 통통 발을 굴러보며 움직임에 거치적거리는 것은 없나 살핀 난 루사인을 향해 손을 내밀었다.

"내 검, 챙겨왔지?"

"예, 예. 마비가 풀리면 가만있을 도련님이 아니니 당연히 챙겨왔지요. 그런데… 뭐 하시게요?"

루사인은 이미 체념한 얼굴로 허리춤에 달린 두 개의 검 중 하나를 내어주며 물었다. 따로 묻지 않아도 내가 뭘 할지 뻔히 알 녀석이 새삼 캐묻는 것도 귀찮았다.

"뻔하잖아. 그 두목 망토 자식, 당하고만 있을 수 없지. 넌 가서 바아레른 놈들이나 어디로 못 가게 붙잡아."

"약으로 마비가 좀 풀렸다 해도 원래대로 움직이려면 이삼일 걸릴 거라는데요."

"내 몸은 내가 알아. 이 정도만 움직여도 충분해. 그 자식,

이쪽으로 도망갔지?"

뭔가 더 말을 걸며 나를 말리려는 루사인을 뒤로하고 난 레키아 놈이 도망친 방향을 향해 뛰었다.

한참을 달리자 어두운 구석에서 계단이 보였다. 아래와 위로 올라가는 갈림길. 난 잠시 걸음을 멈추고 주춤거리며 고민했다. 녀석은 도망치는 길이었고, 성 밖으로 나가기 위해선 내려가야 한다. 하지만 왠지 위층이 심히 거슬렸다. 너무도 뻔한 상황이 오히려 의심이 가고 있었다. 이런 때라면 난 본능을 믿는다. 머리는 못 믿어도 다른 데는 신뢰할 수 있다.

난 그대로 계단을 올라 위층으로 향했다. 생각보다 계단이 높았다. 다른 곳에 비하면 두 개의 층을 이어놓은 것은 아닐까 의심될 정도로 긴 계단을 올라 도착한 곳은 넓은 방이 있는 공간이었다. 문도 없이 바로 방으로 연결된 구조에 조금 당황했다.

생각해 보면 그 계단부터 의심스러웠다. 잘 보이지 않는 구석에 있던 것이 아무래도 그것 역시 이 성의 비밀 통로 중 하나였나 보다. 레키아 놈은 자신이 도망칠 것을 확신하고 비밀 통로의 문을 닫지 않았던가, 아니면 당연히 아래로 내려갔다고 생각하고 그 뒤를 쫓을 거라 예상했겠지.

스르릉! 저벅저벅!

검을 빼 들고 천천히 걸었다. 중앙에 무언가를 감춘 듯 늘어진 천의 장막들이 심하게 의심스러웠다. 소리나지 않게 다가가며 눈앞에 거슬리는 천들을 하나하나 검으로 베며 전진하자 안에서 느껴지는 인기척이 있었다.

"어, 언제까지 숨어 있어야 하는 거야?"

"몰라. 상황이 안 좋잖아. 실버 나이트까지 왔다 하잖아. 조용히 있다가 다 빠져나가면 슬슬 나가자고."

"바아레른이 다 불어버리는 거 아냐?"

"그냥 시치미 떼면 돼. 놈이 우리한테 누명 씌우는 거라고 우기면 되지. 여기서 발견만 되지 않으면 증거가 없다고."

속삭이는 목소리가 귀에 익숙했다. 이것은 결코 낮고 음산한 목소리의 레키아가 아니었다.

휘익! 촤아악!

나는 검을 크게 휘둘러 눈앞을 막고 있던 천을 모두 베어버렸다. 그러자 그 안에서 화들짝 놀라는 세 놈의 모습이 확연히 눈에 들어왔다. 내 마법에 놀라 도망친 놈들이 실버 나이트의 소식에 아예 이곳에 몸을 숨기고 있었던 모양이다.

"…네놈들이 왜 여기에 있지? 레키아는? 그 자식은 어디 있어!!"

나의 살기등등한 질문에 녀석들은 흠칫 놀라며 말까지 더듬으며 대답했다.

"그, 그게… 비밀 통로라고 여기 숨어 있으라고 하고 내려갔는데……."

그리고 그 순간 내 머릿속을 스쳐 지나간 것은 '당했다' 라는 생각이었다. 녀석은 내가 어떻게 행동할지를 미리 꿰뚫어 보고 이곳에 미끼까지 놓은 것이었다.

"이런 버러지 같은 놈들 때문에 되는 일이 없네, 결국."

나도 모르게 중얼거리자 숨어서 떨고 있던 놈들이 일어서며 버럭 성질을 냈다.

"이 계집애가 마법 좀 쓴다고 우릴 우습게 아는데, 귀족 남자에게 검은 필수란 사실을 잊었어?"

"네가 아무리 마법을 써도 우리가 다 덤비면 어쩔 건데?"

"간도 크게 혼자 왔다 이거냐?"

정신 차리고 보니 내가 여자애 혼자란 사실이 매우 거슬렸나 보다. 물론 자신들을 깔보는 듯한 내 시선도 마음에 안 들었겠지. 셋이 약속이나 한 듯 각자 허리춤에 매달린 검을 꺼내 들고는 내게 다가왔다.

"아, 정말 끝까지 정신 못 차리는구나. 그나마 그동안의 친분이라도 있어 얌전히 넘기려 했는데 정 그렇게 나오면 좋아. 상대해 주지."

나 역시 검을 고쳐 쥐며 진지하게 말했다.

"친분은 무슨 친분! 너 같은 계집애랑은 어울린 적도 없다고!"

윽박지르며 셋이 동시에 나를 향해 뛰어들었다. 하지만 녀석들의 움직임은 내게 있어 매우 느렸다. 귀족으로 태어났다는 이유만으로 겉멋으로나마 배운 검과 본격적으로 배우며 실버 나이트이기까지 한 나와의 차이는 비교할 가치도 없었다.

휘익! 휘익! 챙!

난 봐주지 않고 검을 휘둘렀다. 저 녀석들에게 당할 뻔했던 기억도 기억이지만 레키아를 놓친 화풀이를 위해서라도 마음껏 휘두르기로 결정했다.

가장 가까이에 있는 녀석을 향해 검을 내려쳤고, 녀석의 검과 함께 잘린 손목이 바닥을 뒹굴었다. 하지만 녀석들이 그것을 인식하기도 전에 난 검의 방향을 바꿔 다른 놈의 몸뚱이를 크게 그었다.

휘익! 서걱서걱!! 촤아악!

마지막으로 가장 바깥쪽에 있던 놈 역시 들고 있던 검과 함께 팔목이 바닥을 뒹구는 신세가 되었다.

순식간에 피가 뿜어져 나오며 주변이 핏빛으로 물들었다. 그리고 녀석들의 비명과 신음이 뒤를 이었다.

"크, 크악!!"

"내, 내 손이!!"

"허어어억!!"

쓰러져서 잘려진 손목을 붙잡고 덜덜 떨던 녀석 하나가 얼굴에 공포를 가득 담고 나를 올려다보았다.

"너, 너……?"

무슨 일이 일어났는지조차 깨닫지 못하고 사기라도 당한

얼굴로 바라보는 녀석에게 난 생긋 웃어줬다.

"한 가지 말 안 한 게 있는데, 나와 키르라이안의 다른 점은, 키르라이안이 검, 내가 마법이 아니라 키르라이안은 오직 검만, 나는 마법과 검을 모두 쓴다는 거야. 게다가 나 역시 검이 주 종목이었거든."

두려움에 떠는 녀석들을 향해 조롱하듯 설명했다. 정말이지, 아까 당했던 것을 생각하면 너무나 속이 후련해지는 순간이었다.

피를 쏟으며 쓰러진 놈들을 뒤로하고 다시 계단을 내려가려 할 때, 어떻게 이곳을 눈치 챘는지 루사인이 계단을 올라 곁으로 다가왔다.

"뭐야? 시킨 일은 다 끝낸 거야?"

"바아레른 백작가의 자제 분과 카하롯 자작가의 자제 분은 콘스탄틴님께 넘겼습니다."

"그런 놈들한테 자제 분이니 뭐니 높여줄 필요 없고, 망토 놈들은?"

"…모두 자결했습니다."

입맛이 쓴지 조금 인상을 쓰며 대답하는 루사인에게 나는 고개를 끄덕였다. 어차피 조금은 짐작하고 있었다. 원래 그런 놈들이 독한 놈들이다. 이렇게 일을 벌여놓은 이상 들키면 죽음으로 입을 막겠지.

"그… 두목 망토 놈은? 그놈도 자살이야? 아니면……?"

"빠져나갔는지, 아니면 이 성에 아직 남았는지 모르지만 아직 발견되지 않았습니다."

루사인의 대답은 저렇지만 난 결코 그놈이 이곳에 남아 있을 거라곤 생각되지 않았다. 아마 이미 탈출해서 자국을 향해 달리고 있겠지. 그리고 루사인도 그렇게 생각하고 있을 것이다. 말만 저렇게 하는 것이다, 말만.

"아, 몰라. 이제 신경 안 쓸래. 나머진 다른 사람들이 알아서 하겠지. 정말 징그럽게 길었던 하루다. 마비도 덜 풀려서 삭신이 쑤셔. 집에 가서 잘래."

"세린에게 말해놨습니다. 돌아가는 즉시 주무실 수 있게 준비해 놓으라고요."

"이제 일도 끝났으니 밤마다 파티 참석 안 해도 되는 거지? 아어, 영감탱이 또 드레스 입힌다고 난리를 쳐봐라. 내가 진짜 무슨 수를 써서라도 그 빤질거리는 뒤통수 한 대 후려치고 비자금 들고 다른 데로 튄다."

투덜투덜거리며 루사인에게 기대 아래층으로 내려갔다. 이제야 투입된 군 병력이 여기저기 헤집고 다니며 필요한 자료를 뒤지는 것이 보였다. 그리고 한쪽에선 의무병들이 쓰러진 소녀를 돌보는 모습도 보였다. 살아남은 소녀들을 잠시 보살피고 있다가 각 가문에서 연락을 받고 달려오면 곱게 넘겨줄 것이다.

무언가 상당히 뒤처리할 것이 많았지만 일단 내 몸의 안전이 우선이다. 루사인 역시 내가 괜히 피곤해져서 저기 바쁘게 뛰어다니는 사람들한테 성질 부리기 전에 집에 데려다 주는 게 편하다 생각했는지 아무 말 없이 밖에 대기한 우리 가문의 문장이 새겨진 마차에 나를 내려놓았다.

천천히 달리기 시작하는 마차 속에서 난 동이 터오는 것을 볼 수 있었다. 눈부신 햇살에 서서히 눈이 감기며 그대로 잠에 빠져들었다.

그래, 자자. 일단 자고 나서 생각하자. 그래, 자는 거다.

흔들리는 마차에 내가 곤히 잘 수 있게 옆에서 붙잡아주는 루사인의 손길이 오늘따라 너무 편안했다.

사이드 스토리

루사인의 일기

그것은 사건이 일어나기 한 달 전이었다.

평소와 같이 모든 준비를 끝내고 키르라이안을 깨우기 위해 방에 들어선 루사인은 긴 한숨을 쉬었다.

"또 튀었냐, 아니면 아예 들어오지도 않은 거냐?"

비어 있는 침대. 시녀들이 준비한 그대로 전혀 구겨지지 않고 차갑게 식어 있는 시트를 보건대 후자일 확률이 99.995%. 튀었다면 대충 짐작 가는 곳을 찔러 찾아내겠지만 아예 들어오지도 않았다면 일단은 루사인의 권한 밖이었다. 이놈의 머리 나쁜 개망나니가 밤새 어디까지 싸돌아다니며 놀고 다녔을지에 대해선 아무리 키르라이안에 대해선 전지전능한 루사인에게도 능력 밖이었다.

"어제오늘 주인 어른이 집에 없을 거란 정보는 용케도 알아냈나 보네."

팔짱을 끼고 한숨을 쉬며 이제 어떻게 할까 고민하고 있을 때, 방문이 열리며 세린이 들어왔다.

"식사 준비가 끝났습니다. 슬슬 내려오셔야… 어머나?"

방에 들어서던 세린은 팔짱을 끼고 서 있는 루사인과 비어 있는 침대를 번갈아 보며 사태를 파악한 듯 고개를 끄덕였다.

"또 튀셨네요."

"아니, 아예 안 들어온 쪽."

"그렇군요. 그럼 오늘은 혼자 등교하시겠네요. 어쩔까요. 식사하시겠어요?"

"가볍게. 차랑 빵 한 조각만 챙겨줘."

루사인의 요구에 세린은 서둘러 식당을 향해 내려갔다. 그리고 루사인도 그 뒤를 따르듯 방을 나섰다.

식당에 내려오자 시종이 기다렸다는 듯 다가와 루사인이 앉을 의자를 빼주었고, 그 자리에 앉자 냅킨을 건네주었다. 그리고 가벼운 식사를 요청했던 대로 빵과 홍차, 수프가 루사인의 앞에 준비됐다.

종류는 가볍지만 내용물은 결코 간단하지 않은 것들. 성에서 요리장을 지낸 알베드 씨가 운영하는 빵 가게에서 하루에 꼭 다섯 개만 굽는다는 최고급 식빵. 가격도 가격이거니와 없어서 못 사는 것이다. 그리고 차는 일 년에 단 3kg만 출하한다는 최고급 홍차. 판매처는 궁전과 신분이 매우 높은 귀족가에만 조금씩.

아무리 페르나슈 공작가라 해도 일개 시종의 아침 식사에 나오기엔 상당히 부담스러운 것들을 루사인은 당연하듯 받았고, 시녀들 역시 조심스레 신경 써가며 내왔다.

"혼자인가?"

"하아?"

아무 생각 없이 눈앞의 빵을 뜯던 루사인은 등 뒤로 들리는 익숙한 목소리에 놀라 멍하니 바라보았다.

"늦잠인가, 아니면 튄 건가?"

"아예 안 들어왔습니다. 오늘도 못 오실 거라더니 이 시간에 어쩐 일이십니까?"

놀란 루사인의 표정은 전혀 안중에도 없다는 얼굴로 묻는 페르나슈 공작을 보며 루사인은 놀란 얼굴을 감추고 대답했다. 공작은 루사인의 맞은편에 앉으며 미소 지었다.

"어쩌다 보니 일찍 끝나서. 나도 저 녀석하고 같은 걸로."

일단은 시종의 신분인 루사인과 같은 식탁에 앉아 똑같은 식사를 주문하는 현 페르나슈 공작. 그리고 어느 누구도 이의를 달지 않고 그대로 준비를 하는 공작 가문의 시녀와 시종들.

누구도 루사인을 자신들과 같은 시종이라 생각하지 않았고, 그것은 이곳의 주인인 공작 자신도 마찬가지였다. 대외적으론 키르라이안 전속 시종이라지만 사실상 키르라이안과 거의 동급의 권한을 가지고 있는 자. 그것이 지금 루사인의 현재 위치였다.

"혹시나 했지만 역시나였구나. 나만 없다 하면 바로바로 튀어버리다니. 대체 누굴 닮아 저 모양이야."

"부계 혈통이겠죠."

"……."

"공작님도 꽤나 여기저기 돌아다녔다고 들었거든요. 학교 싫어하는 것도 마찬가지고. 아, 대신에 성적은 좋았다고 했던가요?"

하나뿐인 아들 키르라이안을 생각하며 넋두리하던 페르나슈 공작은 루사인 본인은 별로 신경 쓰지 않지만 듣는 사람은 충격이 대단해지는 대답에 잠시 주위를 살폈다. 혹시라도 나이 어린 시종들이 들으면 어쩔까 고민하며 작은 목소리로 루사인을 향해 물었다.

"누구한테 들은 거냐, 그건?"

"페트다 부인한테서요."

여전히 아무렇지도 않게 대답하는 루사인을 보며 공작은 쓴웃음을 지었다. 출처가 자신의 유모인 페트다 부인이어서야 부정할 수도 없었다. 이 루사인은 다른 누구도 아닌 페트다 부인의 소개장으로 이곳 공작가에 오게 된 아이니 더 설명이 필요없었다.

물론 루사인이라면 페트다 부인뿐 아니라 다른 루트로도 공작의 어린 시절에 대해 충분히 들을 수 있었겠지만 그 루트는 일단 비밀.

"어디 가서 소문은 내지 마라."

"물론 집안 망신은 키르라이안 도련님만으로 충분하니까요."

평소 얼굴에 표정이 드러나지 않는 루사인으로서는 참으로 드물게 활짝 웃으며 자리에서 일어나며 대답했다.

"학교 가는 거냐?"

"누군가가 없다고 저까지 안 가면 수업료의 손해가 이만저만이 아니니까요."

"그 누군가의 몫까지 열심히 듣고 오거라."

물론 루사인이 열심히 들어봤자 키르라이안의 성적이 오를 거라곤 그 누구도 생각하지 않겠지만.

오래간만에 혼자 학교에 들어서자 여기저기서 여학생들의 웅성거리는 소리가 귓가를 울렸다.

"어머, 루사인님이셔."

"오늘은 혼자시네."

"아쉬워라. 키르라이안님이 가까이 하기엔 좀 부담스럽지만 그래도 멀리서 두 분 같이 두고 보면 그림 됐는데."

"난 그래도 루사인님이라도 언제나 빠짐없이 나오시니 너무 좋은걸. 정말 저 반듯한 몸가짐이며, 상큼한 검은 머리에 하얀 피부, 그려놓은 듯한 미소년이야."

이미 황홀경에 빠져 꿈속이라도 헤매는 것 같은 목소리. 학교의 아이돌(?) 루사인의 등장은 언제나 학교 소녀들을 반쯤은 넋 놓고 있게 만들었다.

"뭐냐? 라이안은 어쩌고 혼자 등교야?"

갑자기 등 뒤에서 들려오는 퉁명스러운 목소리에 루사인은 고개를 살짝 돌려 목소리의 주인을 바라보았다. 자신보다 조금 키가 큰—그래 봤자 2~3센티—짙은 금발의 소년 프리츠가 떡하니 서 있는 모습에 피식 웃으며 대답했다.

"없으니 혼자 등교지."

"내숭의 왕 루사인이 대놓고 반말하는 거 보니 반경 1키로 이내에 라이안이 없는 건 확실하군."

"저쪽 패거리랑 놀다가 어느 바닥엔가 쓰러져 자고 있겠지."

"아예 안 들어왔다는 소리군."

프리츠가 빈정거리든 말든 전혀 신경 쓰지 않으며 말하자 프리츠 역시 루사인의 말투엔 더 이상 관심을 두지 않았다.

프리츠와 루사인은 항간에 알려진 바로는 매우 사이가 좋지 않다. 프리츠는 키르라이안의 시종인 루사인에게 언제나 시비를 걸고, 루사인은 그 시비를 적당히 받아주다 어느 순간 그 한계가 왔을 때 폭발한다고들 알고 있지만 사실은 전혀 달랐다.

이 둘이 마주치면 으르렁댄다는 것은 사실이지만 그 내면에 깔린 사정은 본인들만이 알고 있었다.

루사인으로 말하자면 말이 없는 착실한 모범 소년이자 학교의 아이돌이라지만, 사실 성격이 그리 좋은 편은 아니다. 정확히 말하자면 무엇이든 시니컬하게, 속으론 누구든 거침없이 비웃는 성격이었다. 그리고 프리츠는 어릴 때부터 그런 루사인의 정체를 눈치 챘다.

루사인의 정체는 알고 있지만, 워낙에 녀석이 티를 안 내는 내숭쟁이이니 어디다 말해도 본인만 이상해지고, 그래서 결국 틈나는 대로 시비를 건 것이다. 루사인은 루사인대로 프리츠가 자신의 진짜 성격을 알고 있으니 나름대로 신경 쓰고, 이미 상대가 알 거 다 알고 있으니 시비가 걸리다 보면 끝까지 숨길 수 없고 해서 결국 프리츠 앞에서만은 본인의 성격을 그대로 드러내게 되었다.

물론 프리츠도 남에게 그것을 알리는 것은 포기. 본인 앞에서만이라도 내숭을 치우고 본래의 모습을 보이는 루사인에게 그럭저럭 만족하게 되었다.

누가 뭐래도 이쪽 역시 소꿉친구이다. 둘만의 유대감 정도는 이미 충분히 존재하고 있었다.

"저쪽 패거리라면 바아레른 백작가 녀석들이지? 좀 조심해야 할 것 같은데. 요새 소문도 좋지 않아."

"그래 봤자 나 같은 일개 시종이 나설 수야 없지. 거기 공작가 후계자님이 나서보지?"

"됐다. 라이안 삐치는 꼴 보느니 차라리 참지. 그런데 네가 무슨 일개 시종이냐. 너 같은 시종 하나라도 더 있다간 너도 나도 시종 하겠다고 나서겠다. 팔자 편해, 아주."

투덜거리는 프리츠를 보며 루사인은 피식 웃었다. 본인 역시 이 정도로 팔자 편한 시종이 자신 말고 더 있을 거라곤 생각하지 않았다. 물론 루사인이 페르나슈 공작 가문에서 시종이지만 시종이지 않은 이유는 따로 있었고, 그것을 알고 있는 사람은 현재 페르나슈 공작과 루사인 본인, 그리고 그 외 몇 명밖에 없다는 것 역시 당분간 비밀이었다.

"수업 시작한다. 들어갈 시간이야."

"잠깐."

루사인이 서둘러 교내로 들어가려 할 때 프리츠가 막았다.

"이번에 폐하께서 다시 한 번 권유하라고 하더라고."

"뭘?"

"시치미 떼지 마, 뻔히 알면서. 실버 나이트 입단 말이야."

"그거 거절한다고 했잖아."

한 치의 고민도 없이 말이 끝나기가 무섭게 대답하는 루사인을 보며 프리츠는 긴 한숨을 쉬었다.

"제발 들어와라. 응? 진짜 제발이다."

"왜 그렇게 날 못 집어넣어서 안달인데?"

"실버 나이트에 들어와서 종신 귀족 작위라도 받고 같은 귀족이라도 되어야지 네가 그 내숭을 벗어던질 것 같아서 그런다. 내 주변에 내숭쟁이는 카린으로 족하다고."

"잘 참고 있네. 좀 더 버텨봐."

애원하는 프리츠를 뒤로하며 피식 웃는 루사인을 향해 프리츠는 다시 한 번 이번엔 협박조로 나가기 시작했다.

"네 그 내숭에 대해 라이안에게 다 찔러 버린다?"

그리고 그 질문에 루사인은 그대로 뒤돌아서서 프리츠를 향해 미소 지었다. 입은 웃고 있지만 눈에선 살기가 뿜어져 나오는 아주 차가운 웃음. 실버 나이트인 프리츠까지 얼어붙게 만드는 분위기로 루사인은 나지막이 대답했다.

"마음껏 해봐."

그리곤 다시 뒤돌아서서 교내로 향하는 루사인의 뒷모습을 보며 프리츠는 잠시간 얼어 있던 숨을 내쉬었다.

"젠장, 소꿉친구들이라고 있는 게 하나같이 다들 내숭 킹, 내숭 여왕에 남은 하나는 바보냐? 아, 그래. 포기다. 아무리 내숭이 싫다지만 평소에도 저 성격 그대로 드러내 놓고 다니느니 차라리 내숭 떠는 게 낫다."

나름대로 합리적인 결론을 내리며 교내로 들어가던 프리

츠는 갑작스러운 인기척에 흠칫 놀라 걸음을 멈췄다. 옆엔 먼저 들어간 루사인이 기다리고 있었다는 듯 서 있었다.

"뭐, 뭐야, 여기서?"

"한 가지 말 안 한 게 있어서."

진지하게 대답하는 루사인을 보며 프리츠는 호기심 어린 얼굴로 바라보았다.

"아무리 생각해도 역시 프리츠 넌 키르라이안 도련님과 같이 다니지 않는 게 좋을 것 같다."

"그건 또 갑자기 무슨 소리야? 무슨 일이라도 있었어?"

인상을 쓰며 묻자 루사인은 별거 아니란 얼굴로 대답했다.

"그냥. 혼자 있으면 그런대로 봐줄 만한데 도련님하고 붙어 있으면 바보가 쌍으로 돌아다니는 것 같아 애석하거든."

"…무슨 뜻이냐?"

"금발은 머리 나빠 보인달까. 거기에 머리 나쁨의 표본인 도련님이 같이 있으니까."

"젠장, 그건 또 무슨 머리 색 차별이냐고!!"

프리츠 폭발. 아침부터 살살 신경 건드리더니 드디어 임계점 돌파에 도달했다. 이젠 보이는 게 없었다. 루사인의 성격이 더럽든 말든 일은 벌여놓고 볼 일이다. 그대로 루사인의 멱살을 쥐며 프리츠는 낮은 목소리로 으르렁댔다.

"내 금발에 불만이 많은 것 같다만 내 성적이 늘 시험 때마다 세 손가락 안에 든다는 사실을 잊은 것 아니냐? 머리 좋은 사람들이 모인다는 이 왕립학교에서 말이다."

폭발해서 정신이 없었다. 그러므로 프리츠는 자신이 한 실수를 전혀 깨닫지 못하고 있었다. 프리츠에게 멱살이 잡혀 으르렁대는 소리를 한마디도 여과없이 모두 듣던 루사인은 특유의 비웃음이 가득한 화사한 미소를 띠며 말했다.

"그중에 내가 단 한 번도 전교 1등을 놓친 적이 없다는 것은 기억하지 못하나, 만년 2, 3등 프리츠 군? 어쨌든 나보다는 머리가 나쁘네만?"

그리고 그대로 프리츠 추락. 털썩, 주저앉으며 현실을 깨달을 수밖에 없는 열여섯 살 소년이었다.

루사인은 후련하단 얼굴로 엎어져서 몸으로 OTL을 그리고 있는 프리츠를 뒤로하며 교실을 향했다.

프리츠의 고뇌 편

그러므로 홀로 남은 프리츠는 키르라이안을 향해 저주했다.

"라이안, 이 빌어먹을 소꿉친구야. 제발 저 맹수를 홀로 풀어놓지 말란 말이다. 너 없을 때마다 왜 내가 저 성격을 받아줘야 하는 건데? 네가 원흉이야, 네가!! 아주 그냥 어디로 새지 못하게 누가 마법이라도 걸어주라고. 그래, 어느 날 갑자기 여자애로 변해서 함부로 외출을 못한다거나 하는 그런 마법!! …그런 게 있을 리 없지. 젠장."

그리고 또한 굳게 다짐하는 프리츠였다.

"두고 보자, 루사인. 라이안만 와봐라. 그 앞에서 있는 대로 갈궈주마. 그 성격에 잘도 유지하고 있는 그 얄팍한 내숭 따위, 벗겨 버리고 말 테다."

그리하여 다음날, 키르라이안과 함께 등교하는 루사인을 향해 시비 거는 것은 당연한 사실. 그리고 한 달 뒤, 저주가 통했는지 어쨌는지 키르라이안이 정말로 세라가 된 날, 프리츠는 만만세를 부르며 온 학교에 소문을 내고 다녔다.

그리고 나름대로 그날을 자신만의 광복절이라 명명한 것 또한 소년 프리츠의 비밀.

『키르라이안 이야기』 1권 끝